KB104798

MILLION
CROWN
4

퇴폐의 바람이 분다.
전사들은 맞바람을 맞으며
빛이 비추는 방향을 노려보았다.

아아… 이럴 수가. 이 괴물에게는…
오오야마츠미노카미에게는,
애초부터 자신의 의지가 있었다.

밀리언

MILLION CROWN

크라운 4

타츠노코 타로 지음
코게챠 일러스트

eXtreme novel

CONTENTS

MILLION CROWN

'사람들이, 불쾌하다는 표정을 지어요.'

처음으로 그렇게 털어놓은 것은 열 살 무렵의 일이었다.

일전에 차를 우리는 방법을 배웠기에 그대로 따라 해서 연구원들에게 대접한 때였다.

큐슈 총련의 지하 셸터에서 연구에 협력하던 내 주변에는 언제나 분주하게 뛰어다니는 어른들만 있었고, 뭔가 도울 수 있는 일이 없을까 하고 나름대로 생각한 끝에 한 행동이었다.

하지만,

'카이 아주머니. 어째서 그 사람은 불쾌하다는 얼굴로 차를 뿌리친 건가요?'

화상을 입은 손을 내민 채 고개를 갸웃한다. 화가 난 것은 아니다.

배운 대로 우렸으니 분명 맛있게 되었을 거다.

그런데 어째서 그 연구자는 차를 뿌리치고 의자에서 굴러떨어지더니 바닥을 기다시피 해서 멸균실로 향했을까.

너무도 이해가 안 됐던 나는 화상 자국을 보여 주며 나를 돌봐 주는 카이 아주머니에게 물었다.

그러자 카이 아주머니는 살며시 고개를 가로저으며 미소 지었다.

'어른들은 너를 잘 알아서, 너를 가까이 하지 않는 거란다. 정 놀고 싶다면 아무것도 모르는 같은 또래 아이들과 놀렴.'

…….

과연.

그렇군요. 그랬던 건가요.

어른들은 지인이 차를 내놓으면 상대에게 화상을 입힌 후 멸균실로 가야 하는가 보군요. 어른들에게 그러한 예절이 있다니, 어쩐지 앞날이 걱정되기 시작했다.

제가 어른이 될 즈음에는 예절이 바뀌어 있으면 좋겠는데요.

하지만 내 발걸음은 가벼웠다.

지금까지 같은 또래의 아이들과 노는 것을 허가받은 적이 없었는데, 생각지도 못하게 허가가 떨어졌기 때문이다. 저혈압인 나라도 발걸음이 가벼워질 수밖에 없었다.

지하도시의 아이들은 가축을 돌보기 위해 목장에서 일하고 있다.

연구원들이 하는 이야기를 엿듣고 안 사실이지만, 소를 대규모로 기르는 도시국가는 전 세계에서 큐슈와 신(新)합중국 두 곳뿐이라, 치즈와 버터 같은 게 특산품으로 출하되고 있다는 모양이다.

축산물 문명복고에 힘을 쏟고 있는 큐슈에서는 효율적인 번식과 클론 제조 연구 등도 행해지고 있어서, 소와 돼지를 비롯한 온갖 축산 동물들이 목축되고 있다.

다소 비도덕적인 경향도 있기는 하지만, 이러한 연구들이 있었기에 큐슈 총련은 식량 위기를 넘길 수가 있었다.

최근에는 자율 번식에 맡기고 있지만 비상시에 필요한 연구로서 현재도 진행되고 있다.

요즘은 식량 사정에 여유가 생겨서 인공적으로 제조된 설탕을 시식한다는 명목으로 케이크를 만들고 있다는 사실도 알았다.

문헌에 따르면 친구란 그런 시간을 공유하는 친근한 사이를 가리킨다고 한다.

지금까지 친구를 만들 기회가 없었던 내게도 드디어 그때가 온 거다.

기대로 부푼 가슴을 안은 채, 나는 소젖을 짜고 있는 같은 또래 아이들에게로 달려갔다.

…….

…뭐가 잘못이었는지, 지금도 모르겠다.

내가 시설 밖에서 같은 또래 아이들과 이야기를 나누자, 어른들이 비명을 지르며 우리를 떼어 놓았다.

카이 아주머니도 나를 목장에 보낸 일로 심하게 비난을 당했다고 한다.

아주머니의 오빠인 카이 총괄의 명령으로 격리된 우리는 지하도시와 사쿠라지마 관측소 깊은 곳에 위치한 시설로 끌려갔다.

"…내 생각이 틀렸군. 역시 네놈들을 주민들과 같은 지구에 살게 하는 게 아니었어. 그 때문에 주민들 사이에서 불필요한 다툼이 일어나고 말았으니 말이다."

큐슈 총련을 이끄는 카이 총괄은 유달리 냉랭한 눈으로 나를 노려보더니, 억지로 손을 잡아 연행했다.

그때 나는 처음으로 자신의 출생과 존재 이유… 그리고 나의 원본(오리지널)과 만났다.

"…아마, 쿠니?"

"그래. 너희는 이곳에서 만들어졌다."

상급자기진화형 유기 AI 'Amakuni(아마쿠니)'.

지하통로 끝에 있던 것은 그녀의 머테리얼 보디를 생산하기 위한 배양시설이었다. 지하도시에도 식용으로 쓸 돼지와 소를 임시적으로 생산하기 위한 배양시설이 있었는데, 그것과 똑같았다. 지금은 사용되고 있지 않았지만 이 배양시설에서 사람 형태의 머테리얼 보디를 만들었다는 모양이다.

나는 그중 34호… '아마쿠니 34호'라는, 만들어진 인간형 인조생명체다.

다른 종족의 계통에 맞춰 그 성질을 바꾸는 이종동조형(異種同調型 : 타입 아바타)으로 만들어진 나는 혈중 경로의 동력인 심장에 '오오야마츠미노카미(大山祇命)'의 가공 수지(樹脂)와 거대 균핵의 결정이 심어져 있다.

성진입자체(아스트랄 나노머신)가 생명체에 주입되면 세포가 환경에 적응하고자 자기 진화를 시작한다는 학설이 있다.

그중에서도 이종동조형은 환경과 풍토, 공생하는 생명체의 영향을 받기가 쉽다고 한다.

나는 '오오야마츠미노카미'와 거대 균핵에 한없이 가까운 계통을 지닌 지적 생명체로서 성장 과정을 관찰당하고 있었다.

그리고 언젠가… '오오야마츠미노카미'를 쓰러뜨리기 위한 도구로 쓰일 거다.

그럴 예정이라고 한다.

"…………."

…요약하자면.

나는 '오오야마츠미노카미'에 대항하기 위한 비장의 카드로 만들어진 가축인 것이다.

사람들의 필요에 의해 만들어져, 사람들의 필요에 의해 조정되어, 사람들의 필요에 따라 소비된다.

당연한 이야기지만 어른이 될 때까지 살 수 있을 리 없다.

희미하게 가슴에 품고 있던 꿈은, 이 순간에 사라져 버렸다.

균핵을 체내에서 키우고 있는 나를 아이들에게서 떼어 놓은 이유는, 내 안에 자리한 균이 옮을지도 모른다는 우려 때문일 거다.

…줄곧 이상하다고는 생각했다.

내게는 어머니가 없다. 아버지도 없다. 탄생에 필요한 연고가 하나도 존재하지 않는다.

날 때부터 돌봐 주었던 아주머니가 설마 다른 의도로 나를 사육하고 있었을 줄이야. 질 나쁜 농담처럼 느껴졌다.

"…………."

배양액 안에 떠오른 축산 동물의 모습이 나 자신 같다고 생각하자, 어째서인지 헛웃음이 났다.

하지만 희한하게도 도망치자는 생각은 들지 않았다.

왜냐하면 내게는 애초부터 돌아갈 곳이 없었으니까.

언젠가 어머니가 데리러 오는 꿈.

언젠가 아버지가 데리러 오는 꿈.

철들기 전부터 꿈꾸었던 그런 광경은 애초부터 어디에도 존재하지 않았다.

시설 안에서라도 비교적 자유롭게 돌아다닐 수 있었던 이유는 카이 총괄이 그렇게 판단을 내렸기 때문이다. 내 안에 균핵이 자리하고 있다는 사실을 생각하면 온정적인 처우라 할 수 있었다.

하지만 그런 어중간한 동정을 보낼 바에는, 처음부터 아예 지성 같은 걸 주지 않는 편이 낫지 않았을까.

그렇게 동정할 거였다면 모두를 위해 죽어도 좋다고 생각할 정도로, 온 힘을 다해 속여 줬으면 했다.

사랑해 달라고까지는 하지 않겠어요.

그런 사치는 바라지도 않아요.

다만 유리를 사이에 두고서라도 좋으니 같이 식사를 하고.

모니터 너머라도 좋으니 서로 웃으며.

거짓이라도 좋으니 나를 위해 눈물을 흘리고.

조금이라도 좋으니 이 슬픔을 누그러뜨려 주기를 바랐어요.

사랑하는 척이라도 좋으니… 나를, 다정하게 대해 주길 바랐어요.

"……."

아아…. 퇴폐(退廢)의 바람이 분다. 깜깜한, 어둠 속으로 떨어
진다.

되돌아갈 수 없는 언덕을 굴러떨어진다.

소망했던 미래는… 분명, 영원히 오지 않을 거다.

MILLION CROWN

WHAT IS MILLION CROWN....?
A CHALLENGE THAT EXCEEDS
THE POWER OF HUMAN INTELLECT.
THE TALE OF HUMANITY'S
REVIVAL BEGINS.

'그렇다면 아자카미는… 우리를,
배신한 게 아니야.
아자카미는 분명……!!!'

1장

사투… 그렇게 부르기에 몹시 적절한 광경이었다.

붕괴가 시작된 것은 습격이 시작된 후 10분 정도가 지났을 즈음이다.

산맥 아래에 만들어진 지하도시에는 재버워크의 부하들이 파도처럼 밀려들었고, 안팎에서는 오오야마츠미노카미의 거대한 뿌리가 꿈틀댔다.

전함이 지하에서 대기 중인 반입구(搬入口)를 제외한 모든 엘리베이터를 폐쇄한 개척부대는 한곳에 모여 최종 방어선을 구축했다. 압도적인 물량이 흘러들고 있는 이상, 적의 돌입구를 한곳으로 한정시켜서 그곳에 총력을 결집시켜 막아 내는 수밖에 없다.

오오야마츠미노카미의 뿌리가 셸터에 뚫은 구멍은 방치할 수밖에 없지만 그럼에도 최소한의 방어선을 구축하는 데는 성공했다.

다족형 전차로 구성된 전열이 일제사격으로 적을 쓸어 버리자, 흙먼지와 수증기로 시야를 차단됐다.

쐐기를 박듯 극동의 전함인 드레이크Ⅱ와 샴발라의 고속전함의 갑판에서 발사된 집속탄이 공중에서 터져, 탄환이 빗발처럼 쏟아졌다.

평범한 거구종(Gigant)이라면 이쯤에서 결판이 났을 것이다.

지휘를 맡았던 아마노미야 치히로는 숨을 헐떡이며 적을 노려보았다.

"해치웠나…?!"

가공입자(타키온)을 쏘아서 적을 탐색한다.

하지만 그 직후, 뒤를 이은 무리가 흙먼지를 찢다시피 하며 고함을 질렀다.

「G… GEEEYAAAAAAAaaaa!!!」

거구종의 무리가 시체를 짓밟고 단숨에 접근한다.

재버워크가 만들어 낸 제조 생명체이지만 그 전투능력은 일반적인 거구종과 비교해도 손색이 없을 정도다. 그런 괴물들이 이미 일곱 번이나 몰려든 것이다.

다행스러운 점이 있다면 상대가 정면으로만 돌입하려 든다는 것이리라.

그 덕에 충분히 끌어들여서 일제사격을 가하기만 했는데도 상당한 효과를 거두고 있었다. 문제는 적의 전투능력이 아니라 이쪽의 물자였다.

마찬가지로 최전선에서 싸우고 있던 히츠가야 자매는 다족형 전차 안에서 외쳤다.

[치히로~!! 제1부대의 탄약, 보충이 늦어!!]

[좌익 방어선이 무너지려 해!! 지원을 가기에는 늦었어!!]

"이런…!!! 세이시로, 부탁해!!!"

치히로가 이름을 부른 순간, 타카야 세이시로가 전광석화처럼 달려 나갔다.

그는 쌍검 형태의 B.D.A로 입자를 방출하며 거구종의 무리에 뛰어들어 선두에 자리한 몇 마리를 흩어 놓았지만 다른 거구종이 그 등 뒤로 덤벼들었다.

하지만 텅 빈 후방을 보호하듯 아난 준장이 뛰어들었다.

"흠!!"

기합성과 함께 장타(掌打)를 내지른다. 아난 준장이 타격한 거구종은 뒤따르던 무리와 함께 날아가, 멀리서 폭발했다. 신체강화형(피지컬 업)으로 추측되기는 하지만 엄청난 위력이었다.

칼을 거둬들이며 요격하려던 세이시로는 예상치 못한 일에 놀라 눈을 크게 떴다.

"아난 준장님… 협력해 주셔서, 감사합니다."

[그러게! 단번에 무너지지 않을까 싶어서 얼마나 조마조마했는데!]

[맞아! 샴발라의 전사들, 정말로 감사합니다!]

"아니아니, 신경 쓸 것 없다! 이렇게 어려운 때일수록 동맹국끼리 서로 도와야 하니 말이야!"

아난 준장은 주먹을 움켜쥐며 쾌활하게 웃었다. 그 환한 미소를 보고 세 사람은 당황했다.

아무리 지원군으로 왔다지만 타국에서 목숨을 잃고 싶은 이는 아무도 없을 거다. 어차피 목숨을 잃을 거라면 고향 땅에서 그러고 싶다고 생각하는 게 보통일 것이다.

이 상황에서 어떤 근심도 품지 않고 웃는 강인함에 세 사람도 미소를 짓지 않을 수 없었다.

[……정말로 고맙습니다. 진짜 믿음직하네!]

[지하에는 친구가 있어서, 반드시 지켜야 하거든요!]

"그런가. 그렇다면 이런 괴물들이나 상대하고 있을 때가, 아니겠군!!"

몸을 돌리며 기세를 살려 백너클을 날린다. 그것에 맞은 거구종은 무참하게 박살 났다.

쌍검을 휘두르는 세이시로와 두 손에 장착한 토시로 거구종을 박살 내는 아난 준장, 그리고 다족형 전차를 타고 두 사람의 사각을 커버하는 쌍둥이.

네 사람이 전장을 누비며 구멍을 메우고 다니는 덕분에 간신히 전선은 유지되고 있었다.

피보라 속에서 아난 준장은 세이시로 일행의 사기를 북돋으려는 듯 외쳤다.

"그나저나 세 사람 모두 그 나이에 대단한 실력이로군! 특히 금발은 그야말로 무예자(武藝者)라 해도 되겠어! 실례가 안 된다면 계통을 물어도 될까?!"

"설명하자면 길어지니 **지금은** 신체강화형과 입자방출형이라고만 알아 두세요!!"

…으음? 아난 준장은 고개를 갸웃했다.

하지만 세이시로가 말한 대로 최전선에서 설명을 하기에 그의 계통은 지나치게 복잡했다.

타카야 세이시로. 그의 B.D.A는 과거 일본 제도를 석권했던 '천유종(A.diva)'의 뼈를 깎아 만든 것이다.

세이시로는 몹시 보기 드문 이종동조형(타입 아바타)이라 불리는 계통으로 분류되며, 죽은 거구종과 환수종(Grimm), 그리고 천유종의 뼈와 살을 장착해 자신의 입자가속기로 삼을 수 있다는 성질을 지녔다.

'천유골(아바타) 토츠카노츠루기'는 입자를 열선처럼 방출하여 원정군을 고전케 했던 '카구츠치(迦具土神)'라는 천유종의 뼈를 도검처럼 가공한 것으로, 세이시로의 힘을 격상시키고 있다.

세이시로 본인의 적합률은 27퍼센트.

거기에 '카구츠치'의 쌍검을 외부가속기로 보태면 30퍼센트를 넘게 된다. 카즈마가 44.8퍼센트라는 점을 감안하면 매우 높은 수치라 할 수 있다.

[치, 완전 재능 격차 사회라니까…!]

[우린 둘이 뭉치지 않으면 진짜로 쓸모가 없는데!]

"그러는 너희는 둘이 뭉치면 거의 무적이잖아. 얼른 B.D.A를 쓸 수 있게 되어서 전선을 도우라고."

세이시로의 푸념에 쌍둥이는 시끄럽게 항의를 해댔다.

극동은 이제 겨우 고적합률의 신세대가 자라나기 시작했다.

세이시로를 비롯한 세 사람은 그중에서도 우수해서 이 나이에 장관후보생으로 선발된 것이다.

어정쩡한 수준의 적에게 질 가능성은 거의 없지만….

"치히로 씨! 이쪽은 복구됐어요!! 하지만 이대로 하다가는 끝이 없을 텐데요!!!"

"나도 알아!! 하지만 지금은 이렇게 하는 수밖에 없어!!!!"

씁쓸한 얼굴로 치히로가 소리쳤다. 적이 의도적으로 소모전 양상이 되도록 하고 있다는 것은 알고 있다.

하지만 상황상 다른 수단을 강구할 여력이 없다. 압도적인 재버워크의 공세를 끊으려면 더욱 강력한 화력의 광역섬멸병기가 필요하다.

밖으로 나가 적의 침입을 저지해야 한다는 개척부대의 판단은 틀리지 않았지만, 적이 수적으로 우위에 있는 이상 역전은 어려울 것이다.

원정군이 승리하려면 선제공격에 의한 단기 결전으로 승부를 보는 수밖에 없었던 것이다.

하다못해 카즈마가 돌입구에서 대기하고 있었다면 그의 광격(光擊)으로 일소할 수도 있었을 테지만, 없는 걸 어쩌겠는가.

드레이크Ⅱ를 지휘하는 토키와 함장에게서 연락이 온 것은 그때였다.

[치히로!! 2시 방향에서 거대한 적의 모습을 확인했다! 거리

5000에 더럽게 큰 놈이 있어!!]

"새로운 거구종?! 랭크는요?!"

[최소한 50미터를 넘는 게 일곱 마리!!! 천유종 급일지도 모른다!!!]

치히로는 놀라서 말도 안 나올 지경이었다.

한 달 반 전에 나타난 '해사자(오리엔트 시사)'가 15미터, 다자라지 않은 '모비딕'이 30미터 남짓이다.

그것을 능가하는 50미터 이상의 괴물이 일곱 마리나 나타나다니.

'이것도 재버워크의 짓인가…? 아니, 녀석은 지하도시에 있을 텐데!'

다른 요인이 있을 거라 생각한 치히로는 가공입자 방출 비공체(飛空體)를 총동원해서 확인했다. 상공이 텅 비어 있었던 건 불행 중 다행이라 할 수 있으리라.

산과 들을 넘어 해로를 지나, 적의 머리 위를 통과하도록 가공입자를 날린다.

치히로는 방대한 적의 숫자에 현기증이 날 뻔했지만 그 끝에는 상상을 초월하는 광경이 기다리고 있었다.

'이, 인간… 아니, 이건…?!!'

엄청나게 많은 거구종의 무리 끝에 있는 것은….

…**거인**이었다.

그것도 생물적인 거인이 아니다.

'오오야마츠미노카미'의 거목이 바닷물을 빨아올려 유체를 조작해 만들어 낸, 거목과 바닷물로 된 거인이었다.

"말도 안 돼…!!! 토키와 함장님!! 지금 당장 포격을 개시해 주세요!!"

[무, 무슨 소리야?! 적이 무엇이기에?!]

"'오오야마츠미노카미'가 만들어 낸 거목과 바닷물로 된 거인이에요! 지금은 진격하고 있지 않지만, 저게 움직이기 시작하면 방어가 불가능해질 거예요!!! 게다가 숫자가 늘고 있어요!!!"

군세를 구축한 것은 재버워크뿐이 아니었다. 자아가 싹트지는 않았지만….

'오오야마츠미노카미' 역시 이 별을 석권하고 있는 왕관종(Crown)이라는 데에는 변함이 없었다.

'하지만 갑자기 어째서…?! 설마 성장하고 있기라도 한 거야?!'

심록의 거인은 계속해서 불어나 진격 준비를 하고 있었다.

저런 것이 한꺼번에 몰려들면 순식간에 결판이 나고 말 거다.

사태를 파악한 토키와 함장은 함내에서 외쳤다.

"주포 각도를 올려라!! 거리는 조금 멀지만 해 보는 수밖에 없다!!! 하나라도 좋으니 어떻게든 숫자를 줄여!!!"

드레이크Ⅱ의 함포가 굉음과 함께 불을 뿜어 심록의 거인에게 직격했다.

가슴을 관통당한 거인은 형태를 잃고 붕괴했지만, 머리를 관통당한 거인은 그 즉시 자기수복을 통해 다시 일어났다. 몸의 대부분이 바닷물로 구축되어 있어서 손상 범위가 큰 가슴이나 몸통을 맞히지 않으면 순식간에 원상복구되고 만다. 경이적인 수복능력이 아닐 수 없다.

만약 육박해 오면 다족형 전차의 화력으로 쓰러뜨릴 수 있는 상대가 아니다.

샴발라의 고속전함인 '브라마푸트라'도 요청에 응해 마찬가지로 포격을 개시했다.

총성과 포성으로 조금 전보다 더욱 격렬한 굉음이 울려 퍼지는 가운데, 개척부대와 샴발라의 전사들이 응전했다.

하지만 그 직후, 그들의 눈앞에서 바닷물이 크게 팽창하기 시작했다.

"윽, 이런! 이쪽으로 직접 보내올 셈인가?!!"

심록의 거인이 나타날 징조이리라. 전함을 직접 치기 위해 지근거리에서 만들기 시작한 것이다. 사태의 심각성을 알아챈 세이시로와 아난 준장이 동시에 달려들어 형태를 이루기 전에 심록의 거인 두 마리를 분쇄했다.

하지만 나머지 둘은 이미 늦었다.

전투가 가능할 정도로 부풀어 오른 심록의 거인은 주먹을 붕 휘둘러 전차부대를 옆으로 쓸어내듯 날려 버렸다.

다른 하나는 드레이크Ⅱ에게 덤벼들어 함교를 붙잡았다.

그것을 저지하고자 세이시로가 소리쳤다.

"이게…! 어딜 감히!!!"

기합성과 함께 토츠카노츠루기가 심록의 거인의 팔을 베어 낸다. 하지만 상대는 유체다.

눈 깜짝할 새에 형태를 되찾은 심록의 거인은 나머지 한쪽 팔을 치켜들어 뱃머리를 들어 올렸다. 전복시키려는 속셈이다.

"이, 이 자식, 왜 이렇게 끈질겨?! 다들 뭐든 붙잡아라!!"

토키와 함장이 외치자 선원들은 충격에 대비해 배의 구조물을 붙잡고 그 자리에 웅크려 앉았다. 배가 전복된다고 해도 파괴되지는 않겠지만 무력화되고 만다.

전황이 기울어지고 마는 것이다.

아난 준장이 주먹을 휘둘러 나머지 한쪽 팔을 끊어 냈지만 이래서는 끝이 없다. 그는 세이시로에게 눈짓을 한 후, 뱃머리에 서서 주먹을 쥐고 외쳤다.

"소년! 이대로 가면 끝이 없다! 동시에 가슴을 친다!!"

"알겠어요!!"

세이시로는 B.D.A의 출력을 높여 도신에 초유동 입자를 둘렀다. 아스트랄 노바와는 다른 빛을 발하기 시작한 세이시로의 초유동 곡도는 평범한 사람들의 눈에 번개를 두른 듯 보일 것이다. 실제로 세이시로의 초유동 곡도는 번개와 유사한 성질을 띠고 있었다.

만약 힘을 고조시킨 상태로 칼날을 부딪치면 비동조자 전자운
동으로 인해 상대는 감전되어 단숨에 타 버릴 거다.

초유동 곡도와 번개의 차이점은, 번개와 달리 세이시로가 방
출한 입자는 **직진**한다는 것이다.

"Blood accelerator(혈중입자가속기) 기동. '천유골(아바타)
카구츠치'…!!!"

토츠카노츠루기가 입자를 번개처럼 내쏘았다.

한때 극동을 떨게 했던 용의 숨결이 되살아난다.

열십자로 허공을 벤 쌍검에서 두 개의 파동이 방출되어 심록
의 거인의 가슴을 찢어 놓았다.

그리고 아난 준장이 타이밍을 맞춰 달려들어, 공중 수직 돌려
차기로 또 하나의 적을 공격했다.

"하아앗!!"

기합성과 함께 심록의 거인이 박살 난다. 엄청난 질량이 해수
면에 쏟아지자 물결이 아군과 적을 덮쳤다.

재생할 징조는 보이지 않는다. 역시 파손 정도가 심하면 부활
은 하지 않는 것 같다.

세이시로와 아난 준장은 크게 한숨을 내쉬고서 서로에게 눈짓
을 했다.

"어떻게든 피해를 억제하기는 했는데, 저희만으로는 아무래도

좀 힘드네요. 샴발라의 지원군이 도착하려면 아직 멀었습니까?"

"응? …아, 아아. 어쨌든 거리가 있다 보니 말이다. 정말로 미안하다. 하지만 이렇게 계속 싸우다 보면 반드시 광명이 비칠 거다! 해 뜨는 나라의 전사라면 계속 싸울 수 있을 거다!"

아난 준장이 주먹을 치켜들고 발랄한 미소를 지었다.

어쩐지 어색한 분위기가 느껴지기는 했지만 기분 탓일 거다.

근거 없는 자신감이라 해도 이 상황에서 비탄에 젖지 않고 괜찮다고 말해 주니 마음이 든든할 따름이다.

"게다가… 아무리 왕관종이라 해도 순간적으로 소비할 수 있는 입자의 양에는 한도가 있을 터. '오오야마츠미노카미'는 완전히 부활한 것도 아니니, 그 거대 균핵에 저장된 입자도 언젠가는 바닥날 거다. 이렇게 거인을 부수는 것도 결코 헛된 일이 아닐 것이야."

"그, 그렇군요."

듣고 보니 이토록 거대한 장기짝을 무한히 만들어 낼 수 있을 것 같지는 않다. 만약 그런 일이 가능했다면 진작 심록의 거인을 만들어 공격해 왔으리라.

"뭐, 낙관은 할 수 없지만. 잽싸게 많은 숫자를 동원하는 재버워크와 일정 수준의 개체를 만드는 데 시간이 걸리는 '오오야마츠미노카미'의 조합은 무섭도록 궁합이 좋다. 반드시 여기서 막아 내야 할 대적(大敵)이지. 긴장을 풀지 말자. 이곳의 중심은 우리다."

"네."

고갯짓을 주고받고 배에서 내렸다.

심록의 거인을 격퇴하기는 했지만 적은 그 사이에도 눈사태처럼 밀려들고 있었다.

같은 시각, 치히로가 소스라치게 놀란 투로 소리쳤다.

"후방에서 대기 중이던 부대가 움직이기 시작했어!!! 숫자는 열!!! 함포로 응전하겠지만, 놓친 적은 세이시로와 아난 준장님에게 맡기겠습니다!!"

"알겠습니다. …그나저나 참, 말이 쉽지."

"어쩔 수 없는 일이기는 하지만, 힘든 싸움을 각오할 필요가 있다. 조금 전과 같은 큰 기술과 무모한 행동은 삼가고, 격파는 전함에게 맡기도록 하지. 우리는 발을 묶는 일에 전념하는 게 좋겠어."

"말은 쉽지만 발을 묶는 것도 그렇게 간단하지는 않을 것 같은데요."

"그럴까? 아무리 수복능력이 뛰어나다 해도 발이 땅에 닿아 있다는 데에는 변함이 없다. 발 디딜 곳을 우선적으로 노리면 적을 멈춰 세우는 건 가능할 거다."

아난 준장의 제안에 세이시로는 그 즉시 납득하고 말았다. 확실히 유용한 전법이다.

재버워크의 손안에서 놀아난 일 때문에 전술 입안이 서툰 타입일 것이라는 선입관이 있었는데, 괜히 준장 지위에 오른 게 아닌 모양이다.

꼼수를 쓰지 않는 정공법이나 전선에서의 세심한 대응에는 능한 건지도 모른다.

"알겠습니다. 저도 아난 준장님에게 일시적으로 지휘권을 넘기기로 하죠."

"고맙군. …자아, 우선은 각개격파를 해 볼까!!"

두 사람은 주먹과 주먹을 마주치고서 적진으로 돌입했다.

결코 낙관할 수 있는 상황이 아니다. 탄약이 바닥나거나 전차부대가 무너지기 시작하면 그 뒤로는 일방적인 학살이 시작될 뿐이다.

현장에서 전차부대를 지휘하는 치히로는 서서히 열세로 기울어지고 있는 전황 앞에서 입술을 깨물었다.

현재 그녀가 할 수 있는 일은 어딘가에서 싸우고 있을 시노노메 카즈마를 필사적으로 부르는 일뿐이다.

"카즈마…!! 통신기가 켜져 있다면 대답 정도는 하라고…!!!"

응답이 없어 이를 악물었다.

통신기가 켜져 있으니 이쪽의 목소리는 들릴 것이다.

재버워크와 전투를 벌이고 있어 응답할 여유가 없는 것일지도 모르지만, 그렇다 해도 한마디쯤은 할 수 있을 거다.

치히로는 뭔가 방법이 없을지 필사적으로 모색해 보았지만, 그 어느 것도 타개책이 되지는 못할 듯했다. 그녀가 사면초가에 빠졌을 즈음, 긴급통신이 들어왔다.

[이쪽은 제15부대의 토도다. 치히로, 잠시 대화할 수 있겠냐?]

"……? 5분 정도라면요. 왜 그러시죠?"

[구속한 카이 총괄이 적복과 대화하고 싶다고 한다. 이 상황을 타파할 수단이 있다는군. 나츠키와 시노노메 대장이 다른 임무로 움직이고 있으니 대응할 수 있는 사람은 너밖에 없는데… 어쩔 거냐?]

구속된 카이 총괄은 재버워크의 밀정일지도 모른다는 의심을 받고 있다. 그 본인은 이미 재버워크에게 살해당해 수하가 되었을 가능성이 있기 때문이다.

이 긴박한 상황에 대화를 요청하니 더욱 수상하게 느껴졌다.

하지만 정말로 타개책이 있다면 역전의 실마리를 놓치게 될지도 모른다는 뜻이 된다. 구속하고 있는 토도가 명령을 위반해 가면서까지 대화 기회를 마련한 것도 그 때문이리라.

"…알겠습니다. 연결해 주세요."

[알겠다.]

밧줄이 풀리는 소리가 났다.

잠시 후 콘솔 패널의 영상에 카이 총괄이 나타났다.

[…흥. 도쿄의 방식은 상당히 거친 것 같군.]

"상황이 상황이라서요. 이해해 주시죠."

[알고 있네. 재버워크라는 녀석의 악랄함에 관해서는 나도 들었으니. 나라도 같은 대응을 했겠지.]

예상했던 것보다 냉정한 태도에 치히로는 당황했다. 하지만 이쪽의 경계심을 낮추기 위한 연기일 가능성도 있다. 치히로는 긴장을 풀지 않고 일정한 톤으로 물었다.

"시간이 없어요. 타개책이 있다고 들었는데, 그건 대체 어떤 방법이죠?"

[이전에 이야기했던 것과 같네. 34호… '아마쿠니 34호'를 데리고 사쿠라지마 관측소로 향하는 거지. 셸터의 지하통로를 사용하면 안전하게 갈 수 있을 걸세.]

"…아마쿠니 34호… 지난번 회의 때도 나온 이름인데, 무슨 병기 같은 건가요?"

치히로는 고개를 갸웃했다. 일전의 회의 후, 카이 총괄이 각 조직의 최고 사령관에게 전달한 사항이 있는 듯했지만 치히로는 그에 관한 설명을 아직 듣지 못했다.

카이 총괄은 다소 놀랐지만 바로 사정을 알아챘다.

[그렇게 된 건가…. 아무래도 적복 안에도 서열이 있는 모양이군. 아무 이야기도 듣지 못한 듯한데, 자네도 34호와 만난 적이 있을 걸세.]

치히로는 다시 물음표를 떠올렸지만 '만났다'는 표현을 쓴 것을 보면 E.R.A 병기는 아닌 모양이다. 그렇다면 아마쿠니 박사를 말하는 걸까 하고 치히로는 잠시 생각했지만….

"34호… 미요(三四)? 혹시 아자카미 미요를 말하는 건가요?"

[그건 내 여동생이 멋대로 붙인 이름에 불과해. 그것은 애초에 '오오야마츠미노카미'를 인간의 손으로 지배하기 위해 만들어낸 인조병기니 말이지. '왕관종'을 조종해 인류의 시대를 되찾기 위한 마지막 파츠. 그것이 그 계집이네.]

"무슨… 왕관종을 조종해요?! 그런 게 가능한가요?!!"

치히로는 귀를 의심했다.

절대적인 힘을 지닌 왕관종을 인간의 기술로 조종할 방법이 있다는 이야기는 들어 본 적이 없기 때문이다.

하지만 카이 총괄은 냉정한 눈으로 고개를 끄덕였다.

[오해가 없도록 설명을 하자면, 다른 왕관종에게 적응할 수 있는 방법이 아니네. '오오야마츠미노카미'라는 거목과 균핵의 성질을 이용하는 방법이니. '아마노사카호코(天逆鉾)'에 의한 진정화 실험의 다음 단계에 해당하는 것이라 생각하도록. 그러나 그를 위해서는 사쿠라지마 관측소 지하에 있는 시설까지 34호를 데려가야만 해. 당장 넘겨주었으면 하네.]

"그, 그렇군요…. 사정은 알겠지만… 그 작전을 아자카미 미요는 알고 있나요? 그녀의 몸에 영향은 없는 건가요?"

[물론 34호는 죽지.]

하지만 대수롭지 않은 문제라고 카이 총괄은 딱 잘라 말했다.

그 냉정함에 치히로는 눈이 휘둥그레졌다. 그러나 카이 총괄은 냉정한 눈을 한 채 치히로를 노려보며 말을 이었다.

[말했을 텐데? 34호는 마지막 파츠라고. 그 계집의 심장에는 '오오야마츠미노카미'의 가공 수지, 그리고 거대 균핵의 조각이 심어져 있네. 굳이 말하자면 소형 왕관종인 셈이지.]

"뭐… 저, 정말로 그런 인체실험을 했던 건가요?!"

[물론이네. 아자카미 미요를 거대 균핵과 **동화**시켜 생체 제어하는 것. 그것이 이 계획의 전모네. 자아가 없는 '오오야마츠미노카미'이기에 통하는 방법이지.]

카이 총괄은 담담하게, 억양 없는 목소리로 작전 내용을 전달했다.

치히로는 눈앞이 아찔해지는 것만 같았다.

곤경에 빠진 도시국가가 인체실험을 통해 강력한 고적합자를 만들어 내려 한 계획에 관해서는 들은 적이 있다. 하지만 카이 총괄의 작전은 그보다 훨씬 비도덕적이었다.

말문이 막힌 치히로는 날카로운 눈빛으로 무언의 항의를 날렸지만, 카이 총괄은 전혀 개의치 않고 노려보았다.

[오오야마츠미노카미가 나타난 지 어언 140년. 이전의 폭주로부터 13년의 세월이 흘렀네. 큐슈 총련은 저 괴물의 공포에 떨며 살아왔네. 그 불안을 해소하기 위한 대가라 생각하면 싸게 먹히

는 거지.]

"하, 하지만!! 인조생명체를 만든 것만으로도 충분히 비도덕적이라 할 수 있는데, 그런 그녀를 소모품처럼 쓰겠다뇨?!"

더는 참을 수 없어서 치히로가 고함을 쳤지만 그 목소리는 등 뒤에서 발생한 폭발음에 의해 지워졌다.

아무래도 전차 한 대가 대파한 모양이다.

개척부대의 일원들은 곧바로 소화 활동에 나섰지만 탑승자가 구조될 가망은 거의 없으리라.

카이 총괄은 싸늘한 눈으로 그 광경을 가리키며 입을 열었다.

[그럼 묻겠네. 자네의 뒤에서 대파한 전차의 승조원과 34호의 목숨. 그 둘의 가치는 대등하지 않은 건가? 34호를 조속히 포기했다면 많은 이들이 죽지 않을 수 있었다고는 생각지 않나?]

"그… 그건…."

[지금 자네가 이렇게 고민하는 동안에도 목숨을 잃는 자는 있겠지. 그 모든 이들의 목숨을 저울질하고도 우리의 연구가 비도덕적이었다고 비난할 수 있겠나? 그것은 정말로 지휘관으로서 숙고를 거듭한 끝에 내뱉은 발언인가?]

거듭된 질문에 답할 말이 궁해 입을 다물었다.

카이 총괄의 말은 비도덕적인 연구임을 인정하는 동시에 다른 해결책이 없음을 타이르는 것이었다.

무능한 부대의 대장은 백 명의 병사를 죽이고,

무능한 사령관은 천 명의 병사를 죽이고,

무능한 위정자는 백만 명의 국민을 죽인다.

목숨을 저울질하는 행위는 다른 이들의 위에 서는 자에게 피할 수 없는 일이다. 그에 대한 결론을 내놓을 수 없는 인간은 다른 사람의 위에 서서는 안 된다.

하지만 인간을 희생하는 것을 전제로 한 선택을 그 자리에서할 수 있을 정도로 치히로는 세상사에 달관한 이가 아니다. 하지만 정답이 없는 난제(難題)에, 자기 나름의 해답을 내놓는 것이지휘관의 역할이라는 것은 안다.

인간으로서의 오기를 택해 정의를 부르짖을지.

최전선에 있는 인간의 위험요소를 배제하는 일을 우선시할지.

각오를 굳히고 목소리를 내려 하자 갑자기 혀끝이 뻣뻣해져서말이 나오지 않았다.

"…큭…."

[……. 치히로 군.]

카이 총괄의 목소리가 조금 부드러워졌다.

크게 한숨을 내쉰 후, 카이 총괄은 연민 어린 눈빛으로 치히로를 바라보며 말을 내뱉었다.

[기억해 두게. …가장 무능한 사령관은, '답을 내놓지 못하는자'네.]

"윽, 나, 나는…!!!"

[약속했던 5분이 지났군. 시간을 빼앗아 미안하네. 방금 한 이야기는 모두 잊어도 좋아. …극동의 건투를, 진심으로 기도하겠네.]

토도가 옆에서 통신을 끊었다. 상대는 재버워크에게 조종당하고 있을지도 모르는 상대다. 모든 말을 곧이곧대로 받아들여 대화 시간을 연장해 줄 정도로 토도 츠나요시는 무른 남자가 아니다.

카이 총괄도 상황을 파악하고 있기에 모두 잊어도 좋다는 말을 남긴 것이다.

이 이상 사령관인 치히로를 잡아 두었다가 최전선의 방어선이 무너지는 사태를 우려했기에 자신의 비원(悲願)을 거둬들인 거다.

두 사람 모두 화면을 앞에 두고 후회하고 있으리라.

미숙한 자에게, 지나치게 부담스러운 이야기를 하고 말았다면서….

"큭… 젠장…!!!"

쾅! 조종간을 후려쳤다.

분하고 한심해서 울고 싶어졌지만 그럴 수 있는 상황이 아니다.

[치히로, 이야기는 끝났냐?! 끝났으면 몇 명 데리고 우현으로 가 다오!! 이대로 가면 방어선이 뚫린다!]

"알겠어요, 지금 가요!!"

토키와 함장의 요청을 받은 치히로는 자신의 뺨을 두들기고 조종간을 움켜쥐어 다족형 전차를 전진시켰다. 반성만 하고 있을 수는 없는 일이다.

상황은 예상을 허락지 않고, 승리할 방법은 여전히 보이지 않는다.

적의 증원군은 끝도 없이 이쪽으로 몰려들고 있다.

사령관인 치히로에게는 망설이고 있을 시간이 없다.

그렇게 그녀는 타개책을 찾아 필사적으로 머리를 굴리며 끝이 보이지 않는 사투에 몸을 던졌다.

*

그 무렵. …똑, 똑.

천장에서 시노노메 카즈마의 뺨에 물방울이 떨어졌다.

'아마노사카호코'를 안치했던 장소는 단립구조(團粒構造)의 미니 셸터인 탓에 간단히 깨지지 않는다.

그것도 숫자를 앞세워 밀려드는 적에 의해 결국 깨지려 하고 있었다.

재버워크가 만들어 낸 거구종 중에는 머리가 여럿인 짐승은 물론이고 팔이 여럿인 짐승도 있었다.

침을 흘리며 야성(野性)에 몸을 맡겨 날뛰는 그 모습은 자연계에서는 결코 찾아볼 수 없는 이상함이 느껴졌다. 짐승들의 숨결이 카즈마에게 차츰차츰 가까워지고 있었다.

하지만… 시노노메 카즈마의 신경은 온통 통신기에서 들려온 치히로와 카이 총괄의 대화에 집중되어 있었다.

'…그렇군. 아자카미가 배신한 건… 그런, 이유 때문이었나.'

입술을 깨물어 필사적으로 의식을 유지시킨다.

이상하게도 아자카미 미요의 기습은 카즈마의 급소를 노린 것이 아니었다. 간신히 의식을 잃지 않은 카즈마는 아자카미 미요에게 찔린 상처가 얕은 것을 확인하고 놀랐다.

몸이 움직이지 않았던 것은 독 때문인 것 같다.

카즈마는 손가락과 팔을 간신히 움직여 치히로와 연결된 통신기의 전원을 켰지만, 혀가 마비되어 움직일 수가 없었다.

그렇게 답변을 하지 못한 채, 우연히 두 사람의 대화를 듣고만 것이다.

'다시 말해서 아자카미가 나를 찌른 건… 큐슈 총련과 극동 사람들에게, 복수하기 위해서…?'

복수가 목적이라면 모든 의문이 풀린다.

재버워크에게 협력한 이유와 '아마노사카호코'를 빼앗은 것도 모두 다 복수를 위해서였다. 지하도시를 찾았을 때 주민들의 반응을 보면, 얼마나 박해를 당했을지 쉽게 짐작할 수 있었다.

아마쿠니 박사가 살해당한 것을 계기로 그녀의 복수심에 불이 붙은 거라면….

'…아니, **아니야**. 그래서는 그 눈물의 의미가 설명되지 않아.'

몽롱한 의식 속… 독으로 인해 움직일 수 없게 된 시노노메 카즈마의 머릿속에는 떠나가는 미요가 눈물을 흘렸던 모순된 장면이 몇 번이나 반복되고 있었다.

"…………."

그 눈물에는… 과연 어떤 의미가 담겨 있었을까?

아자카미 미요에게 찔렸을 때의 고통보다도, 배신으로 인한 분노보다도.

피투성이가 되어 흘린 그 눈물에 대한 의문이 머릿속을 계속해서 맴돌았다.

박해를 받았던 그녀에게는 큐슈 총련을 배신할 만한 이유가 있으리라. 아마쿠니 박사를 살해당한 것에 대한 분노와 슬픔이 그렇게 만들었을 가능성도 충분히 있다.

하지만 그렇다면, 그 눈물은 대체 뭐였을까.

도쿄 개척부대와 큐슈 총련, 모든 인간들에게 복수하기를 바랐다면.

복수라는 큰 소망이 이뤄진 순간, 그렇게 눈물을 흘릴 이유가 있을까.

…아니, 그럴 리가 없다.

그녀는 떠나갈 때, 눈물을 흘리며 이렇게 말했다.

'…미안해요.

이건 분명, 저의 죄.

제가 살고 싶다고 바란 것 자체가 죄였어요.'

살려고 했던 것. 죽고 싶지 않다고 바란 것.

'오오야마츠미노카미'를 억제하기 위한 힘을 부여받은 아자카미 미요는 큐슈 총련 사람들에게 이용당해 목숨을 잃어야만 하는 작전에 쓰일 예정이었다.

아마쿠니 박사가 목숨을 잃은 사건은 분명 그들에게서 도망칠 때 일어난 것이리라.

박사도 양심의 가책을 견딜 수 없게 된 것인지, 아니면 미요를 위해 행동에 나섰던 것인지. 거기까지는 카즈마도 알 수 없다.

카즈마가 이해한 것은 하나뿐이다.

아자카미 미요는 박해당했고, 하물며 살해까지 당할 뻔했음에도… 그녀는 살려고 했던 것조차 사과하며, 구슬 같은 눈물을 흘리며 카즈마를 뒤에서 찔렀다.

'그렇다면 아자카미는… 우리를, 배신한 게 아니야. 아자카미는 분명……!!!'

분노로 주먹을 힘껏 움켜쥐었다.

그녀는 뭔가 생각한 바가 있어서 카즈마를 뒤에서 찔러 움직임을 멈추게 하고 '아마노사카호코'를 가지고 떠났다. 살고 싶다는 생각이 죄였다고 말한 그녀는 모든 것을 청산하기 위해 재버워크에게 갔다.

그래서 히비키와 후부키가 시간을 벌기 위해 전장으로 향했다는 이야기를 들은 아자카미 미요는 이렇게 말했던 것이다.

'만약… 만약 오오야마츠미노카미만이라도 일시적으로 물리친다면. 원정군 여러분은 이곳에서 퇴각할 수 있을까요?'

그 말의 의미를 이해한 순간.

카즈마는 온 힘을 다해 대지를 후려쳤다.

'확실해…. 아자카미는… 아자카미는, **혼자서 싸울 생각이야…!!!**'

웃기지 말라고 영혼이 부르짖었다.

몽롱했던 의식이 단숨에 깨어나, 신경독에 중독된 몸을 채찍질해 움직였다. 분노로 움켜쥔 주먹으로 대지를 후려쳐, 비틀거리는 몸을 억지로 일으켰다.

카야하라 나츠키의 말을 빌자면 독에 중독되었을 때는 독을 제거하고자 입자체(나노머신)가 활성화된다고 한다.

독에 대한 면역력에는 개인차가 있다고 하는데, 이렇게 의식이 있는 것을 보면 카즈마의 면역력은 평균보다 다소 높은 정도이리라.

하지만 온전한 상태가 아니라는 데에 변함은 없다.

코앞까지 와 있던 두 마리의 거구종은 카즈마의 행동에 놀랐고, 곧이어 격노하여 이를 드려내고 덤벼들었다.

「GEEEEYAAAAAAAaaaa!!!」

머리가 여럿인 거구종이 포효하며 날뛴다. 코앞까지 다가온 그 거대한 이빨을 피한 카즈마는 발도술을 펼쳐 적을 단칼에 베었다.

나머지 한 마리는 머리가 여럿인 그 양단된 거구종을 뛰어넘어 거대한 팔을 치켜들더니 주먹을 카즈마에게 내려쳤다.

평소 같았으면 칼을 무르며 요격했겠지만, 신경독으로 몸이 둔해진 탓에 카즈마는 그럴 수가 없었다.

만전을 기하기 위해 카즈마는 한 걸음 물러나 거리를 벌렸다.

자세를 바로잡고서 칼을 똑바로 다시 겨누어, 적의 거대한 팔을 모두 베어 낸 후 한걸음에 품속으로 파고들어 적의 목을 쳤다.

「GYa……?!!」

"큭…."

전투를 마친 카즈마는 괴로운 듯 숨을 토해 내며 칼을 지팡이 삼아 몸을 지탱했다.

정상적인 상태의 카즈마였다면 이렇게까지 애를 먹을 상대가 아니었다. 그 자리에서 두 번 칼을 휘두르면 처리가 될 정도의 상대였다. 신경독의 침식이 생각했던 것 이상으로 카즈마의 전투능력을 약화시켰다.

그러던 그때, 발치에 아까 베었던 의수가 부딪혔다.

'…아자카미와 함께 있었던 남자의 의수인가.'

의수와 의족을 장착한 남자. 마지막 순간, 아자카미 미요를 몰아붙인 것은 이 남자였다.

재버워크에게 조종당하는 것처럼 보이지는 않았다. 평범한 사람이 재버워크를 돕는 이유가 무엇일지는 짐작도 되지 않는다.

발치에 널브러진 의수를 화풀이 삼아 짓밟자, 서로 뒤엉킨 세 마리의 뱀이 새겨진 문장이 굴러 나왔다.

'모든 사람들이, 아자카미를 궁지로 몬 거야. 큐슈 총련, 재버워크, 그 남자… 그리고 나도 마찬가지지.'

중독되기는 했지만 격분한 카즈마의 투지는 수그러들 줄을 몰랐다.

오장육부에서 넘쳐 난 분노는 한심한 자신을 향한 것이었다.

아자카미 미요는 떠나가며… 살고 싶다고 바란 것이 죄라고, 눈물을 흘리며 말했다.

무엇 때문에 눈물을 흘리고, 누구를 향해 사죄한 것일까. 그 정도는 말로 하지 않아도 알 수 있다.

그녀는 그때… '모두를 위해, **죽지 못해서** 죄송해요'라고 한 거다.

불과 12년밖에 살지 않은 소녀가 눈물을 흘리며 그렇게 사죄한 것이다.

"제길…. 이런 데서 뻗어 있을 때가 아냐…!!!"

분노에 몸을 맡겨 발을 내디디며 앞으로 나아간다.

아버지도 어머니도 없이, 이 세상에 어떠한 연고도 없이 태어난 소녀.

도움을 구하려 해도 말조차 꺼낼 수 없는 환경에서 자랐을 터.

그런 그녀에게 비뚤어진 사죄를 하게 만든 것이 정말로 분하고 한심하고, 무엇보다도 슬펐다.

왕관종에게 끌려가면 이용당할 테고, 인간에게 붙잡히면 소비된다.

사면초가와 같은 환경에 있었던 아자카미 미요가, 죽는다면 하다못해 처음 생긴 친구를 위해 싸우다 죽기로 결심하게 된 것은, 생각해 보면 당연한 귀결이라 할 수 있었다.

카즈마가 조금 더 일찍 그녀가 처한 상황을 알아챘다면. 조금 더 그녀의 이야기를 들어 주었더라면. 사태가 이렇게까지 되지는 않았을지도 모르건만.

'…가자. 아직, 늦지 않았을 거야…!!'

숨을 헐떡이며 고개를 든다. 시간이 없다는 건 분명하다.

지하도시를 덮친 '오오야마츠미노카미'로 인해 이 도시는 땅속으로 가라앉고 있다. 붕괴는 이미 시작되었다.

이미 패색(敗色)이 짙은 상황일지도 모른다.

신경독에 중독된 몸으로 얼마나 싸울 수 있을지도 분명치 않다.

하지만 그렇다 해도… 지금 당장 달려 나가지 않으면 평생 후회할 거다.

피가 배어나도록 주먹을 움켜쥔 카즈마는 아자카미 미요 일행을 쫓아 달려 나갔다.

*

큐슈 총련 지하도시
산간부 지하 셸터.

같은 시각. 격렬한 굉음과 함께 드레이크Ⅲ의 선저부가 대파되었다.

가라앉기 시작한 전함에서 기다시피 해서 탈출한 승조원은 부상자를 부축하며 지상으로 대피했다. 제3부대와 교전하고 있던 재버워크는 빈사 상태에 빠진 타치바나 유지의 머리를 밟은 채 홍소(哄笑)를 터뜨렸다.

"후후. 때가 무르익었다고 해야 하려나? 과연 얼마나 되는 인간이 살아남을 수 있을까?"

재버워크가 아마쿠니 박사의 육체를 조종해 말투를 흉내 내어 말했다.

요염한 그 눈동자에서는 명백히 다른 영혼의 고동이 느껴졌다.

지금까지 보였던 다정한 모습이 그녀의 의식을 모방한 것이었다면, 이 불길한 미소가 바로 재버워크 본인의 표정인 것이리라.

타치바나는 피투성이가 된 채 필사적으로 상체를 젖혀 재버워크를 노려보았다.

"빌어, 먹을⋯!!! 큐슈에서, 우리 야마토 민족을 제거하고⋯ 세력권을 구축할 셈이냐⋯!!!"

"어머, 제거라니! 학살할 속셈이었다면 이렇게 귀찮은 짓을 왜 하겠어? 우리의 목적은 훨씬 원대하고 심오해."

아주 섭섭하다는 투로 너스레를 떨었다. 무겁고 가벼운 부상을 입고 그 자리에 쓰러진 제3부대의 일원들도 필사적으로 굴하지 않겠다는 뜻을 내비쳤지만 서로가 가진 힘의 차이가 너무 컸다.

범고래가 먹잇감을 가지고 놀 듯, 재버워크도 계속 봐주며 싸우고 있었다.

죽이려면 언제든 죽일 수 있다.

그런 여유를 내보이며 재버워크는 본인에게 있어선 쓰다듬는 거나 다름없는 정도의 힘으로 제3부대를 격파한 것이다.

"당신들 제3부대의 능력은 최근 며칠 동안 확인했어. 전투능력은 둘째 치고 기술개발자로서의 능력은 높이 평가할 수 있지. 당신들을 잃는 건 야마토 민족 전체의 손해라 해도 과언이 아니야. 그 증거로 한 명도 안 죽였잖아?"

"…큭."

타치바나는 이를 갈며 주변을 확인했다.

격렬하게 싸운 흔적은 눈에 띄었지만 확실히 아무도 죽지 않았다.

죽은 자를 조종하는 재버워크가 굳이 적을 살려 둘 필요는 없다. 만약 살려 두는 데 의미가 있다면….

"…우리더러, 예속되라고 말하려는 거냐?"

"눈치가 빠르네. 역시 제3부대의 대장이야. 이 육체를 써서 인간들의 역사와 문화를 접해 본 결과, 인간이 지닌 최대의 강점은 개발과 개척의 능력이라는 걸 알게 됐어. 인류 최고의 전성기에 만들어진 독자적인 문화는 유사성을 찾을 수 없는 유일무이한 것이라고 생각하거든."

머리에서 발을 치운 재버워크는 타치바나 앞에 무릎을 꿇고 조금 전과 마찬가지로 요염한 미소를 지었다.

타치바나는 눈을 가늘게 뜨고서 이를 드러내며 소리쳤다.

"웃기지, 마…! 우리가, 그렇게 간단히 따를 것 같아?!"

"어머어머어머나? 따를지 말지, 거부권이 당신들에게 있을 것 같아? 지금 이 상황에서?"

그녀는 두 팔을 펼쳐 바야흐로 멸망하려 하고 있는 큐슈의 지하 셸터를 가리켰다.

개척부대는 밀려드는 짐승의 무리를 되밀어내고자 필사적으로 응전하고 있지만, 다족형 전차의 수가 너무도 부족했다. 무장하고 계속해서 싸우고 있는 건 각 부대의 대장 급과 그 측근들뿐이다.

지하 셸터처럼 좁은 공간에서 전함은 별 도움이 안 된다. 주포 같은 걸 썼다간 공간이 통째로 붕괴될 가능성까지 있다.

압도적인 물량에 짓밟히는 건 시간문제일 것이다.

그리고 그러한 예감을 뒷받침하는 연락이 통신기를 통해 들려왔다.

[재버워크 나리. '아마노사카호코'를 손에 넣었습다.]

"뭐?!!"

"잘했어. 카즈마 군은 어쨌어? 벌써 죽였어?"

[어? 죽여도 되는 거였습까? 나리가 마음에 들어 하시는 것 같아서, 나리의 조직으로 끌어들일 예정인 줄 알았는데….]

기분이 좋아 보였던 재버워크가 순식간에 불쾌한 표정을 지었다. 그만한 실력자를 아깝다고 생각하는 것은 자연스러운 일이지만, 집착하고 있는 것처럼 보인 게 마음에 안 드는 듯했다.

재버워크는 언짢은 듯 허리에 손을 얹은 채로 죽일지 말지 잠시 고민하더니, 금방 생각을 바꿔 타치바나에게 시선을 옮겼다.

"…뭐, 됐어. 처리는 내 장기짝한테 시키지. 당신들의 최우선 사항은 '아마노사카호코'를 확보하는 거야. 초초고농도 결정체를 잃으면 다들 전의를 잃을 테니까."

[알겠습니다. 그럼 지하통로를 따라 사쿠라지마 관측소까지 이동하겠습니다. 이곳은 부탁드리겠습다.]

의수와 의족을 장착한 남자와 통신이 끊겼다.

재버워크는 의기양양한 미소를 지었다.

"자아, 이제 알겠지? 봐주고 있는 건 당신들, 제3부대뿐만이 아니야. 이곳에 있는 모든 인간들에게 유예 시간을 주고 있는 거라고. 몰살시키려고 마음만 먹으면 몇 초 만에 끝낼 수 있지만 우리가 자비를 베풀어 주고 있는 것에 불과해. 이제 알겠어, 타치바나 대장?"

"…큭…!!!"

"만약 당신들 제3부대가 솔선해서 나를 따른다면, 이곳에서 물러나 줄 수도 있어. 야마토 민족의 총의(總意)가 결정되려면 시간이 좀 걸릴 테니까. …하지만 당신들이 거부하면 큐슈는 오늘로 끝이야. 우선 카즈마 군부터 죽여 줄게."

잔학한 말을 입 밖에 내는 동시에 재버워크는 등 뒤로 본체 중 일부를 표출시키며 위압했다.

불사의 괴물을 격퇴하려면 가공광자가 필요하다는 이야기는 타치바나도 들었다.

그 때문에 특수 예광작약탄을 준비해 두기도 했지만, 모습을 감출 수 있는 재버워크의 본체에 총탄을 직격시키는 건 매우 어려운 일이다. 지난번에 실시했던 저격에 의한 기습은 경계하고 있을 것이다.

더 이상 저항할 방법이 없는 상대를 위압하고 공갈하고 지배한다.

국가라는 모래산을 무너뜨리려면 처음에 배신할 누군가가 필요하다.

재버워크는 그 상대로 제3부대의 타치바나 일행을 선택한 것이다.

"어때? 일시적으로나마 위협 요소가 사라진다면 나쁜 거래는 아니잖아? 중화대륙연방과 샴발라의 지원군이 이곳에 오려면 사흘이나 남았어. 승산이 있을 것 같아?"

"…젠장…!!!"

원정군이 합류하려면 열흘이 걸린다는 이야기는 각 부대의 대장들에게도 전달되었다. 중화대륙연방과 샴발라의 지원군은 사흘 후 아침에 도착한다고 한다.

이미 외통수를 맞은 거나 다름없는 상황이다. 역전의 실마리가 될 만한 것은 없다.

입술을 깨문 채 고개를 끄덕이려던 그때.

통신기 너머에서 카야하라 나츠키가 외쳤다.

[잠깐, 타치바나 씨!!!]

"나, 나츠키?! 무사한 거냐?!"

갑작스러운 간섭에 재버워크와 타치바나의 얼굴에 놀란 빛이 퍼졌다.

[죄송해요, 타치바나 씨. 재버워크의 목적을 알려고 도청하고 있었어요. 하지만 그런 거래에 응할 필요는 없어요. 작전은 순조롭게 진행 중이니까요. 아직 역전은 가능해요!]

나츠키는 냉정하게 타치바나에게 현재 상황을 보고했다. 두 사람은 이번에야말로 표정이 바뀔 정도로 놀랄 수밖에 없었다. 타치바나는 제3부대의 대장을 맡고 있었지만, 작전대로 사태가 움직이고 있다는 이야기는 처음 들었기 때문이다.

재버워크는 타치바나의 무선기를 잡아채서 고압적인 목소리로 나츠키에게 물었다.

"꽤나 터무니없는 소리를 하네, 나츠키 양. 이 상황을 뒤집을 비책이 당신에게 있다는 거야? 미요의 독에 중독된 카즈마 군이 어떻게든 해 준대?"

도발적으로 말하고서 또다시 타치바나를 짓밟았다. 언제든 죽일 수 있다는 시위 행위이리라. 하지만 나츠키는 위축되지 않고 예리한 목소리로 맞받아쳤다.

[…재버워크. 당신은 지나치게 방심했어. 상황을 제대로 파악하지 못한 건 당신이야. 카즈 군이 한 말 못 들었어?]

"······?"

[카즈 군에게 이야기를 들은 우리는, 당신의 정체를 거의 확신하고 있었어. 그건 징위 대사와 아난 준장도 마찬가지였지. ···그런 우리가 **진짜 계획을 전달했을 것 같아**?]

재버워크의 안색이 바뀌었다. 그가 표정을 구긴 순간.

반격의 봉화라 할 수 있는 폭격이 오오야마츠미노카미의 본체를 덮쳤다.

MILLION CROWN

WHAT IS MILLION CROWN....?
A CHALLENGE THAT EXCEEDS
THE POWER OF HUMAN INTELLECT.
THE TALE OF HUMANITY'S
REVIVAL BEGINS.

"나 원. 이 몸에게 시간을 벌라고 하다니,
불손하기 짝이 없군."

2장
CHAPTER
2

남남서쪽에서 뜨거운 바람이 불었다.

그 이변을 가장 먼저 감지한 이들은 지상에서 싸우고 있는 부대였을 것이다.

거친 파도처럼 몰려드는 괴물들의 무리와 오오야마츠미노카미에게 삼켜질 위기에 처한 개척부대와 샴발라의 전사들은 머나면 남남서 방향에서 불어온 뜨거운 바람을 느끼고 고개를 들었다.

'……? 뭐지, 이 바람은…?'

다족형 전차에 탄 치히로는 문득 사쿠라지마가 있는 방향을 보았다.

포격과 총성 탓에 지금까지 알아채지 못했지만, 아주 먼 곳에서 폭발음 같은 것이 들려왔다.

치히로는 적의 증원군인 줄 알았지만, 어쩐지 분위기가 이상했다.

가공입자(타키온) 방출 비공체를 보내 볼까 망설이던 그때… 혼란으로 가득한 목소리가 치히로의 통신기에서 들려왔다.

[치, 치, 치히로 씨!! 여기는, 사쿠라지마 관측소의 정찰부대! 크, 크크크큰일이에요!!!]

"왜, 왜 그래?! 오오야마츠미노카미가 날뛰기 시작했어?!"

보고를 하는 사이조 히나의 뒤에서는 보다 격렬한 폭발음이 울리고 있었다.

분명 사쿠라지마 관측소 주변에서 무슨 일이 일어나고 있다.

치히로는 오오야마츠미노카미가 다시 진격을 개시한 걸까, 하고 추측했지만 현지에 있는 사이조 히나는 격렬하게 고개를 가로저어 부정했다.

[아, 아니에요!! 하, **하늘이에요!! 하늘에서의 공격이에요!!**]

"……하늘?"

[네! 북서쪽, 10시 방향에서 날아온 불꽃 같은 뭔가가, 오오야마츠미노카미의 본체를 강습하고 있어요!!! 어, 엄청난 폭발이에요!!!]

치히로는 이해가 되지 않아 멍하니 입을 벌리고 있었다.

인류가 하늘을 지배했던 것은 한참 과거의 일이다. 퇴폐의 시대인 현재, 제공권은 세 마리의 왕관종들이 지배하고 있다.

국가 간의 교우에 해로를 사용할 수밖에 없게 된 것은 비행기술이 쇠퇴했기 때문이기도 하지만, 그 세 왕관종의 지배력이 너무도 강력했기 때문이다.

때문에 무언가가 비행하며 대지(對地) 병기로 공격하고 있을 가능성은 없다.

무슨 일이 일어난 것인지 이해할 수가 없어 혼란 상태에 빠질 뻔한 그때.

보고에서 언급된 병기가 높은 상공에서 날아들어 심록의 거인을 강습했다.

"이… 이런!! 세이시로, 아난 준장님!! 당장 도망쳐요!!"

가공입자 방출 비공체로 주변을 경계하던 치히로는 두 사람을 향해 외쳤다. 거인의 진격을 막기 위해 앞으로 나아가 있던 두 사람은, 직격은 면할 수 있어도 폭격의 범위에 있었다.

통신기로 전달해서는 늦을 거라 판단한 치히로는 두 사람에게 정신감응(텔레파스)을 사용해 직접 영상을 보냈다.

사태를 파악한 세이시로는 걸음을 멈추고 놀란 얼굴로 하늘을 올려다보았다.

"상공에서의 공격…?! 아난 준장님! 하늘에 운을 맡기고 우리가 격추해 볼까요?!"

"아니, 이건… 그렇군! 늦지 않은 건가!!"

아난 준장이 환희하며 소리치더니 세이시로를 옆구리에 끼고 후방으로 달려 나갔다.

이 행동에는 세이시로는 물론이고 쌍둥이도 놀랐다. 적의 것인지 아군의 것인지 모를 상공에서의 공격을 방치했다가는 어떤 피해가 발생할지 모를 일이기 때문이다.

"무슨 짓이에요, 아난 준장님?! 아군이 휘말려들지도 모른다고요!!"

[으와와, 우리는 둘째 치고 다른 사람들은 괜찮으려나?!]

"괜찮다! 그분이 그런 실수를 할 리가 없으니! 그보다 서둘러 치히로 공에게로 가자! 상황을 전달해야만 해!"

아난 준장은 막무가내로 질주했다.

그 말을 들은 세이시로는 귀를 의심할 수밖에 없었다.

"서, 설마… 샴발라의 지원군이 늦지 않고 도착한 겁니까?!"

산악지대에 폭격이 시작된 것은 그 직후였다.

머나먼 상공에서 쏟아진 폭격은 눈 깜짝할 새에 재버워크가 만들어 낸 거구종을 날려 버리고 심록의 거인을 일소했다. 그 제압력은 압도적이라, 지금까지 개척부대가 보아 온 E.R.A 병기와는 비교도 되지 않았다.

다족형 전차로는 아무리 노력해도 거구종 대여섯 마리를 한꺼번에 상대하는 게 한계다. 전함 역시 거리가 좁혀지면 '백모원(실버백)'의 무리에게 격침당하는 일도 있다.

하지만 이 폭격은 안전권에서 일방적으로 적을 물리치고 있다.

강인한 이빨도 흉악한 발톱도 머나먼 천공에서 쏟아지는 저 공격에는 결코 닿지 않는다.

이렇게까지 일방적인 유린이 이루어지는 광경을 세이시로는 본 적이 없었다.

온 힘을 다해 후방까지 물러난 아난 준장은 세이시로를 내려놓고 치히로를 찾고자 외쳤다.

"치히로 공!! 치히로 공은 계시는가?!!"

"아난 준장님! 마침 잘됐네요, 묻고 싶은 게 있어요! 날아오고 있는 폭격은 인조물에 의한 것 같은데, 짚이시는 바가 있나요?!

혹시 샴발라의 지원군이 도착한 건가요?!"

치히로의 물음에 그 자리에 있는 모든 이가 기대를 품었다. 이 상황에 지원군이 제때 도착한 것이라면 그야말로 지옥에 희망의 빛이 비친 것이라 해도 과언이 아닐 것이다.

하지만 아난 준장은 고개를 가로저어 부정한 후, 오른쪽 주먹을 움켜쥐었다.

"아니요, 아무리 그래도 6000킬로미터도 더 떨어져 있다 보니 그리 쉽게 지원군을 보낼 수는 없지요. 이건 지원군이 아니라 본국에서의 지원공격입니다."

"보… 본국에서의 지원공격??!"

"대, 대륙 간 탄도공격이라는 건가요?!!"

선뜻 믿기지가 않는 이야기였다.

위성에 의한 관측도 유도도 불가능한 이 시대에 수천 킬로미터나 떨어져 있는 적에게 착탄시킬 기술이 있다니. 심지어 무차별 공격이 아닌 것인지 극동 측 부대의 피해는 아직 보고되지 않았다.

치히로는 한순간 넋이 나갔지만, 곧장 가공입자 방출 비공체를 한계까지 높은 상공으로 날려 확인했다. 하지만 아무리 높이 날려도 E.R.A 병기의 최고 도달점이 보이지 않았다.

만약 정말로 장거리 탄도공격이라면 마하 26 이상, 다시 말해서 제1우주속도로 고도 10만 미터라는 터무니없는 높이까지 날아올라, 대기권 상공까지 도달했다는 뜻이 된다.

치히로의 최대 색적 범위는 그 절반도 되지 않는다.

그녀가 지각할 수 있는 것은 기껏해야 낙하시에 가속한 궤도를 좇는 정도뿐이었다.

날아드는 E.R.A 병기를 확인한 치히로는….

'……? E.R.A 기관이, **탑재되어 있지 않아?**'

다단식 가속기로 이곳까지 운반되었다는 것은 알겠지만, E.R.A 기관의 특징인 '대기 중의 입자를 흡입하여 구동하는' 기관이 보이지 않았다.

가공입자(타키온)를 사용한 원격장치는 부속되어 있지만, 그뿐이다. 이건 꼭 특수화합작약을 B.D.A로 억지로 점화시켜 원격으로 조작하고 있는 것 같은데….

"세상에… 저거, E.R.A 병기가 아니야."

[으에?!! 그, 그럼, B.D.A에 의한 공격이라고?!!]

[대륙 간 탄도공격을 **단독**으로 하고 있다는 거야?!!]

쌍둥이들의 외침은 제2파 폭격에 의해 지워졌다.

흙먼지를 일으키고 산과 강을 부수고 얕은 여울의 물보라는 열과 충격으로 인해 사라졌다.

적이 있는 방향을 보니 무질서하게 몰려들던 재버워크의 부하들도 눈앞에 없는 적에게 일방적으로 학살당할 수는 없다고 생각한 모양이다.

저항할 방법이 없는 거구종들이 산토끼처럼 앞다투어 도망치기 시작했다.

'거미 새끼 흩어지듯'이라는 관용구를 고스란히 현실로 옮겨 놓은 듯한 광경이다.

폭풍이 불어닥치자 치히로는 긴 머리를 잡아 누른 채 날려 가지 않도록 필사적으로 발을 굴렀다.

아난 준장은 바람막이처럼 두 사람 앞에 서서 자기 자랑이라도 하듯 신이 나서 말했다.

"그렇습니다. 이 폭격은 E.R.A 병기에 의한 게 아닙니다.

이것은 우리 샴발라가 자랑하는 최강 전력의 B.D.A.

제10의 왕관… 칼키 A 비슈누야사스 예하(猊下)의 '브라흐마 아스트라'입니다."

"윽… 이게, 세계 최강의 연소형으로 유명한 그…?!"

현재 밀리언 크라운이라 불리는 이는 통틀어 열 명 존재한다.

그중 유일하게 왕관종과 단독으로 전투가 가능할 것으로 기대되는 소녀가 있었다.

2년 전에 일어난 그리드라쿠타 해전 당시, 불과 13세라는 나이로 악왕(惡王) '브리트라'를 물리치고 깊은 상처를 입혀 밀리언 크라운이라 불리게 된 소녀다.

그 이름은 칼키 A 비슈누야사스.

적합률 및 입자 축적량이 모두 사상 No.1이라는 경력을 지녔으며, 타의 추종을 불허하는 압도적인 화력은 샴발라에 사는 모든 인간이 경외심을 품을 정도라고 한다.

때문에 그녀는 퇴폐(칼리)의 시대를 끝내고 모든 악을 근절시킬 구세주… 인류 퇴폐의 시대를 베어 낼 신의 화신 '구세주(칼키*)'라 불리게 되었다고 한다.

"단독으로 왕관종과 전투를 벌이는 건 꿈에서나 가능할 줄 알았는데… 이 화력이라면 납득이 가. 설마 대륙 간 탄도공격이 가능한 개인이 존재했다니."

"인간의 지혜가 근접하지 못할 힘을 지녔기에 인류최강전력(밀리언 크라운)이라 불리는 겁니다. …자아, 우리 배로 가시죠. 위력 정찰이 끝나는 대로 본격적인 공격이 시작될 겁니다."

매서운 얼굴로 주먹을 움켜쥔 아난 앞에서, 치히로는 마른침을 삼키며 간신히 고개를 끄덕여 답했다.

이만한 공격이 위력 정찰에 불가하다니. 무시무시한 전투능력이다.

[…히로… 씨…, 치, 히로… 치, 히로 씨!! 치히로 씨, 들리세요?!!]

※칼키(Kalki) : 칼키, 혹은 칼킨이라 불리며 힌두교의 3대 신 중 하나인 비슈누의 열 번째 화신. 구세주로 표현된다.

"앗, 미안, 히나!"

[이대로 가면 현지 부대에 피해가 발생할지도 몰라요!!! 하지만 정체를 확인하기도 전에 후퇴할 수는….]

"그거라면 괜찮아! 그 폭격은 샴발라에서의 지원공격이야! 휘말려들기 전에 피해!"

[으… 으에?! 지원공격?! 이, 이 폭격이요?!]

"그래! 어쨌든 서둘러!"

[아, 알겠어요! 어디까지 물러날까요?!]

치히로는 화면에 지도를 띄워 육지를 확인했다.

사쿠라지마 부근… 과거 카고시마라 불린 도시가 있었던 일대는 분지와 산악 지형이 뒤섞여 있는 지역이다.

건물을 비롯한 인공물 말고도 해발이 높은 육지가 다수 존재하는 특이한 지역이었다.

부대를 육지에 숨기기 위한 조건을 충분히 갖추고 있다.

"시로야마* 산악 지형까지 물러나서 진을 쳐. 그곳이라면 폭격도 관측할 수 있을 거야."

[알겠습니다, 바로 이동할게요!]

"그런데 '오오야마츠미노카미'의 상태는 어때? 폭격은 효과가 있는 것 같아?"

※시로야마(城山) : 카고시마의 지명.

68

치히로는 긴장한 투로 물었다.

히나는 후퇴 명령을 전달하며 사쿠라지마 관측소를 보았다.

망원경을 써서 '오오야마츠미노카미'를 확인해 보았지만 불꽃과 화염, 폭발로 전체상은 파악하기가 어려웠다. 하지만 흩날리는 파편의 수와 양이 그 효과가 어느 정도인지를 말해 주고 있었다.

너무도 강력한 파괴력 때문에 터져 나온 거목의 껍질이 카고시마 만(灣)을 넘어 구 도시부에 도달할 지경이었다.

사쿠라지마의 화구는 폭발로 인해 자극을 받은 것인지 끓어오르는 용암을 뿜어내기 시작했다.

전장 4300미터에 달하는 거구는 명확하게 폭발로 인해 깎여 나가기 시작했다.

[진부한 표현이라 죄송하지만… 효과는 절대적인 걸로 보여요.]

"정말로?!"

[네. '오오야마츠미노카미'는 거인을 만들어 내거나 뿌리를 휘두르고 있지만, 속도도 높이도 부족해요. 일방적인 공격이 이어지고 있어요.]

하늘을 찌를 듯 거대한 거목을 봤을 때, 사이조 히나는 어떻게 싸우면 좋을까 싶어서 매우 당황했지만… 초장거리에서의 폭격이라는 기발한 기술이 있었을 줄이야.

전쟁의 역사는 곧 거리의 진화라 할 수 있다.

검에서 장창, 장창에서 활, 활에서 총, 총에서 대포, 대포에서 미사일.

대륙 간 탄도공격은 인류가 보유한 최대의 장거리 파괴공격이다.

대기권을 넘어 우주 공간에서 목표를 향해 일직선으로 날아드는 그 일격은 이 별의 뒤편에서도 적을 섬멸시킬 수가 있다. 그것도 일방적으로.

그것을 개인이 보유한 밀리언 크라운은 말 그대로 인류사상 최대라는 표현이 어울리는 전력이리라.

['오오야마츠미노카미'는 한곳에 뿌리를 내리고 있어 움직이지 못해요. 그런 적에게 대륙 간 탄도공격은 말 그대로 천적이라 할 수 있는 공격이죠. 4300미터나 되는 거구도 깎여 나가고 중간에서 꺾여 버렸으니, 무너지는 건 시간문제일 거예요. …이, 이러다 단숨에 결판이 나는 건 아닐까요?!]

안일한 의견이기는 했지만 그런 의견이 나올 정도로 가열한 공격이라는 뜻이리라.

치히로는 흥분으로 몸을 떨며 들뜨려 하는 마음을 억눌렀다.

"방심하지 말고 당장 그 자리를 벗어나. 계속해서 보고…."

[네… 아니, 잠시만요!!]

통신을 끊으려던 그때, 사이조 하나가 이상함을 느끼고 외쳤다.

쌍안경을 들여다본 그녀는 폭발로 인한 연기 속을 주시했다.

폭격으로 연기가 자욱하게 낀 가운데, 거대 균핵이 모습을 드러냈다. '오오야마츠미노카미'를 조종하고 있는 것이 저 거대 균핵이라면, 저 균핵만 부수면 '오오야마츠미노카미'는 진정시킬수 있을 거다.

하지만 이변은 그 순간에 일어났다.

연기 너머에 있는 거대 균핵이 아스트랄 노바를 방출하기 시작해, 사쿠라지마의 상공을 눈부신 황금빛으로 물들였다. 대피할 준비를 하던 정찰부대는 그 빛에 시선을 빼앗겼다.

[빛… 아, 아스트랄 노바를 확인! '오오야마츠미노카미'가 공격해 옵니다!]

"후퇴하며 상황 확인해! 영상은 보낼 수 있겠어?!"

[금방 준비할게요! 5분 정도만 기다….]

치지직!!! 노이즈가 울렸다.

치히로 일행이 있는 곳에 황금빛 아스트랄 노바가 도달한 것은 그 직후였다.

몸에 이상은 없었지만 카고시마 만에서 이곳까지 빛이 도달하다니, 심상치 않은 사태가 벌어진 듯했다.

치히로는 곧바로 통신기에 매달렸지만 현장에서의 응답은 없었다.

"통신이 끊겼어…! 이런, 아난 준장님! 어떻게 된 상황인지 아시나요?!"

전차에서 내려 아난 준장에게로 달려간다.

아난 준장도 통신기로 보고를 받고 있었던 모양이다.

하지만 그의 표정은 조금 전과 달리 심각하게 바뀌어 있었다.

치히로가 다가왔음을 알아챈 아난 준장은 심각한 얼굴로 그녀를 바라보았다.

"…긴급사태입니다. 본국과의 연락이 끊겼습니다."

"여, 연락이 끊겨요? 통신 방해인가요?"

"네. 원인은 알 수 없지만, 완전히 통신이 차단된 듯합니다. 그리고 차단되기 직전의 영상에서는… 제1차 공격인 80기~90기가 동시에 '오오야마츠미노카미'에게 요격당하고 있었다고 합니다."

"무슨… 그게 말이 돼요?!!"

대기권 상공에서 제1우주속도로 낙하하는 폭격을 막아 낼 수단이 있을 리가 없다.

거목의 뿌리로 격추시키는 건 불가능한 일이다.

'심지어 모두 **동시**에 격추하다니, 무슨 수를 써도 불가능한 일이야. 뭔가 지금까지 없던 방식을 사용했다고 볼 수밖에 없어.'

왕관종인 '오오야마츠미노카미'의 전투능력은 미지수다. 심록의 거인도 전투 중에 우발적으로 만들어 낸 것이리라.

지금까지 적대자가 없었기 때문에 전투능력의 한계를 도통 알 수가 없었다.

'이렇게 되고 나니 히나를 비롯한 정찰부대와 연락이 끊긴 게 뼈아픈걸. 그 애들은 무슨 일이 있었는지 목격했을 가능성이 높은데.'

조금 전 아스트랄 노바가 원인일지도 모르지만 현지와의 통신이 두절되었기 때문에, 적에게 어떤 비장의 카드가 있는지 파악이 불가능한 상황이 되고 말았다.

새로운 힘을 해방한 것이라면 정찰부대의 위험도도 높아질 수밖에 없다.

아니, 위험한 정도가 아니라 정찰부대가 괴멸했을 가능성도 있는 것이다.

"큭… 구조부대를 편제하고 정찰부대를 재편하겠어요! 각 부대의 대장은 신속히 모여 주세요! 세이시로와 아난 준장님도 재편되는 부대에 동행해 주세요!"

"알겠어요. 그럼 토키와 선장님도 불러서…."

[어이, 치히로! 들리냐?! 긴급연락이다!!]

바로 그때, 토키와 선장이 연락을 해 왔다.

"무슨 일이에요, 토키와 함장님? 적의 잔당인가요?"

[중대련의 징위 대사한테서 온 연락이다!

'우리 군은 지하도시에서 재버워크를 포위했다. 지금부터 섬멸을 개시한다. 예정대로 F지점에서 대기할 것'이라는군!]

치히로는 다시 한번 귀를 의심했다.

유일한 반입구를 막고 있는 것은 치히로 일행이었지만 그들이 통과했다는 보고는 들은 적이 없기 때문이다.

무엇보다 중화대륙연방도 샴발라와 마찬가지로 합류하려면 사흘은 걸린다고 들었다. 큐슈가 습격을 받았다고 연락을 한들 금방 달려올 수 있을 리가 없다.

…아니, 애초에.

냉정하게 생각해 보니 샴발라의 지원공격도 지나치게 신속하게 이루어졌다. 아직 전투를 개시하고서 한 시간도 채 지나지 않았건만. 마치 처음부터 준비를 했던 것 같다.

치히로의 눈초리가 순간적으로 사나워졌다.

"…아난 준장님. 설마 여기까지 작전대로 진행된 건가요?"

"으… 뭐, 뭐라 할 말이 없군요. 재버워크가 시체를 조종해 스파이 짓을 하고 있을 가능성이 매우 높다고 판단했기 때문에 작전은 각 진영의 최고 지휘관, 그리고 그 측근을 비롯한 극소수의 인원으로 진행하는 수밖에 없었습니다. 좌우간 적의 악랄함은 우리의 예상을 초월했으니까 말입니다."

아난 준장은 면목 없다는 얼굴로 설명했다. 그렇게 말하자 치히로는 반박할 수 없었다.

극동 측과 싸우도록 유도를 당했던 사건은 샴발라의 전사들에게도 반성할 점이 많은 실수였으리라.

…적복인 자신이 그에 관한 설명을 듣지 못했다는 사실이 다

소 아쉽기는 했지만.

결과적으로 적의 기선은 제압했다. 재버워크는 난적이지만 지하도시에는 도망칠 곳이 없다. 말 그대로 독 안에 든 쥐 신세라 처치하기에는 더없이 좋은 기회라 할 수 있었다.

치히로는 마음을 다잡고 통신기를 들어 전군에 지원군의 존재를 알렸다.

그 소식에 개척부대와 샴발라 전사들의 사기가 치솟았다.

"전령에 따라 부대를 F지점으로 이송하며 구원부대와 정찰부대를 재편제합니다! 제1, 제7, 제9, 제15부대에서 손상률이 20퍼센트 이하에 전투가 가능한 인원은 5분 후에 F지점으로 집합해 진형을 구축하세요! 아난 준장님과 세이시로는 대형 거구종에 대비해 주세요!"

"맡겨만 주십시오!"

"알겠습니다. …그러고 보니 카즈마는 어디에 있지? 재버워크랑 싸우고 있나?"

"아마도. 카즈마가 통신에 응하지 않은 건 재버워크와 교전 중이기 때문이었겠지."

재버워크의 전투능력은 치히로도 알고 있다. 아무리 카즈마라해도 재버워크와 싸움이 시작되면 느긋하게 통신할 틈은 없으리라.

하지만 아난 준장은 고개를 가로저었다.

"아니, 재버워크와 싸우고 있는 건 카즈마 공이 아닙니다. 극동의 제3부대와 선행해서 달려간 중대련의 부대가 교전하고 있을 겁니다."

"……? 제3부대는, 전투 전문이 아니지 않았어?"

"그렇다면… 잠깐만. 설마 타치바나 씨가 혼자서 발을 묶고 있는 거야?!"

두 사람의 얼굴이 순식간에 파랗게 질렸다.

"그런 무모한 짓을…! 그 사람의 B.D.A는 풀가동하는 데 거의 한 시간은 걸려요!! 재버워크와의 직접 전투가 가능할 리가 없다고요!!!"

"치히로 씨, 저도 갈게요! 안내해 줘요!"

B.D.A의 개발과 정비를 맡고 있는 그의 가치는 크다. 잃으면 대체할 수 없는 인재다.

황급히 다족형 전차를 타고 구조하려 가려던 참에, 아난 준장이 해치로 손가락을 집어넣어 말렸다.

"괘, 괜찮습니다, 괜찮아! 지하도시로는 이미 중화대륙연방 최강의 지원군이 갔으니!!"

"아무리 중대련의 지원군이 간다 해도 그들만으로는 재버워크를 이길 수 없어요! 왕관종과 대등하게 싸울 수 있는 건 같은 왕관을 지닌 자뿐…."

치히로가 화들짝 놀라 손을 멈췄다.

왕관종을 격퇴하려면 인류최강전력, 혹은 그에 준하는 전력이 필요하다고 알려져 있다.

아난 준장도 그 정도는 알 것이다.

시노노메 카즈마는 연락이 끊긴 상태, 그리고 '극동의 지보(至寶)'라 불리는 와다 타츠지로는 아직 태평양 원정에서 돌아오지 않았다.

만약 재버워크가 제 실력을 발휘해 싸웠다면 지하도시는 진작 붕괴했을 거다.

다시 말해서 지금 이러고 있는 동안에도 누군가가 재버워크와 싸워 억제하는 데 성공하고 있다는 뜻이다.

"중화대륙연방의 지원군이라는 게… 설마…?!!"

"…네. 개인적으로는 마음에 안 드는 남자이지만, 실력은 진짜배기입니다. 백병전술에서 그 남자를 능가할 자는 존재하지 않습니다. 어찌 되었든 그 남자야말로…."

…인류의 왕관을 쓰고 있는, 최강의 무예자(武藝者)니 말입니다.

*

대지를 뒤흔든 폭격이 지하도시에도 격진을 일으켰다.

타치바나는 예상치 못한 충격에 놀랐지만 그건 재버워크도 마찬가지였다.

"…그렇군. 지원군이 도착한 거구나."

허를 찔리기는 했지만 재버워크는 초조한 기색을 보이지 않았다.

'봉인이 풀린 '오오야마츠미노카미'는 급격하게 성장하고 있다. 예상치 못한 사태지만 기분 좋은 오산(誤算)이지.'

지원군이 와 봐야 소용없다. 각성한 '오오야마츠미노카미'에게는 적절한 자극만 될 테니.

갑작스러운 붕괴로 인해 재버워크의 머리 위로 암석이 쏟아졌다.

암석을 가벼운 동작으로 깨부수자, 기회를 엿보고 있던 카야하라 나츠키의 특수예광작약탄이 날아들었다. 하지만 재버워크는 저격을 예상하고 있었다.

저격수의 위치를 파악하기 위해 일부러 빈틈을 보인 것이리라.

총탄을 가볍게 피한 재버워크는 나츠키가 있는 방향을 노려보더니, 본체인 거대한 용의 꼬리 부분을 실체화시켜 휘둘렀다.

타치바나는 얼굴이 창백해져서 소리쳤다.

"나, 나츠키! 괜찮냐?!"

"어머머, 큰소리를 친 것치고는 싱거운걸. 좀 더 버텨 줄 거라 생각했는데."

재버워크가 입가에 손을 댄 채 웃었다. 하지만 그 여유도 오래 가지 못했다.

다시 한번 타치바나에게 투항을 강요하려던 그때.

아무런 전조도 없이 등 뒤에 거대한 그림자가 나타났다.

"윽?!"

곧바로 알아채고 돌아보았지만 조금 늦었다.

아마쿠니 박사의 두 배는 되는 검은 그림자… 중화대륙연방의 기갑병이 재버워크에게 강철로 된 주먹을 박아 넣었다.

"무슨…?!"

"타치바나 씨! 이 틈에 대피하세요!"

와이어를 써서 상공으로 달아난 나츠키가 외쳤다. 아슬아슬하게 재버워크의 꼬리를 피해 지상으로 이어진 파이프로 와이어를 뻗었던 모양이다.

하지만 타치바나는 그런 걸 신경 쓸 겨를이 없었다.

재버워크의 등 뒤에 느닷없이 나타난 기갑병은 도저히 은밀한 기동이 가능한 크기가 아니었다.

전체 길이가 3미터는 되는 거구는 매끄러운 유선형으로 되어 있음에도 견고한 장갑을 갖추고 있음을 한눈에 알 수 있었다. 온몸이 저릿할 정도의 구동음에서는 전차에 뒤지지 않는 힘이 전해져 오는 듯했다.

배열기관으로 하얀 증기를 날숨처럼 토해 낸 기갑병은 자신이 날려 버린 재버워크에게 추가타를 가하고자 발꿈치에 위치한 분사구에서 입자를 방출해 돌격했다.

그러나 재버워크는 기습을 당하기는 했어도 타격은 전혀 입지 않았다.

기갑병의 중후한 주먹에 맞는다 해도 결국은 진짜 육체가 아닌 탓에 재버워크의 본체에는 상처 하나 나지 않는다.

오른손을 내밀자마자 허공에서 나타난 거대한 이빨이 기갑병을 덮쳤다.

기갑병은 눈 깜짝할 새 추룡(醜龍)의 아가리에 빨려들어 사라져 버렸다.

옆에서 보고 있을 수밖에 없었던 타치바나는 이름 모를 은인의 최후 앞에서 분한 듯 이를 악물었지만, 어째서인지 기갑병을 깨부순 재버워크 본인은 놀란 눈치였다.

'……? 어떻게 된 거지? 깨부순 감촉이 전혀 없다.'

재버워크는 허수생명체였지만 감각기관이 없는 것은 아니다.

깨부숴 집어삼켰을 기갑병은 마치 안개처럼 입 안에서 녹아 사라져 버렸다.

'도망칠 타이밍은 없었고 빠져나갔다 해도 그 모습과 편린 정도는 육안으로 확인할 수 있었을 텐데. 정말로 안개나 아지랑이처럼… **사라졌다?**'

조금 전의 위화감과 현재의 위화감의 답이 일치한 직후.

허공에서 나타난 다섯 대의 기갑병이 아마쿠니 박사를 에워싸는 모양새로 덤벼들었다.

"이건… 설마, 공간도약(텔레포테이션)인가?!"

양손에 장착된 초진동 도검이 차례로 아마쿠니 박사에게 육박해 왔다. 도약해서 피하자 기관병들은 왼팔에 자리한 기관총으로 조준 사격했고, 그로 인한 총탄을 추룡의 팔이 모두 막아냈다.

방어했던 팔을 그대로 내려치자 대지에 할퀸 흔적이 거대하게 발생했다.

하지만 기갑병들은 공간도약으로 모습을 감추어 그 일격을 피하고, 흉부에서 산탄을 일제히 발사해 재버워크의 발을 묶었다.

신출귀몰한 기습으로 기동성의 격차를 메우는 기갑병들.

공간도약해서 사방팔방으로 흩어진 기갑병은 조직적으로 움직여 일정한 거리를 유지한 채 적외선 유도탄을 일제히 발사했다.

착지 순간을 노려서 날린 적외선 유도탄은 전탄 직격해 그 폭발로 흙먼지가 일어났다.

기갑병들은 그대로 기세를 몰아 기관총을 일제사격했다.

총탄을 모두 소진한 기갑병은 일단 거리를 벌려 다음 공격에 대비해 장전했다.

평범한 적이었다면 흔적도 남지 않을 정도의 맹공이었지만….

"……윽, 저럴 수가…!!"

흙먼지 너머에서 사람이 걸어 나왔다.

모습을 드러낸 아마쿠니 박사는 아주 멀쩡했다. 불가역반환형(일리버시블)에 의한 수복능력인 듯했지만 나츠키의 그것과는 출력 차이가 너무도 컸다. '오오야마츠미노카미'라도 이보다는 흠집이 많이 남을 거다.

그야말로 '불사의 괴물'이라는 이명에 걸맞은 능력이다.

어깨에 앉은 먼지를 털어 냄과 동시에 홍소를 터뜨린 후, 재버워크는 진심으로 감탄했다는 듯 기갑병들을 노려보았다.

"하… 하하, 이거 놀라운걸! 그래, 정말로 감탄했어!! 설마 기갑병을 공간도약시켜서 기습을 하다니! 나조차도 놀란 나머지 방어만 하고 말 정도였어!"

그러고는 여유롭게 키득키득 웃었다.

감탄했다는 말은 분명 진심이리라.

"중화대륙연방이 자랑하는 최강의 기갑사단. 이름이 분명, '황룡(黃龍)'이었던가? 대륙 최강이라니 허풍도 심하다고 생각했는데, 그런 이름을 쓸 만도 한 것 같네. 그 축제(畜帝) '치우'가 애를 먹은 것도 납득이 가. 만약 이 자리에 지휘관이 있다면 꼭 이야기를 해 보고 싶은걸?"

주변을 휘 둘러본다. 빈틈이 보이면 기갑사단을 수중에 넣으려는 속셈이리라.

타치바나는 그 틈에 제3부대 동료들이 무사한지 확인하며 안전한 장소로 부하들을 옮겼다. 전투에 휘말리면 부하들이 위험해진다.

그는 통신기를 집어 들고 씁쓸한 얼굴로 중얼거렸다.

"…통신이 들리기를 바라며 말하겠어. 부하들을 노방시킬 시간이 필요해. 가능하다면 전투가 벌어지기 전에 앞으로 나서 줘…!"

위험하기 그지없는 부탁이기는 했지만 시간을 벌 가능성은 있다.

재버워크는 이 상황에서도 완전히 방심하고 있었다. 전투 중임에도 불구하고 적과 대화하고 싶어 하는 것은 그의 천성 때문이리라.

이 괴물은 자신의 지성을 자랑하고 싶은 자기현시욕이 강한 듯했다.

그것을 역이용해서 시간을 벌어 주었으면 좋겠다는 뜻이다.

"…………."

통신기에서는 답이 없다.

기갑병들이 살며시 다가가자 재버워크는 가볍게 어깨를 으쓱했다.

응하지 않겠다면 어쩔 수 없다. 억지로라도 색출해 주겠다고 재버워크가 결심한 그때.

덩치가 큰 한 남자가 타치바나의 어깨를 뒤에서 두드렸다.

"나 원. 이 몸에게 시간을 벌라고 하다니, 불손하기 짝이 없군."

"……어?"

"그러나 용서하마. 조금 전의 허세는 제법이었다. 사내라면 무
릇 그러해야지. 그에 대한 상으로 생각하도록 해라."

갑작스러운 일에 타치바나는 놀랐지만, 덩치 큰 남자는 외투
를 나부끼며 눈길도 주지 않고 똑바로 그를 지나쳤다.

타치바나는 옆얼굴밖에 보지 못했지만 그 압도적인 존재감에
자신도 모르게 몸을 움츠렸다.

지하도시에서 날뛰고 있던 모든 거구종이 그 남자가 나타나자
동작을 멈췄다.

몹시도 거만한 미소를 띤 채 재버워크에게 다가가는 덩치 큰
남자.

큰 몸집에도 불구하고 그 행동거지는 놀라울 만큼 조용하고
부드러웠다.

남자의 걸음걸이는 얼핏 보면 무방비하기 짝이 없었지만 사방
팔방, 어디서 적이 덤벼들든 격퇴가 가능할 듯한 그 보법은, 거
만하다기보다 태연자약하다고 표현해야 옳을 듯했다. 걸음만 보
아도 전장의 중심에 있음에도 전혀 흔들리지 않는 강철과 같은
정신을 엿볼 수 있었다.

대장부 특유의 위압감이 아니라, 치열한 단련과 수많은 전장

에서 살아남고 단련해 온 육체이기에 깃든 위광(威光)이다.

기갑병들은 크게 동요했지만 덩치 큰 남자가 흘끗 쳐다보자 곧바로 총기를 겨누고 임전태세에 돌입했다. 그러한 흐름을 통해 남자의 정체를 알아챈 타치바나는 온몸에서 핏기가 가시는 것만 같았다.

"서, 설마… 기갑사단의 최고 사령관은…."

대륙 최강이자 중화대륙연방의 공수를 도맡은 기갑사단. 명실상부 국방의 중추를 맡은 부대다. 그렇다면 어지간한 인물은 그들의 총지휘권을 가질 수 없으리라.

4성 훈장을 단 장군, 혹은… **그 이상의** 인물에 의한 직할부대라 생각하는 것이 타당할 것이다.

소리를 치지 않아도 대화가 가능한 거리까지 다가간 남자는 팔짱을 끼고서 사나운 미소를 지었다.

"자아, 재버워크여. 지휘관과의 대화를 원한다 했더냐."

"그래. 당신이 그 지휘관이야?"

재버워크가 묻자 남자는 대범하게 고개를 끄덕였다.

"그렇고말고. 최전선에서는 당치도 않은, 웃기지도 않는 요청이지만 나도 네놈에게는 궁금한 것이 있다. 같은 왕관종인 나의 대적(大敵), '치우'와 어느 정도나 차이가 날지. 내가 이 눈으로 확인해 주마."

도발적인 말을 듣고 놀란 재버워크는 눈이 극한까지 휘둥그레졌다. 그리고 다음 순간, 그 얼굴에 희색이 퍼져 나갔다.

재버워크 역시 이 남자가 직접 달려올 것이라고는 생각도 못
했던 것이리라.

외투를 나부끼며 떡 버티고 선 그 남자는 서슴없이 큰 소리로
자신의 이름을 밝혔다.

"나는 중화대륙연방의 대총통, 왕카이롱.

제3의 왕관이자 해몰대륙을 수호하는 자.

붉은 깃발과 다섯 개의 별을 짊어지고, 인류 퇴폐의 시대를 찢
어발길 패룡(覇龍)이다."

*

지하도시의 최전선은 기묘한 긴장감에 휩싸여 있었다.

아마쿠니 박사의 육체를 조종하는 재버워크의 주변에는 반투
명한 용의 몸이 도사리고 있어 언제 공격해 올지 모를 일이다.

하지만 왕카이롱은 겁을 먹기는커녕 대담한 미소를 띠고 있었
다.

오히려 왕카이롱 쪽에서 공격을 가하지 않을까 싶어 기갑병들
은 식은땀을 흘렸다.

재버워크는 희색이 감도는 얼굴로 한 걸음 앞으로 나서며 진

심으로 감탄한 듯 미소를 지었다.

"후후…. 실례했네요. 예상치 못했던 거물이 낚여서 놀랐거든요. 설마 중화대륙연방의 대총통이 직접 오실 줄이야. 하지만 자국의 수호는 괜찮은 건가요?"

"무얼. 우리나라는 후계자들이 잘 자라고 있다. 무슨 일이 생기더라도 내가 돌아갈 때까지는 시간을 벌 수 있겠지."

"하지만 만일의 사태가 벌어질지도 모르잖아요? 대총통이 나라를 떠난 일을 두고 경솔하다며 욕할 부하도 많지 않나요?"

재버워크는 입가에 손을 대며 비아냥거리듯 웃었다.

하지만 그 발언을 왕카이룽은 일소에 부쳤다.

"흥… 참으로 뻔뻔하기도 하군. 극동을 함락시킨 다음에 네놈은 분명 우리 중화대륙연방을 노릴 터. 서쪽에 축제, 동쪽에 불사의 괴물이 자리를 잡으면 우리는 지금보다 더한 격전을 치를 수밖에 없겠지. 그것은 샴발라도 마찬가지다. 이번 큐슈 원정은 동아시아에 사는 모든 인류의 분수령이다. …그 사실을 모를 어리석은 자는 내 휘하에 없다."

그는 비아냥거림을 정면으로 맞받아쳤다.

국민들에게 절대적인 지지를 받고 있을 뿐만 아니라 부하의 능력과 의지 또한 정확히 파악하고 있기에 내뱉을 수 있는, 힘 있는 말이다.

"그러는 네놈은 어떠냐, 불사의 괴물. 우리나라가 자랑하는 기갑사단에게 꽤나 애를 먹고 있는 듯하다만. 미리 말해 두자면 이 자리에 있는 이들은 '황룡'의 극히 일부에 불과하다. 상황을 파악하고자 소수만 동원한 것이다만, 이거 처음부터 한꺼번에 몰아쳐서 압살해야 했으려나?"

도발과 비아냥거림의 응수가 이어졌다.

그러자 재버워크도 응전태세를 취했다.

눈을 가늘게 뜨고서 요사스러운 눈웃음을 지은 재버워크는 고개를 들고 주변을 둘러보며 입을 열었다.

"당황했다는 건 인정하죠. 하지만 E.R.A 기관에 의한 단독 공간도약은 아니지 않나요? 아마쿠니 박사의 지식에 잘못된 바가 없다면 단독공간도약을 가능케 하려면 원대한 가속로를 지닌 E.R.A 기관이 필요하죠. 입자체의 가속이 공간 개념에 대한 고유의 시간 개념을 지니고 있어서 기존의 엔트로피를 능가하니까요."

등속운동. 정식 명칭 '고유시공간 등속운동'이 다원운동량을 발현시키려면 터무니없이 긴 길이의 가속로가 필요하다. 인체의 혈관이 지구 둘레의 두 배 이상이라는 길이이기에 혈중입자가속기는 현대에도 최강의 범용병기로 사용되고 있는 것이다.

"광속화한 입자로 인해 일시적인 차원경면(次元鏡面)의 붕괴를 촉진시켜 공간도약을 가능케 한다. 이론상으로는 가능하다고 여겨지고 있지만, E.R.A 기관으로 그걸 실현하려면 앞으로

1000년은 걸리겠죠. …그렇다면 답은 하나뿐."

재버워크는 둘째손가락을 세우며 주변의 기갑병들을 노려본 채 사나운 미소를 짓고서 말을 이었다.

"…세계에 세 명밖에 없는 차원간섭형. 그에 이어 나타난 네 번째의 존재를 중화대륙연방이 은폐하고 있고, 그 인물이 원격으로 기갑사단을 지원하고 있다. …지휘관은 그 인물이죠?"

"…글쎄, 잘 모르겠군."

"후후, 시치미 떼도 소용없어요. 게다가 사람의 힘인 이상, 반드시 언젠가 한계가 올 수밖에 없죠. 태도를 보아하니 아직 여유는 있는 것 같지만요. …그리고 공간도약에 의한 기습은 불사인 제게 어린애 장난에 불과해요."

추룡의 일부가 아마쿠니 박사의 주변에서 일렁거렸다.

"자랑거리인 기갑사단이 결정타가 되지 못하는 이상, 동원할 수 있는 수단은 한정적일 수밖에 없죠. …아니면 대총통님이 저를 상대해 주실 건가요?"

적의가 담긴 도발로 일촉즉발의 분위기가 흐르기 시작했다.

부상자 반송을 마친 타치바나는 분한 듯 이를 갈았다.

불가역반환형과 허수생명체의 조합은 최악이라 할 수 있다. 물질계의 상호변환이라는, 그야말로 신의 기적이라 해도 과언이 아닌 일들이 가능하기 때문이다.

'재버워크에 대한 결정타가 적어. 특수예광작약탄을 장비한

부대가 근처에 대기하고 있다 해도 맞히기는 쉽지 않을 테고.'

의지할 수 있는 것은 왕카이룽의 계통뿐이다.

하지만 왕카이룽의 계통을 아는 이는 적다. 극동에서 그의 계통을 아는 이는 한 명뿐이다. 과연 재버워크에게 통할지 어떨지, 시험해 보는 수밖에 없다.

'어떻게 할 거지, 왕카이룽…?!'

그가 싸우겠다면 타치바나도 각오를 굳힐 것이다.

타치바나도 전장에서 진 빚을 그냥 둘 수 있을 정도로 미적지근한 성격은 아니다. 부하를 구출하기 위한 시간을 벌어 준 이상, 함께 한 방 먹여 주고 말리라.

하지만 느긋하게 있을 시간은 없다. 지하도시의 붕괴는 지금도 계속되고 있기 때문이다.

언제까지 버틸지는 아무도 모를 일이다.

왕카이룽은 턱을 쓸며 대담한 미소를 짓더니… 팔짱을 풀었다.

"…좋다. 조금만 놀아 주마, 불사의 괴물."

순간, 전방위에서 재버워크의 흉악한 발톱이 덮쳐들었다.

시각화되지는 않았지만 이미 재버워크의 거대한 본체는 왕카이룽을 포위하고 있었다. 주변에서 보고 있던 타치바나와 기갑병들의 얼굴이 창백하게 질렸다.

공간도약으로 기습당했던 것을 불가시화로 되갚아 줄 속셈이었으리라. 하지만 왕카이룽은 마치 예측이라도 한 것처럼 한 바퀴 돌며 발차기 한 방을 날려 그것들을 모두 쓸어버렸다.

"하! 그렇게 나오셔야지!"

흥이 오른 듯 재버워크가 추가공격을 가하자 기갑병들도 움직였다. 재장전한 기총으로 견제하며 옆으로 이동해서 추가공격을 방해한다.

재버워크가 추가공격에 나서면 기갑병들은 순식간에 제압되겠지만, 그 사이 총통이 한 방이라도 박아 넣으면 그만이다. 그야말로 결사의 각오를 한 것이리라.

타치바나도 응전하고자 자신의 B.D.A를 기동시켰다.

하지만 기갑병 중 한 기가 그를 제지했다.

"총통을 도울 필요는 없다. 그보다 이 발신기를 부하들에게 나눠 줘라."

"발신기?"

"그렇다. 탈출용 엘리베이터는 이제 사용할 수 없다. 우리가 파괴했다."

타치바나는 귀를 의심했다.

"뭐… 뭐어?! 그럼 어떻게 탈출하라고?!"

"그것을 위한 발신기다. 붕괴 순간까지 재버워크를 이 땅에 묶어 두고, 타이밍을 헤아려 공간도약으로 탈출한다. 발신기가 없는 자는 회수할 수 없으니 조심해라."

다시 말해서 재버워크를 생매장하겠다는 뜻이다.

공간도약에 의한 이탈과 기습을 사용하는 기갑사단이기에 가능한 일격이탈 전법인 셈이다.

"그, 그런 뜻인가… 그러면 왕 총통도 시간벌이를 위해서?"

"물론이다. 총통께선 대국을 살피지 못하는 분이 아니다. 일단은 방어에 전념하며…."

"초, 총통님?!"

"너무 앞으로 나가시면 위험합니다!"

타치바나와 대화 중이던 기갑병은 놀라서 고개를 돌렸다. 그곳에서는 왕 총통이 일직선으로 돌격하고 있었다. 분명 기갑 안에서 식은땀을 흘리고 있으리라.

총통님, 계획했던 바와 다릅니다!

…라고 외치고 싶었을 테지만, 그런다고 멈출 남자가 아니다.

"상관없다, 계속 쏴라!!"

부하 기갑병들은 터무니없는 명령에 얼굴이 파랗게 질렸다.

총통에게 맞으면 큰 문제가 될 테지만 명령이 떨어진 이상 쏠 수밖에 없다.

왕카이룽도 생각 없이 돌격한 것은 아니다.

방어에 전념하려 한들 모습이 보이지 않는 적에게 덤비는 이상, 발을 멈추고 있을 수는 없다. 두려움을 버리고 눈에 보이지 않는 적에게 단숨에 돌격하자는 결단을 내릴 수 있는 행동력이야말로 이 남자가 역전(歷戰)의 전사임을 증명해 주는 듯했다.

'일직선으로 돌격해 왔군…. 역시 계통은 신체강화형(피지컬업)인가!'

왕관종과 단독으로 전투가 가능한 계통은 한정되어 있다. 조금 전의 공방으로 미루어 보아도 신체강화형일 가능성은 높을 것이다.

그렇다면 두려워할 필요는 없다. 맞받아쳐 주마.

두 팔을 펼친 채 재버워크는 홍소를 터뜨렸다.

재버워크는 오른손을 쓸어 내듯 휘둘러 목을 베려 했지만 왕카이룽은 손이 코끝을 스치기 직전의 거리에서 몸을 뒤로 젖히더니, 진자처럼 제자리로 돌아온 상체와 손바닥으로 아마쿠니 박사의 몸통을 노렸다.

기총이 조준하고 있기도 해서 반사적으로 본체의 꼬리 부분으로 아마쿠니 박사를 감쌌다.

손바닥이 닿기 전까지는 충분히 끼워 넣을 시간적 여유가 있었다.

왕카이룽의 주먹을 꼬리로 튕겨 낸 후, 재버워크는 추가공격에 나섰다.

'신체능력은 높지만 시노노메 카즈마와 동등하거나 그보다 못한 정도로군! 그렇다면 두려워할 것 없다!'

눈에 보이지 않는 이빨과 발톱이 사방팔방에서 왕카이룽을 몰아세웠다. 얼핏 보면 막상막하의 싸움인 듯했지만 재버워크에게는 아직 비장의 카드가 있다.

그 사실을 아는 왕카이룽은 맹공을 떨쳐 내며 도발했다.

"이런 자잘한 싸움을 계속한들 끝이 없을 거다! 왕관종이라면 달리 보여 줄 만한 것이 있을 텐데!"

아마쿠니 박사의 뒤에서 재버워크는 추악하게 얼굴을 일그러뜨렸다.

일부 왕관종은 자신이 방출하는 입자체로 공간을 가득 메웠을 때만 발현되는 힘… 고유시의 완전지배, 통칭 '고유우주관(固有宇宙觀 : 퍼스널 코스몰로지)'이라 불리는 힘을 가지고 있다.

생명을 재창조하고 별의 환경을 지배하는 그 힘은 시노노메 카즈마조차도 일방적으로 궁지에 몰릴 정도의 힘을 지녔다.

하지만 재버워크는 코웃음을 치며 그 도발을 흘려 넘겼다.

"적에게 구걸을 하다니 어이가 없네, 왕 총통. 내 왕의 힘을 보고 싶다면, 우선 당신이 진가를 발휘해 보라고!!"

허공에서 칼날이 난무했다.

이대로 격렬한 연격이 이어진다면 곧 공간이 완전히 붕괴하고 말 거다. 지하도시의 희생을 헛되이 하지 않으려면 조금이라도 더 재버워크의 정보를 손에 넣어야 한다.

'흠… 느긋하게 탐색전을 벌일 시간은 없나.'

놀아 주겠다고 말한 것은 이쪽이다. 지나치게 힘을 아껴서는 체면이 말이 아니게 된다.

꼬리를 튕겨 내고 거리를 벌린 왕카이룽은 호흡을 가다듬으며 자세를 취했다.

총통이 B.D.A를 풀가동시킬 생각임을 알아챈 기갑사단의 면면들은 일제히 물러났다.

"한정해제… 삼황오제(三皇五帝)·사(四)의 형(型)."

씩씩하고도 조용한 선언. 그와 동시에 왕카이룽의 온몸에서 진홍빛 아스트랄 노바가 뿜어져 나왔다. 한정해제에 의한 유사 발광임을 알아챈 재버워크는 기이한 소리를 지르며 돌격했다.

어떠한 공격이라 해도 신체강화형으로는 재버워크에게 타격을 입힐 수 없다.

내지른 주먹과 함께 씹어 부숴 주겠다는 생각으로 추룡이 머리를 드러냈다. 양측이 충돌한 순간… 재버워크는 전에 없이 기이한 비명을 지르며 대지를 뒤흔들었다.

"크… 크아아아아아아?!!"

눈에 보이지 않았던 추룡의 모습이 나타난다.

지금까지 또렷하게 보이지 않았던 세세한 부분까지 실체화되었다.

지켜보고 있던 타치바나와 기갑병은 기이한 비명에도 놀랐지만, 그 끔찍한 모습을 보고 눈이 휘둥그레졌다.

"이, 이게 재버워크의 정체…?!!"

"이렇게나 추악하다니…!!!"

주변에서 흘러나온 목소리에 재버워크는 격분했지만, 지금은 그게 문제가 아니다. 조금 전 자신을 덮친 강렬한 고통은 지금껏 재버워크가 느껴 본 적이 없는 충격이었다.

불사신이자 간섭 불가능한 존재인 재버워크에게, 고통이란 매우 낯선 개념이었다.

상식을 뒤엎을 정도의 고통과 충격에 그는 온몸을 떨었다.

'뭐, 뭐냐?!! 방금 그 고통은 뭐냐?! 어떻게 허수생명체인 내게 주먹을 박아 넣은 것이지??!'

신체강화형이라면 이렇게 할 수 없다. 아마도 다른 계통에 의한 것일 테지만 허수생명체에게 물리적으로 간섭할 수 있는 계통이 있다는 이야기는 들어 본 적이 없다.

이 고통은 무술에 의한 고통이 아닐 것이다. 뭔가 다른 계통에 의한 요술 같은 것일 터다.

"호오. 역시 사의 형은 통하나. 실로 유익한 정보로군."

왕카이롱은 주먹을 풀고 재버워크의 꼬리를 잡아 아무렇게나 살을 뜯어냈다. 피가 튀지는 않지만 그 대신 빛나는 입자가 안개처럼 흩어졌다.

조금 전과 마찬가지로 재버워크는 비명을 지르고 반광란 상태가 되어 경험한 바 없는 고통에 미친 듯 몸부림치며 괴로워했다.

멀리서 보고 있던 제3부대의 일원들은 무슨 일이 일어난 것인지 이해할 수 없었으리라. 하지만 가까이서 보고 있던 타치바나는 그렇지가 않았다.

'저럴 수가…?!! 가공입자로 구성되어 있는 재버워크의 비늘이, 왕 총통에게 흡수된 것처럼 보였는데…?!'

접촉한 상대로부터 입자를 흡수, 약탈하는 계통… 그런 것은 존재하지 않는다.

애초에 물리적으로 불가능하다. 타인의 체내에서 가공된 입자를 흡수해 가속시키면 체내에서 반발 작용이 일어나 소체융해가 발생할 우려가 있다. 하지만 타치바나가 본 바에 의하면, 말 그대로 재버워크를 뜯어먹은 것만 같았다.

'만약 입자를 흡수할 수 있다면… 온몸이 성진입자체로 구성되어 있는 재버워크에게는 그야말로 천적이잖아…!!'

왕카이룽은 격통으로 몸부림을 치는 재버워크에게 두 발, 세발 공격을 박아 넣었다. 심지어 기분 탓인지 조금 전보다 빨라 보였다. 아스트랄 노바의 유사발광도 계속해서 강렬해지고 있다.

재버워크의 거구가 지하도시의 주변을 파괴하기 시작하자 붕괴가 가속되었다.

공세로 전환한 왕카이룽은 거기서 멈추지 않았다.

이 사태에 초조해진 것은 파이프에 매달려 있는 나츠키였다.

"윽, 피할 곳이 없어…!"

나츠키는 와이어를 날려 종횡무진으로 날아다니며 피하고 있었지만, 상대의 크기가 커도 너무 컸다. 아무렇게나 휘둘러도 충분히 위협요소가 되었다.

재버워크는 괴로움에 몸부림치고 있을 뿐이지만, 거기 휘말려 들었다가는 무사하지 못할 거다. 타치바나도 어떻게든 발신기를 건네려 했지만 미쳐 날뛰는 재버워크 때문에 그럴 수가 없었다.

나츠키가 꼬리의 일격은 모두 피해 내던 도중, 재버워크가 날뛴 탓에 대지가 함몰되고 지하통로로 이어진 길이 훤히 드러났다.

'큭… 저게 그 지하통로…! 미요는 저길 사용한 거구나!'

아자카미 미요는 '아마노사카호코'를 들고 도망치고 있다.

카즈마가 어떻게 됐는지 확인이 불가능한 이상, 누군가가 쫓아야만 한다.

"내가 가는 수밖에 없나…! 타치바나 씨! 저는 지하도로 들어가서 아자카미 미요를 쫓겠습니다! 지휘권은 아마노미야 치히로에게 맡긴다고 전해 주세요!"

"아, 알겠다!! 무리는 하지 말고!"

"네! 뒷일을 부탁드려요!!"

잠시 후, 나츠키는 지하도시보다 더 깊은 곳으로 낙하해 모습을 감추었다.

붕괴의 가속화로 지하도시가 무너지는 것은 시간문제일 듯했다.

왕카이롱은 뜯어낸 재버워크의 가죽을 보존용 캡슐에 넣고서 한걸음에 타치바나와 남아 있는 제3부대의 곁으로 다가갔다.

"조금 더 놀아 주고 싶었지만 아무래도 물러날 때가 된 것 같군. 공간도약을 써서 지상으로 도망친다. 소형 발신기는 부하들에게 건네줬겠지?"

"아, 네."

"좋아. …징위여! 전군 지상으로 복귀한다!"

[알겠습니다, 총통님.]

다음 순간, 기갑사단과 개척부대의 모습이 일제히 사라졌다.

지하도시에서 미쳐 날뛰던 재버워크는 아마쿠니 박사의 육체와 함께 붕괴에 휘말려 잔해더미에 파묻혔다.

모노레일의 창으로 들이친
형광등 불빛이 두 사람을 비춘다.
어두컴컴한 지하도에서 레일 위를 달리는
차량 안은 넌더리가 날 정도의
고요함으로 가득했다.

3 장
CHAPTER
3

지하도시가 붕괴하고 있음을 카즈마가 알아챈 것은 지하통로의 중간에 접어들었을 즈음이었다.

거듭된 지진, 지표에 가해진 폭격, 그리고 추룡의 포효. 지하 깊숙한 곳을 나아가는 카즈마도 두렵기는 했지만 이 상황에서 허둥대 봐야 달라질 것은 없다.

똑바로 나아갈 수밖에 없다면 지금은 계속해서 걸어갈 뿐이다.

다행히도 지하통로는 매우 튼튼하게 만들어져 있어 지하도시가 붕괴한 지금도 무너지지 않고 유지되고 있었다.

어쩌면 비상시에 주민들을 대피시키기 위한 지하통로도 있었을지 모른다.

'남쪽으로 뻗어 있는 것 같은데, 어디로 이어진 거지?'

시노노메 카즈마는 무거운 몸을 채찍질해 앞으로 계속 나아갔다.

중독된 몸은 독에 필사적으로 저항하고자 계속해서 열을 냈고, 그 발열이 카즈마를 더욱 괴롭게 했다. 하지만 의식은 조금 전보다 또렷해졌다.

분해는 차근차근 진행되고 있다.

이제 손발의 저릿함과 나른함만 해소되면 충분히 전투를 치를 수 있을 거다.

하지만 현실은 카즈마가 안심하도록 놔두지 않았다. 달려 나가려고 한 직후, 등 뒤와 머리 위에서 커다란 땅울림이 일더니 대량의 토사가 흘러들었다.

게다가 흘러든 것은 토사뿐만이 아니었다.

붉은 옷을 입은 소녀, 카야하라 나츠키도 미끄러지듯 날아 들어왔다.

"아얏…!"

"나, 나츠키?! 괜찮은 거야?!"

"뭐… 어찌어찌. 카즈 군의 뒷모습이 보이기에 일단 몸을 날렸는데, 조금만 늦었으면 완전히 짜부라졌겠어."

나츠키가 먼지를 털고 일어나며 말했다.

카즈마는 안도했지만 곧바로 면목 없다는 표정을 지었다.

"미안해. '아마노사카호코'는 아자카미와 어느 남자에게 빼앗겼어. 완전히 내 실수야."

"…듣고 있어. 하지만 뭐, 어쩔 수 없지. 아자카미 미요가 배신했을 가능성은 매우 높았어. '아마노사카호코'의 안전장치를 해제할 때 그 애의 도움이 필요하다는 걸 안 시점부터 이미 위험한 도박이었잖아."

둘이서 씁쓸한 표정을 지으며 말을 나누었다.

아마쿠니 박사가 재버워크의 허수아비인 이상, 미요에게도 의심의 시선을 보낼 수밖에 없었다. 그럼에도 그녀를 구속하지 않은 것은 그녀에게 '아마노사카호코'를 뽑게 할 필요가 있었기 때문이다.

관리 AI의 머테리얼 보디만이 뽑을 수 있다는 사실이 판명된 시점부터 정해져 있던 흐름이기는 했지만….

최대의 오산은 시노노메 카즈마가 '아마노사카호코'를 빼앗긴 것이다. 아마쿠니 박사가 인간에게 살해당했다는 이야기를 듣고 동요한 것은 치명적인 실수라 하지 않을 수 없었다.

"…그렇게 어두운 얼굴 하지 마. 실수는 누구나 하기 마련이고, 뭔가 이유가 있었던 거잖아? 가는 길에 보고해 줘. 그리고 상처도 좀 치료하자."

나츠키는 평소와 같은 미소를 지었다. 그 배려심이 평소보다 따뜻하게 느껴지는 것은 카즈마의 마음이 여러 가지 요인으로 부담을 느끼고 있기 때문이리라.

필사적으로 억누르고 있기는 했지만 누군가에게 이 분노를 토해 내고 싶었다.

옆구리에 부상을 입었다는 걸 알아챈 그녀는 붕대를 꺼내 불가역반환형에 의한 치료를 실행했다.

카즈마는 그동안 무슨 일이 있었는지를 나츠키에게 말했다.

아마쿠니 박사의 최후와 의수와 의족을 장착한 의문의 남자.

그리고 아자카미 미요의 행동과 그녀의 참회에 관해서.

이야기를 끝까지 들은 나츠키는 매우 복잡한 표정을 지었다.

"…그래. 이건 상당히 성가신 상황이네. 특히나 알 수 없는 건 의수와 의족을 장착한 남자야. 이 남자의 신원도 불분명하고 '아마노사카호코'를 가지고 간 이유도 알 수 없잖아."

"애초에 인간이 왕관종에게 협력하는 이유가 있나? 이득이 되기는 하는 건가?"

"그건 상황에 따라 다르지 않을까? 협박을 당했거나 이해관계가 일치할 수도 있고, 아니면 왕관종에게 예속을 맹세한 인간일지도 몰라."

타치바나에게 예속을 강요했던 일을 두 사람은 돌이켜보았다. 예속을 맹세하는 대신 강대한 힘을 지닌 자의 비호를 받는 것은 어느 시대에나 존재하는 처세술이라 할 수 있었다.

상대가 인류가 아니라는 것만 모른 척하면 아주 나쁜 선택지는 아니리라.

"하지만 재버워크가 자신의 커뮤니티를 보유하고 있다는 소리는 못 들었는데…. 싸울 때 단서가 될 만한 건 못 찾았어?"

"단서라… 아, 그래. 분명 베어 낸 녀석의 의수에 트레이드마크 같은 것이 들어 있었지."

의수에 트레이드마크가 있었다는 이야기를 들은 나츠키의 표정이 약간 밝아졌다. 분명 제조한 조직의 것이리라. 전투에 견뎌낼 정도의 의수와 의족을 만들 수 있는 나라는 한정되어 있다.

생산국을 알아내면 유통망을 쫓아 어디 소속의 누구인지 판명해 낼 수 있을 것이다.

"그래서 어떤 마크였어?"

"세 마리의 뱀이 둥그렇게 얽혀 있는 그림…이었던 것 같군."

"…윽…!!!"

나츠키의 표정이 순식간에 심각해졌다.

지금까지 본 적이 없는 격정적인 감정 표현에 카즈마는 놀랐다. 비상시에조차 사령관으로서 의연한 태도를 보이는 나츠키가 이렇게까지 감정을 겉으로 드러내다니, 보통 일이 아닌 듯했다.

굳이 말로 표현하지 않았음에도 분노가 눈동자에 깃들고 입술이 파르르 떨렸다.

"…우로보로스… 그래. 결국 극동에도 나타났구나."

"나츠키?"

"미안. 그 남자에 관해서는 상부와 상의하고서 보고하게 해줘. 우선은 아자카미 미요에 관한 얘길 좀 더 들려줄래?"

나츠키가 부자연스럽게 이야기를 끊었다. 그녀가 이런 태도를 취할 때는 국가의 동향이 얽혀 있을 때다. 카즈마가 캐물어도 입을 열지 않을 것이다.

게다가 카즈마도 의수와 의족을 장착한 남자보다 아자카미 미요의 동향이 신경 쓰였다.

"하지만 내가 보고할 수 있는 건 모두 말했어."

"조금 전에 한 건 사실 확인이야. 카즈 군은 아자카미 미요의 행동을 보고 어떻게 생각했어?"

나츠키는 나무라지 않고 담담하게 물었다.

어쩌면 카즈마의 생각을 꿰뚫어 보고 그런 질문을 한 것일지도 모른다.

"나는… 아자카미는, 배신한 게 아니라고 생각해."

"흠흠. 그리고?"

"아자카미는 녀석들에게 돌아가 뭔가 일을 저지를 생각이야. 내버려 둘 수 없어. 그 아이는 혼자서 싸울 생각이야. 우리가 도와줘야만 해."

아자카미 미요가 무슨 짓을 벌일지까지는 모르겠지만 목숨을 건 행동에 나서리라는 것만은 안다. 당장 구하지 않으면 분명 그녀가 위험해질 거다.

그에 관해서는 동의했지만, 나츠키는 곧바로 판단을 내리지 않고 진지한 얼굴로 팔짱을 끼고 있었다.

'…큰일이네. 이 단계에서 미요가 각오를 굳혔다는 사실을 알면, 지상에 있는 사람들의 의견이 둘로 갈라질 가능성이 높아.'

지성체가 아닌 '오오야마츠미노카미'에 이종동조형인 인간을 접속시켜 인간들의 손으로 왕관종을 지배한다. 만약 가능하다면 퇴폐의 시대에 큰 획을 긋는 사건이 되리라.

하지만 불안정하기만 한 현재의 상태에서 모든 일이 뜻대로 풀릴 것 같지는 않았다.

재버워크가 아자카미 미요를 죽이지 않고 살려 둔 이유도 신경 쓰인다.

최악의 경우를 상정하면 미요를 내버려 두는 것은 위험할 듯했지만… 꼴사납게도 거대한 힘에 의지하고 싶어지는 것이 바로 인간이라는 존재다.

'어떻게 할까… 미요를 이용하자는 목소리가 커지는 일은 피하고 싶지만, 그 애의 현재 상황을 보고하지 않으면 더 위험해질 텐데. 우리 두 사람만 알고 은닉해도 될 내용의 정보가 아니야.'

게다가 신경 쓰이는 것이 있다.

나츠키는 턱에 손을 댄 채 카즈마를 바라보고서 입을 열었다.

"카즈 군은 있잖아. 아자카미 미요가 처한 환경에 관한 자세한 내용은 못 들었지?"

"아니, 카이 총괄과 아마노미야의 이야기를 우연히 들었어. 아자카미가 어떤 경우에 처해 있는지는 알아."

"그럼 묻겠는데… 아자카미 미요의 내력을 알게 된 지금도, 그 애가 복수할 뜻을 거둬들였다고 단언할 수 있어? 그 애의 눈물이 모두 연기였을 가능성도 부정할 수 있어?"

그 물음에 카즈마는 말문이 막혔다.

똑바로 그를 바라보는 나츠키의 눈빛은 전에 없이 진지했다.

카즈마가 어떻게 말을 꾸미든 이 눈을 속이기란 불가능할 것이다.

특권 장관인 나츠키는 향후의 방침을 좌우할 수 있는 지위에 있다. 그녀에게 상담을 한다는 것은 곧 작전의 방침에 관해 상담한다는 뜻과 같은 것이다.

"…나츠키는, 아자카미를 버릴 생각인가?"

"질문에 질문으로 답하다니 못쓰겠네. 그냥 명령하는 편이 낫겠어?"

이번에야말로 나츠키는 완전히 싸늘해진 목소리로 말했다. 지금까지 징위 대사, 사가라 회장 일행을 상대로 내뱉은 적은 있어도 카즈마에게는 결코 내뱉은 적이 없는 목소리다.

열다섯 살이라는 젊은 나이에 특권 장관으로 임명되어, 개척부대의 총괄 직위를 맡고 있는 소녀.

그런 그녀가 카즈마에게 각오가 되었느냐고 묻고 있는 것이다.

"나도 그런 상황에 놓인 아자카미 미요를 동정하고 있어. 화가 나기도 하고. 슬프기도 해. …하지만 그 애를 구하고 싶다면 잘 생각해 줬으면 해."

"…생각?"

"그래. 그 애를 둘러싼 환경은 매우 가혹해. 아자카미 미요를 구하고자 한다면 적은 재버워크나 오오야마츠미노카미뿐이 아니야. 작전에 참가 중인 중화대륙연방과 샴발라의 전사, 그리고 개척부대 사람들도 설득해야만 해. …아니, 설득에는 귀도 기울이지 않고 각오를 굳힌 아자카미 미요를 이번에야말로 이용해야 한다고 주장하는 사람도 있을 거야."

나츠키의 지적에 카즈마는 심한 충격을 받았다.

하지만 생각해 보니 그 말이 맞았다. 오오야마츠미노카미라는 강대한 힘을 지배하에 둘 기회는 두 번 다시 오지 않을 거다. 이 기회에 비원(悲願)을 달성해야 한다고 주장하는 인간들이 반드시 나올 거다.

"큭….."

아자카미 미요의 적의 수에 말문이 막혔다. 그녀는 지금까지 이토록 많은 적들에게 둘러싸여 있었다는 말인가. 아자카미 미요를 구하는 것은 적을 쓰러뜨리면 그만인 문제와는 다르다.

그녀를 둘러싼 이 상황 자체와 싸운다는 뜻이기 때문이다.

"…나는."

…거기까진 생각해 본 적이 없었다.

나츠키는 불의 앞에서 일어났을 **뿐인** 카즈마를 시험하기 위해 지금 따져 묻기로 한 것이다.

'아자카미 미요는 자신을 죽이려 한 큐슈 총련 사람들을, 과연 용서할 수 있을까?'

그에 대한 답을 내놓는 것이, 협력하기 위한 최소한의 조건이다.

답조차 내놓지 못한다면 나츠키는 가차 없이 카즈마의 의견을 밀쳐 낼 것이다.

그리고 그러지 못한다면 적복을… '해 뜨는 나라의 희망'으로서 받은 이 진홍빛 옷을 벗어야 할 것이다.

도검을 휘두르는 재주밖에 없는, 명령에 복종하는 폭력장치가 되어야 하리라.

"카즈 군. 인간은, **날 때부터 악하지 않아.**"

"윽…."

"**누군가**에게 상처를 입었다. **누군가**가 자신을 몰아세웠다. **누군가**가 자신을 부정했다. 인간은 그렇게 대외적으로 상처를 입었을 때, 진정한 의미에서 그것을 발현하게 돼."

…아카카미 미요가 복수심에 재버워크에게 협력한 것도.

…카이 총괄과 큐슈 총련이 비도덕적인 실험에 나선 것도.

인류 퇴폐의 시대에서 궁지에 몰려 의지할 것이 없어진 사람들이, 기어이 도달한 막다른길에서 결단할 수밖에 없었던 행위인 것이다.

"선한지 악한지를 따지자면, 카이 총괄의 행위는 악한 것이라 생각해. 하지만 그 사람도 많은 것들을 잃으며 여기까지 왔어. '오오야마츠미노카미'에게 가족을 살해당한 뒤로도 그는 큐슈 총련을 구할 방법을 필사적으로 찾아 왔어. 그런 그들을 악으로 단정하려면, 사령관으로서 확고한 정의가 있어야만 해."

"……."

눈을 감고 깊이 생각한다.

사령관으로서 확고한 정의를 논하라.

이는 곧 모든 부하가 납득할 만한 답을 준비하라는 뜻이다.

지금껏 카즈마는 나츠키처럼 논리적으로 옳고 그름을 정하는 힘을 내보이라는 요구를 받은 적이 없었다. 언젠가는 그런 힘을 손에 넣을지도 모르지만 그래서는 너무 늦는다.

그녀는 지금 당장 답을 내놓으라고 요구하고 있다.

300년 전의 세상을 살았던 카즈마에게, 지금 이 시대에서 해야 할 일을 요구하고 있는 것이다.

깜빡이는 형광등 불빛을 등진 채 숙고하는 동안, 나츠키는 말없이 그의 답을 기다렸다.

"…나츠키."

"왜?"

"나츠키가 하고 싶은 말이 뭔지는 알겠어. 나츠키의 입장도 생각하지 않고 대뜸 구하고 싶다고 해서 미안해. 아자카미를 구하기 위해 부대를 움직이는 데는, 감정적인 이유 말고도 전략적인 이유가 필요하다는 거지?"

나츠키가 고개를 끄덕였다.

이 인류 퇴폐의 시대에서 생명의 무게는 가벼운 듯하면서도 무겁다.

아자카미 미요를 구하려다가 누군가가 죽는 일은 용납되지 않는다.

그녀를 구하는 과정에서 부대 인원이 목숨을 잃을지도 모르는 이상, 그 자리에서 선뜻 구하겠다고 결단을 내리는 이는 사령관으로서 실격이다.

부대 인원이 목숨을 거는 이상, 아자카미 미요 본인에게 전략적인 가치가 있어야만 한다.

"카즈 군. 아자카미 미요가 배신했던 건 틀림없는 사실이야. 그 애의 내력을 생각하면 정상참작의 여지는 충분히 있지만, 정말로 그 애의 앞날을 걱정한다면 그냥 구하는 것만으로는 안 돼. 그래서는 목숨을 구해 낼 **뿐**, 그 애를 구원할 수 없어."

나츠키의 물음에 숙고를 거듭한다.

최소한 그녀를 논리적으로 납득시켜야만 아자카미를 구할 수 있다. 적복을 맡은 동료로서 확고한 정의를 논해야만 한다.

지금의 상황에서 필요한 정보는 둘이다.

"…부대를 움직이려면, 아자카미가 '오오야마츠미노카미'와 적대하려 하고 있다는 걸 입증해야만 하지. 하지만 지금의 단계에서 그건 불가능해."

"응, 맞아."

"하지만 아자카미의 배신과 재버워크의 행동에 모순이 있다는 건 입증할 수 있어."

…모순? 이라고 말하며 나츠키가 고개를 갸웃했다.

"생각해 봐, 나츠키. '오오야마츠미노카미'를 조종하려면 아자카미가 죽어야만 하지?"

"응. 조작 회로로 흡수되는 거니까."

"그렇다면 어째서 재버워크는 아자카미를 살려 뒀던 거지? '오오야마츠미노카미'를 이용할 생각이었다면, 아자카미는 시체인 편이 편했을 텐데."

헉, 하고 나츠키도 아자카미 미요와 재버워크의 모순을 알아챘다.

이용할 생각이었다면 아자카미 미요를 지금까지 살려 둔 게 애초에 이상하다.

게다가 살고 싶다는 것이 아자카미 미요의 바람이라면 재버워크에게 협력한들 미래는 없을 것이다. 그것은 그녀의 바람과 모순된다.

그럼에도 아자카미 미요가 재버워크에게 협력하고 있는 이유는….

"나츠키. 혹시 큐슈 총련과 재버워크는, 서로 다른 수단을 사용하려 하고 있는 것이 아닐까."

"가능성은 있어…. 아니, 어쩌면….."

나츠키는 식은땀을 흘리며 상황을 정리했다.

입가에 대었던 손을 천천히 뗀 후, 그녀는 더욱 날카로운 눈빛을 날렸다.

"…아아, 그렇구나. 재버워크는 불사의 힘 말고도 생명을 변질시키는 힘이 있어. 아자카미 미요를 살려 둔 채 '오오야마츠미노카미'를 조종할 수단을 처음부터 가지고 있었던 건지도 몰라."

그녀는 아마도 재버워크와 모종의 계약을 한 것이리라.

왕관종으로서의 힘을 얻은 후, 그 고독하고 추악한 괴물과 함께 일본 제도를 지배할 예정이었을지도 모른다.

"아자카미는 대책 없이 떠난 것이 아니야. 재버워크를 따돌리고 무언가를 할 속셈이지."

"그건 비약이 너무 심한 것 같은데. 이 모순은 그 애가 위협요소라는 증거에 불과해."

"하지만 유용하다는 증거이기도 해! 만약 아자카미에게 아직 우리와 함께 살아갈 의지가 있다면, 아자카미의 능력은 이 상황을 타파하기 위한 열쇠가 될 수 있어! 하다못해 의사 확인만은 해야 해!!"

카즈마가 무의식적으로 목소리를 높이자 나츠키의 눈빛도 날카로워졌다.

극동의 남자들이 벌벌 떤다는 그 싸늘한 눈빛이었지만, 카즈마의 눈빛도 지지 않았다. 흉포한 거구종조차도 달아날 정도의 힘이 그의 눈빛에는 있었다.

격렬한 눈싸움을 벌이며 카즈마는 말을 이었다.

"만약 아자카미가 정말로 큐슈 총련을 배신한 것이라 해도… '오오야마츠미노카미'의 행동을 구속할 수 있다면 부대를 파견해 설득을 시도해 볼 가치는 있어."

"…그 설득은 누가 하는데? 카즈 군?"

순간적으로 말을 집어삼켰다.

카즈마는 반사적으로 '내가 가겠어'라고 말하려 했지만, 분명 카즈마의 목소리는 닿지 않을 거다. 아자카미가 눈물을 흘린 것은 카즈마 때문만이 아니다.

그녀가 눈물을 흘리며 떠나간 이유… 처음으로 친구가 되어 준 두 사람의 말이 아니면 마음 깊숙한 곳까지는 닿지 않으리라.

'큭… 바보 같은 소리…!! 쌍둥이를 최전선에 보내겠다는 거냐…?!!'

그 마지막 한마디를 내뱉지 못한 채, 말끝을 흐렸다.

나츠키는 잠시 카즈마의 말을 기다렸다.

하지만 답을 내놓기를 주저하는 카즈마에게서 이 이상의 말은 나오지 않을 듯했다.

…그래서 그 모자란 마지막 부분은 나츠키가 짊어지기로 했다.

"정 설득을 하려면, 나는 히비키랑 후부키가 가야 한다고 생각해."

"큭, 아니, 나츠키…!"

"물론 두 사람의 뜻은 물어봐야겠지. 하지만 분명 그 둘이라면 '구하고 싶다'고 답할 테고, 시키지 않아도 최전선에 투입해 달라고 지원할 거야. 그럼 처음부터 두 사람을 도울 수 있는 논리적인 근거를 이쪽에서 제시하는 편이 안전할 거라고 나는 생각해."

나츠키는 한숨을 내쉬었다. 쌍둥이와 오랫동안 알고 지낸 나츠키는 그녀들이 어떻게든 따라오리라는 것을 잘 알았다.

아자카미 미요를 구해 낼 수 있는 건 분명 그 둘뿐이리라.

그렇다면 카즈마는 무엇을 할 수 있을까. 무엇을 해야 할까.

"…그렇다면, 둘의 혈로는 내가 뚫겠어."

"힘든 싸움이 될 거야. 그래도?"

"그래. 아자카미를 설득하는 데 성공하면, '오오야마츠미노카미'를 쓰러뜨리는 데 기여한 공로자로 인정되어 편견을 날려 버릴 수 있을지도 몰라. 가능성을 걸어 볼 가치는 충분히 있어!"

카즈마는 똑바로 나츠키를 바라보았다.

그 뒤로도 나츠키는 심각한 표정을 짓고 있었지만… 문득 한숨과 함께 부드러운 미소로 표정을 바꾸었다.

"하아… 어쩔 수 없지. 쌍둥이의 의사를 확인하고 나면 나도 작전 중 하나로 취급하도록 할게."

"저, 정말…?! 아니, 무리한 소리를 해서 미안해. 나츠키에게는 매번 폐를 끼치는군."

"후후, 그렇지 않아. 나도 그 애의 상황을 알고 아무 생각도 들지 않은 건 아닌 데다, 제대로 된 논리를 세워서 입안해 준 건 카즈 군이잖아? …솔직히 말하자면, 훨씬 어처구니없는 근성론으로 밀어붙일 줄 알았거든."

나츠키의 짓궂은 미소에 식은땀이 흘렀다.

조금 전까지 보였던, 건드리면 베어 버릴 듯한 분위기는 온데 간데없었다. 그것이 카야하라 나츠키의 적복으로서의 얼굴이라면 남자들이 벌벌 떠는 것도 그럭저럭 이해가 될 것 같았다.

"뭐, 근성론을 무시하려는 건 아니지만 말야. 윤리적인 이유를 내세워서, 사람들의 윤리 의식을 논리적으로 설득하면 그만이기도 하고."

"…윤리 의식을, 논리적으로?"

"그래. 예를 들어서…."

턱에 하얀 손가락을 대고서 잠시 생각한다.

"예를 들어서… 그래. 여기서 카이 총괄 일행을 긍정하고 아자카미 미요를 희생한 결과, '오오야마츠미노카미'를 손에 넣었다고 쳐. 그러면 극동의 위정은 어떻게 될 것 같아?"

질문을 받은 카즈마는 얼마쯤 생각한 후,

"으음… 국가를 멸망시킬 정도의 힘을 보유하게 되었으니… '오오야마츠미노카미'를 조종할 수 있는 인간이, 국가의 실권을 쥐게 되나?"

"바로 맞혔어. 결과적으로 인공적으로 만들어진 생명의 희생을 긍정하는 사람들의 발언이 힘을 얻게 되어서, 그게 향후 국가의 지침이 될 가능성이 매우 높아지겠지."

카즈마는 오한이 등줄기를 훑어 몸을 떨었다. 생각만 해도 무서운 미래다.

카이 총괄은 결코 한낱 어리석은 자가 아니다. 어리석을 뿐인 남자가 전장에서 정확하게 상황을 파악하고, 답을 내놓지 못한 아마노미야 치히로를 배려하는 말을 할 리가 없다.

하지만… 잃은 것이 너무도 커서 그는 다른 이의 개입 없이는 멈출 수 없게 된 것이다.

그런 카이 총괄이 '오오야마츠미노카미'의 힘을 손에 넣는다면, 폭주가 더욱 가속화되리라.

"국가의 지침이 되면… 그건 언젠가 역사가 되겠지. 역사라는 전례는 훗날 면죄부가 되어, 행동의 규범이 되겠지. 인공생명의 양산과 그걸 희생하기를 꺼리지 않는 사람들은 역사를 정당화해서 아이들에게 전달해 나갈 거야. …나는 극동이 그런 나라가 되지 않았으면 좋겠어."

쓸쓸한 눈으로 먼 곳을 내다보았다. 그 눈동자는 카즈마보다도 훨씬 먼 미래를 바라보고 있었다.

불과 열다섯 살의 나이에 나라의 요직을 맡은 소녀의 눈에는, 지금의 카즈마에게는 결코 보이지 않는 곳이 보이는 듯했다.

"…그래. 나츠키의 말이 맞아. 나도 극동이 그런 나라가 되는 건 원치 않아."

"동의해 줘서 다행이야. 어쨌든 미요를 구하려면, 미요에 대한 편견도 뒤집을 만한 무언가가 필요해. 그걸 염두에 두고 작전을 세워 볼게."

그럼 갈까, 라고 말하며 통로 끝을 가리킨다.

선명한 붉은 옷을 나부끼는 소녀에게는 '해 뜨는 나라의 희망'
이라는 말이 너무도 잘 어울렸다.

그 작고도 씩씩한 뒷모습을 본 카즈마는 남몰래 각오를 굳혔
다.

카야하라 나츠키에게… 자신이 아는 정보를 모두 털어놓자고.

*

한동안 두 사람은 말없이 지하통로를 걸었다.

시계를 확인한 나츠키는 다소 난감하게 됐다는 표정을 지었다.

"으음…. 미요도 신경은 쓰이지만, 우선은 지상과 연락을 취할
수 있는 환경을 확보해야겠는데. 작전 개시 전에는 어떻게든 밖
으로 나가야 해."

"출입구가 하나밖에 없을 리는 없으니 지금은 정보를 정리하
며 전진할 수밖에 없어. 내가 선행할 테니 나츠키는 뒤를 부탁해."

독의 영향은 거의 사라졌다. 두 시간 이내에 컨디션은 완전히
돌아올 것이다.

두 사람은 경계심을 끌어올린 채로 어두컴컴한 통로를 나아가
기 시작했다.

형광등은 서서히 빛을 잃어 가고 있다. 비상용 전원으로 유지

되고 있었던 모양인데, 그것도 언제까지 계속될지 모를 일이다.

나츠키는 조금씩 초조해지기 시작했다. 일이 예정대로 진행된다면 재버워크를 생매장한 뒤 두 시간 이내에 샴발라에서 제2차 대륙 간 탄도공격을 '오오야마츠미노카미'에게 가할 것이다.

직격할 걱정은 없다 해도 나츠키 일행은 붕괴에 휘말릴 가능성이 있다.

비상용 전원도 한계에 달한 모양이다. 나츠키는 어두컴컴한 통로에서 소형 회중전등을 끄집어냈지만, 문득 위화감을 느끼고 손을 멈췄다.

"…다행이다. 어딘가에 있을 것 같긴 했는데, 생각보다 먼 곳에 있었네."

"뭐가 말이지?"

"이동용 탈것. 사쿠라지마 관측소까지 거리가 수십 킬로미터는 되거든. 그래서 어딘가에 지하를 달리는 탈것이 있지 않을까 생각했어."

나츠키가 가리킨 방향에 인공적인 빛이 보였다.

형광등의 불빛이 꺼지지 않았다는 것은 전원이 다른 시설의 것으로 전환되었다는 증거다.

그리고 전기가 공급되었다는 것은 곧 그 시설이 살아 있다는 뜻이다.

나츠키는 환해진 얼굴로 올라탔다.

"어디 보자… 으음? 처음 보는 탈것이네. 수상버스랑 비슷한데 동력은 뭘까?"

"모노레일이니 전력만으로 움직일걸."

"전력만으로?"

"그래. 행선지가 셋 있는데, 사쿠라지마 관측소로 하면 되나?"

나츠키가 동의의 뜻을 담아 고개를 끄덕이자 고속 모노레일이 조용히 움직이기 시작했다.

고속 모노레일을 처음 본 나츠키는 바퀴가 없는 탈것을 신기하다는 듯 둘러보았다. 그 모습은 마치 처음 보는 장난감에 관심을 보이는 고양이 같았다.

조용히 달리기 시작한 모노레일의 좌석에 앉은 나츠키는 소음이 거의 나지 않는다는 데에 연신 놀랐다.

기능성을 중시할 수밖에 없는 이 시대의 인간에게 탑승감에 중점을 둔 무소음 모노레일은 마냥 신기하게만 느껴질 것이다.

자동 조종 운전석을 들여다보는 나츠키의 모습은 그야말로 10대 소녀와도 같았다.

"…믿기지가 않아. 옛날에는 이렇게나 조용한 탈것이 있었구나."

"이 시대에는 모노레일 같은 탈것이 보기 드문 건가?"

"응. 땅 위를 달리는 탈것도 보기 드문데, 이렇게 빠르면서 거의 소리가 안 나잖아? 이런 탈것은 다른 나라에서도 본 적이 없어."

"그렇군. 다른 나라에도 모노레일은 없나. …그러고 보니 나츠키는 어느 나라에서 온 거지? 타츠지로 씨가 극동으로 데려왔다고 했던 것 같은데."

자연스럽게 그녀의 출신을 물었다. 좋은 기회다 싶었다.

'아우르젤미르'가 맡긴 특수단자로 된 데이터 칩에 관해서도 슬슬 이야기를 해야만 한다. 나츠키를 믿지 않는 것은 아니지만 재버워크에게 한 방 먹은 직후이기도 한 데다, '아우르젤미르'의 유언을 존중하고 싶었다.

만약 애매하게 얼버무린다 해도… 나츠키라면 분명 뭔가 중대한 이유가 있을 거다.

극동을 구하기 위해 목숨을 걸고 이런 지하통로로 뛰어들어준 나츠키라면 '아우르젤미르'가 경계했던 조직의 인간은 아니리라.

신상에 관해 알아내지 못한다 해도 나츠키는 충분히 믿을 만한 사람이다.

그러니 알려 주지 않아도 괜찮다.

…그런 가벼운 마음으로 물은 것이었는데.

나츠키는 생각 외로 놀란 얼굴을 하고 있었다.

눈을 가늘게 뜨고서 짓궂은 표정을 짓더니, 나츠키는 속이라도 떠보듯이 물었다.

"…흐응? 카즈 군은 내 출신을 알고 싶어?"

"뭐, 남들만큼은. 소문에 따르면 국외의 야마토 민족, 다시 말해서 외적유류민이라지? 300년 전 국외에 남겨졌던 야마토 민족의 생존자인."

"분류상으로는 그런 셈이려나. 하지만 나는 좀 특별해. 출신에 관해서는 타츠지로 씨랑 쿠도 집정회장님 두 사람밖에 모르고, 멋대로 이야기할 수도 없거든. …만약 그래도 듣겠다면, 나름의 각오를 해야 할 텐데?"

장난기가 가득한 투로 말하며 나츠키가 미소 지었다.

출신을 밝히는 것뿐인데 호들갑스럽다는 생각은 들었지만, 타츠지로와 집정회장만 사정을 알고 있다면 이야기가 달라진다. 어쩌면 정말로 사연이 있는 것일지도 모른다.

"어쩔래? 그래도 듣고 싶어? 꽤 무거운 이야기가 될 텐데?"

"듣고 싶어. 나는, 나츠키에 관한 건 모두 다 알아야만 하니까."

순간, 나츠키는 허를 찔린 듯한 표정을 지었다.

그러고는 부루퉁해져서 눈살을 찌푸리고 입술을 삐죽 내민 채, 약간 붉어진 뺨을 긁었다.

"으… 아주 대놓고 맞받아치네. 조금 놀랐어. 카즈 군은 이래도 겁을 안 내는구나."

"……? 겁을 낼 것처럼 보였나?"

"뭐, 뭐어, 카즈 군은 성실하니까… 아니, 살짝 놀려 줄까 생각한 제가 정말 잘못했어요. 신경 쓰지 마세요."

익숙지 않은 짓은 하는 게 아니라니깐, 이라는 말과 함께 쑥스러운 듯 한숨을 내뱉었다.

"나는 괜찮아. 카즈 군한테는 머지않아 설명하려고 했으니까. 내 신상에 관해 캐물은 건, '아우르겔미르'의 정보를 모두 이야기할 마음이 들었다는 뜻이지?"

나츠키가 자세를 바로 하고 본론을 꺼냈다.

이번에는 카즈마도 놀랐다.

숨기고 있다는 걸 태도로 나타낸 적은 없다고 생각했지만, 나츠키는 꿰뚫어 보고 있었던 모양이다. 후학을 위해 어느 부분이 수상해 보였는지 나중에 물어봐야겠다.

"그래서, 내 출신을 물었지? 자세히 말할 수는 없지만 내가 태어난 셸터는 이제 없어. 구체적인 장소도 설명하기 어렵다고 할 수밖에 없고."

"음? 무슨 뜻이지?"

셸터가 존재하지 않는다는 건 파괴되었기 때문이라고 하면 설명이 된다.

하지만 고향이 어디인지 설명할 수 없다니 이해가 안 됐다.

"말할 수 없다면 안 해도 상관없는데."

"아아, 그런 게 아니야. 내가 태어난 장소는 정규 해상이동요새도시였거든. 아라비아해의 해적들이 사용하고 있는 셸터 도시 같은 거."

예상치 못한 답변이라 카즈마는 눈을 껌뻑였다.

출신국이 없다는 이야기를 들은 카즈마는 의아했지만, 한편으로는 일리가 있다는 생각이 들었다.

해상을 이동하며 300년이라는 세월을 살아온 요새도시라면 전 세계를 돌아다녔을 터. 특정한 땅을 출신지로 들 수 있을 리가 없다.

"해상이동요새도시… 300년 전에도 소문은 들었지만, 실존했던 건가."

"확인된 실물이 네 개밖에 없는 도시니까. 카즈 군이 살았던 시대의 사람들 중에도 알고 있는 사람은 한정적이지 않았을까?"

나츠키의 이야기에 따르면 그녀가 태어난 해상이동요새도시는 크기가 도쿄의 3분의 1 정도나 되는 거대한 것이었다고 한다.

만일의 사태에 대비해 인류라는 종을 존속시킬 목적으로 만들어진 도시라는 모양이다.

야마토 민족뿐만 아니라 전 세계의 온갖 인종을 모아 만든 해상이동요새도시에는 출신국이라는 개념도 없어진 지 오래였다.

거구종 등의 공격으로 곤궁에 처한 도시국가보다 많은 기술이 남아 있어서 비교적 유복한 생활을 할 수 있었다고 한다.

"정식 명칭은 나도 몰라. 옛날에는 중요한 이름이 있었다는 모양이지만."

"그랬던 모양이라고?"

"고향이라고는 해도 다섯 살 때까지만 있던 곳이라, 별로 기억이 없어. 게다가 도시는 이미 바닷속에 가라앉았을 거야. 내가 마지막으로 본 고향은, 격렬한 불길에 휩싸여 있었거든."

카즈마는 표정을 구기며 시선을 돌렸다.

뭔가 사연이 있어서 극동에 발을 들였으리라는 것은 알았지만, 설마 고향을 잃었으리라곤 생각도 못 했다.

"…아버지랑 어머니도, 그때 돌아가셨어. 살아남은 동료와 도망친 나는 3년 동안 떠돌아다녔지. 살아남은 동료들도 그로부터 2년 후에는 전멸했어. 혼자 살아남은 나는 유랑 끝에 이 극동에 도착하게 됐고. …내 신상에 관한 이야기는 대충 이 정도야."

"…미안해."

"후후, 사과할 것 없어."

"그건 그렇고 용케 살아남았군. 어린애가 이 시대에 여행을 하려면 고생이 이만저만 아니었을 텐데."

고생이 이만저만 아닌 정도가 아니라, 솔직히 말하자면 불가능에 가깝다.

300년 전에도 미성년자가 여행을 하는 건 무리였다.

나츠키는 어깨를 으쓱하고서 먼눈을 한 채 말했다.

"그야 엄청 힘들긴 했지. 하지만 도와준 선상민족(마리안) 사람들이 좋은 사람들이었거든. 허드렛일을 하면서 각지를 여행하던 중에 타츠지로 씨를 내게 소개시켜 줬어."

"다른 나라에 정착할 생각은 없었던 건가? 나츠키라면 어디서든 환영했을 텐데."

카즈마의 물음에 나츠키는 말문이 막혔다. 잠시 망설인 후, 나츠키는 난감하게 됐다는 듯 미소를 지으며 뺨을 긁었다.

"지금부터 할 이야기는 진짜 비밀인데, 비밀 지킬 수 있어?"

"물론이지."

"사실은 선생님의 유언… 아아, 선생님이라는 건 나를 돌봐줬던 사람이야. 그 사람이 마지막으로 남긴 유언이 '일본으로 가라. 그것이 너의 천명(天命)이다'라는 내용이었거든."

진짜 터무니없는 유언 아니야~? 농담하듯이 그렇게 말하고서 나츠키는 부루퉁한 얼굴로 눈살을 찌푸렸다.

하지만 결코 가벼운 이야기는 아닐 것이다. 아무리 은사의 유언이라지만 괴물이 만연한 이 시대에 여행을 한다는 건 어지간한 각오로는 불가능한 일이다.

분명 목숨을 건 기나긴 여행 끝에 극동에 도착했으리라.

"카즈 군이 생각한 바대로 위험한 여행이었지만… 달리 할 일도 없었고, 난 선생님을 엄청 좋아했거든. 무엇보다도 나를 위해 죽은 사람의 유언이라 어떻게든 따라야겠다는 생각뿐이었어."

인생의 스승인 동시에 생명의 은인.

그런 사람이 마지막 순간에 남긴 유언.

'일본으로 가라.

그것이 너의 천명이다'

　인류 퇴폐의 시대를 살아가는 이라면 그 유언이 얼마나 가혹한 것인지 바로 알 수 있을 것이다. 은사를 좋아했다는 이유로 선뜻 따를 수 있는 말이 아니다.

　소중한 사람을 모두 잃고 만 나츠키에게 유일하게 남은 인연이 그 유언이었던 것이리라.

　인생의 지침을 옭아매기에는 충분한 힘이 있었을 것이다. 만약 카즈마의 어머니가 마지막으로 남긴 말이 그처럼 인생을 옭아매는 부류의 것이었다면, 마찬가지로 목숨을 던져서 실행하려했을 거다.

　"그 이후는 카즈 군이 아는 것과 같아. 극동에 받아들여지고, 개척부대에 소속되고, 적복을 맡게 되고. 힘든 나날이었지만 별의 한구석에서 어찌어찌 살아 나가고 있다고나 할까. …어때? 만족해?"

　나츠키가 미소를 던졌지만 그 얼굴을 똑바로 쳐다볼 수가 없어서 시선을 피했다.

　필요한 일임을 서로 확인하고서 이야기를 들었는데, 죄책감을 거둘 수가 없었다. 이 시대에 외부에서 찾아온 인간에게는 모종의 사정이 있기 마련이다.

천애 고독한 처지가 된 것은 카즈마뿐이 아니다.

이 시대를 사는 모든 이가 모종의 사정과 각오를 짊어진 채 싸우고 있다. 그 사실을 알기에 아무도 나츠키의 과거를 캐묻지 않았던 것이리라.

"…………."

모노레일의 창으로 들이친 형광등 불빛이 두 사람을 비춘다.

어두컴컴한 지하도에서 레일 위를 달리는 차량 안은 넌더리가 날 정도의 고요함으로 가득했다. 목적지가 사쿠라지마 관측소라면 직선거리라 해도 시간이 걸릴 것이다.

지금이라면 누군가가 이야기를 엿들을 일도 없다.

은밀한 이야기를 하기에는 더없이 좋은 상황이다.

결심을 굳힌 카즈마는 특수단자로 된 데이터 칩을 꺼내 나츠키에게로 몸을 돌렸다.

…하지만.

[실례합니다. 만약 괜찮다면 제게도 설명해 주실 수 있을까요?]

"큭, 누구냐?!"

의문의 안내방송에 두 사람은 동시에 임전태세에 돌입했다.

가까이에서 기척이 느껴지지는 않는다. 외부에서 차량 안내방송을 통해 이야기하고 있는 것이다.

[놀라게 해서 죄송합니다. 훔쳐 들을 생각은 눈곱만큼도 없었지만, 아우르겔미르라는 이름이 나와서 반응했습니다.]

"…사과의 순서가 엉망이군. 자신의 정체를 밝히는 게 우선 아닌가?"

경계심을 끌어올린 채로 카즈마는 칼자루를 힘껏 움켜쥐고서 주변을 살폈다.

짧은 침묵이 흐르더니 차량이 덜컹 소리를 내며 급정지했다.

[죄송합니다만 모노레일의 전원을 차단했습니다. 제 쪽에서 이름을 밝히는 것은 문제가 없습니다만, 우선은 이쪽으로 와 주십시오.]

"…꽤나 비겁한 방식으로 초대를 하는군."

[정보 교환을 희망합니다. 만약 아우르겔미르에 관한 정보를 주신다면, 15호와 34호에 관한 정보를 제공… 더불어 정보에 따라서는 협력도 검토하겠습니다.]

카즈마는 곁눈질로 나츠키의 표정을 살폈다.

수상쩍은 상대지만 모노레일을 정지시킨 탓에 어디로도 갈 수 없는 상태다.

나츠키는 팔짱을 낀 채 카즈마에게 고개를 끄덕여 답했다.

"샛길로 새는 꼴이 되겠지만, 만나러 가자."

"괜찮은 건가? 곧 폭격이 시작될 텐데?"

"미요 쪽 일은 둘째 치더라도 아우르겔미르에 관해 아는 인간은 제한되어 있어. 분명 우리가 찾고 있는 인물일 거야."

헉, 하고 숨을 죽였다. 나츠키가 말하려는 바를 알아챈 순간

모노레일이 움직이기 시작하더니, 노선을 변경해 다른 목적지를 향해 달려 나갔다.

뛰어내릴 수도 있지만 정보는 손에 넣고 싶었다.

두 사람은 고갯짓을 주고받고서 상대의 초대에 응하기로 했다.

5분 정도를 달린 끝에 모노레일은 목적지에 도착했다.

형광등이 통로를 비추어 가야 할 길로 유도해 주었다.

매끄러운 타일로 포장된 통로 끝에서 두 사람은 놀랄 수밖에 없었다.

"윽… 이건, 연구실?"

"굳이 말하자면 배양실 같은데? 식용 동식물을 연구하고 있는 것 아닐까?"

텅 빈 배양 포트가 늘어선 연구실을 지난다.

사람의 기척은 없다. 바닥을 확인해 보니 먼지가 약간 쌓여 있었다.

몇 년이나 방치되어 있었던 곳이 분명하다.

하지만 발자국이 전혀 보이지 않는 게 이상했다. 아무도 발을 들인 낌새가 없다면 이 안에 있는 인물을 어떻게 먹고 마시고 있는 것일까.

그에 대한 답이, 머지않아 두 사람 앞에 나타났다.

"…………."

배양포트 안에 떠오른, 백발의 소녀.

아자카미 미요가 조금 더 성장하면 분명 이런 소녀로 자라리라. 그녀의 온몸을 감싼 B.D.A는 생존장치처럼도 보였다.

눈을 감고 있기는 했지만 당장에라도 눈을 뜰 것 같은 얼굴색이다.

분명 살아 있기는 한 것이리라.

미요, 아마쿠니 박사와 매우 닮은 그 소녀를 본 카즈마는 분노로 온몸의 털이 곤두서는 것을 느꼈다.

"설마… 아자카미와 비슷한 아이를, 아직도 만들고 있었던 건가…!!!"

[아뇨, 그렇지 않습니다. 이것은 관리 AI의 오리지널인 저를 위한 머테리얼 보디. 34호는 제 머테리얼 보디를 모방해 카이 총괄이 만들어 낸 생명입니다.]

홀로그래피 패널에 여성의 모습이 나타났다.

무기질적인 기계 음성을 자아낸 검은 머리의 여성은 언젠가 보았던 관리 AI와 같은 차림새로 카즈마 일행의 앞에 모습을 나타내, 약속했던 대로 자신의 코드네임을 밝혔다.

[…잘 오셨습니다, 극동의 적복님.

저는 환경제어탑의 상급 자기진화형 유기 AI 'Amakuni'.

이 큐슈의 땅에서 천손강림을 기다리고 있는 자입니다.]

감정이 느껴지지 않는 억양 없는 목소리. 첫 인상은 미요, 아마쿠니 박사보다는 아우르겔미르에 가깝게 느껴졌다. 목소리의 질은 같아도 뉘앙스가 전혀 달랐다.

도저히 같은 원본에서 만들어졌다는 것이 믿기지 않을 정도다.

"관리 AI 아마쿠니… 네가 아자카미와 아마쿠니 박사의 본체인가?"

[아뇨, 그렇지 않습니다. 그녀들은 저에게서 파생된 하나의 생명. 시작점은 같았지만 성장 과정에서 획득한 자아가 저와는 다릅니다. 당신들도 같은 아마쿠니형 머테리얼 보디인 34호와 15호를 다른 개체로 인식하지 않으셨는지요.]

그 말에는 카즈마도 동의했다.

34호가 아자카미 미요를 지칭하는 것이라면 15호는 아마쿠니 박사를 말하는 것이리라.

그 두 사람의 외모에는 유사점이 많았지만 정신적인 면에서의 유사점은 적었다.

[저는 일본의 정규 관리 AI로서 이 땅에 배치되었습니다. 하지만 저 개인의 의지로는 기능을 충분히 사용할 수 없습니다. 그 안전장치를 속이기 위해 만들어진 것이 눈앞에 있는 육체입니다.]

"그 이야기는 재버워크에게서 들었어. 하지만 방금 한 이야기가 사실이라면, 아자카미 일행은 본체인 관리 AI와 정보와 경험을 동기화하지도 못한다는 건가."

[YES. 본래는 정보가 뒤섞이지 않도록 머테리얼 보디는 한 대만 가동하기로 했습니다. 저의 대행자로서 큐슈에서 문명복고에 힘쓰고 있던 15호가 바로 여러분이 '아마쿠니 박사'로 인식하고 있는 개체입니다. 그걸 만든 것이 저입니다. 이 전뇌(電腦)는 '아마쿠니 0호'라고도 불리고 있습니다.]

"…헤에. 무슨 소리인지 알겠어. 혹시 카이 총통과 그 협력자들이 당신의 기술을 유용해서 독자적으로 아자카미 미요를 만든 거야?"

나츠키의 지적을 아마쿠니는 무미건조하게 수긍했다.

[YES. 저의 머테리얼 보디의 설계도가 유출된 것은 15년 정도 전입니다. 그리고 15호가 저에게 도난당한 기술에 관해 상담해 온 것이 13년 전이었습니다.]

"…'오오야마츠미노카미'의 폭주가 있었던 해인가."

[YES. 34호의 제조와 용도를 알게 된 저는 2년 후에 이 연구실을 폐쇄하기로 결심했습니다. …그것은 천손강림을 기다리는 저의 임무를 포기하는 것과 같은 행위였지만, 폭주하기 시작한 저들과는 다른 길을 가야 한다고 판단했습니다.]

아마쿠니의 눈동자에 우려의 빛이 섞였다. 그러고 보니 아마쿠니 박사를 가로챈 재버워크도 천손강림의 의식이 치러지기를 바라고 있다는 말을 했다.

천손강림. 분명 일본신화에서 유래된 개념일 것이다.

황실과 연관된 전승이라고 할아버지가 말했던 것도 같지만, 당시 평범한 고등학생에 불과했던 카즈마에게 상세한 지식이 있을 리가 없었다.

"아마쿠니. 그 천손강림이라는 것은 무엇을 의미하는 거지? 일종의 비유인가?"

[그것은….]

"자자, 그런 건 나중에 얘기해도 되잖아. 지금은 큐슈 총련에 관한 이야기를 해야지."

두 사람 사이에 끼어드는 모양새로 나츠키가 화제를 바꿨다.

카즈마는 놀랐다. 달리 해야 할 이야기가 있다는 것은 사실이었지만 나츠키는 이렇게 억지로 화제를 바꾸는 걸 좋아하지 않았을 터.

"본론으로 돌아가서, 큐슈 총련과 관계를 끊은 건 현명한 결정이었어. 관리 AI가 협력했다면 큐슈 총련의 폭주는 더욱 과격한 방향으로 향했을지도 모르니까. …하지만 관리 AI인 당신이라면 실험 그 자체를 정지시킬 수도 있지 않았어?"

[그것은 관리 AI의 권한을 넘는 행위입니다. 아무리 비인도적인 행위라 해도 도시국가의 방침을 정하는 것은 국가에 사는 인

간들입니다. 저들이 나아갈 길을 스스로 선택한 이상, AI에 불과한 제가 힘으로 교정을 촉구하는 것은, 그들의 근간을 뒤흔드는 행위가 됩니다.]

카즈마는 문득 아우르겔미르의 말이 떠올랐다.

AI는 인류와 공존공영의 길을 선택할 수 있도록 연산하게끔 되어 있다고 그녀는 말했다. 국가의 방침을 힘으로 바꾸는 것은 그 이념에 어긋나는 일이기도 하다.

"…그렇군. 너는 아자카미와 아마쿠니 박사보다는, 아우르겔미르의 동족이라 해야겠어."

[YES. 아우르겔미르를 아시는 것으로 미루어, 당신들은 코스모스퀘어 연구소를 방문한 적이 있다고 판단해도 될지요?]

"그래. 그녀의 유언을 가지고 왔다."

순간, 아마쿠니의 표정이 굳어졌다.

특수단자로 된 데이터 칩을 콘솔에 꽂자, 잠시 그녀의 영상이 끊겼다.

3분 정도 침묵의 시간이 흘렀을 즈음.

아마쿠니가 침통한 얼굴로 홀로그래피 패널을 전개하고서 예의 바르게 고개를 숙였다.

[…매우 실례가 많았습니다. 언니의 마지막 순간을 지켜봐 주신 분일 줄은 몰라서, 인사가 늦어진 것 같습니다.]

"아니, 사과는 내가 해야지. 나는 아우르겔미르에게 아무것도 해 주지 못했어."

[아니요. 언니는 300년을 기다린 끝에 사명을 완수했습니다. 당신이 다소 무리를 해서 그녀를 만나러 가지 않았다면, 그 300년 동안의 고독도 무의미해졌을 겁니다.]

그녀는 두 손을 모아 자매의 죽음을 애도했다.

관리 AI인 그녀들에게도 감정은 있다.

300년 동안 재회의 기적을 꿈꾼 날도 있었을 것이다.

[아우르겔미르… 아우르 언니는 당신에게 감사했다고 기록되어 있습니다. 당신은 아우르 언니의 유언을 충실하게 지켰지요. 그래서 15호를 조종하고 있던 재버워크에게 이 사실을 말하지 않은 것이군요?]

"그래. 재버워크가 코스모스퀘어 연구소에 관해 알고 있는 이유가 달리 생각나지 않았거든."

[혜안에 감복했습니다. 이 데이터에는 현재 일본 제도의 상황이 상세히 정리되어 있었습니다. 만약 빼앗겼다면 이 나라의 입지에 관한 정보가 모두 넘어갔을 겁니다.]

보그르르…. 배양액 속에 떠 있는 아마쿠니의 육체가 기포를 토해 냈다.

[…하지만 신용할 수 있는 인간인가 아닌가 하는 판단은 조금 어설펐던 것 같습니다.]

"뭐라고?"

아마쿠니는 날카로운 눈빛에 적의를 실어 나츠키를 바라보았다.

[카야하라 나츠키 님…이었지요. 당신은 조금 전에 의도적으로 정보를 숨기셨죠?]

그 눈빛은 평범한 소녀라면 본 것만으로도 몸이 움츠러들 정도로 날카로웠다.

하지만 나츠키는 무표정하게 그것을 받아 냈다.

시선을 피하지 않고 똑바로 마주 본 채 나츠키는 살며시 고개를 갸웃하며 물었다.

"미안, 무슨 소리야?"

[시치미 떼어도 소용없습니다. 해상이동요새도시는 인류 최후의 요새로 건설되었습니다. 그 도시의 방어를 돌파할 수 있는 병기, 생명체, 개념은 300년 전에도 존재하지 않았을 정도죠. 퇴폐의 시대를 사는 왕관종이라 해도 간단히 돌파하지는 못할 겁니다. …그럼에도 불구하고 당신은 이야기의 핵심은 언급하지 않았죠. 원래대로라면 가장 먼저 밝혔어야 할 사실이 있었을 겁니다.]

아마쿠니는 나츠키를 매섭게 추궁했다.

연구실 안에 감춰진 기총으로 나츠키를 조준한 채 위압하듯 물었다.

[카야하라 나츠키 님. 요새도시가 멸망했다면 거기에는 원인

이라 할 수 있는 적이 존재해야만 합니다. 하지만 당신은 '어째서 멸망했는가' 하는 점을 고의로 설명하지 않았습니다.]

"…………."

[거듭 말씀드리자면, 인류 최후의 요새로서 종의 보존을 목적으로 만들어진 요새도시에는 가장 우수한 관리 AI가 배치되어 있었을 겁니다. 카즈마 님에게 관리 AI에 관한 이야기를 들으려 했으면서 그 점을 언급하지 않으신 데에는 의문을 품지 않을 수 없습니다.]

요새도시는 누구에 의해 멸망했는가.

요새도시의 관리 AI는 어떻게 되었는가.

어째서 그에 관한 언급은 피한 것인가.

…아마쿠니가 무엇을 우려하고 있는지는 명백했다.

아마쿠니는 카야하라 나츠키를 '세계를 멸망시키려 한 자', 혹은 그 후예가 아닐까 의심하고 있는 것이다.

[어떠십니까, 카야하라 나츠키 님. 결코 이야기 못 할 내용은 아닐 겁니다. 이야기할 수 없다면… 어쩌면 당신은….]

"그만, 아마쿠니. 그 이상의 무례한 추궁은 내가 허락하지 않겠다."

카즈마가 끼어들자 아마쿠니는 놀랐다.

"원수인 적에 관해 언급하지 않은 점은 나도 이상하다고 생각했어. 하지만 그걸 추궁하지 않은 건 나츠키에게 속았기 때문도,

나츠키의 처지를 동정했기 때문도 아니야. 카야하라 나츠키라는 인간이 얼마나 분골쇄신(粉骨碎身)으로 극동을 위해 힘써 왔는지를 알기에 그 이상의 언급을 피한 것뿐이지."

[…그 모든 것이 극동을 속이기 위한 허구일 가능성은?]

"그렇다면 네가 흉내 내 보시지. 매일 아침부터 밤까지 나라를 위해 뛰어다니고, 몸이 안 좋아져 열이 나도 참고, 죽을 위기에 처해도 웃으며 뛰어다녀 보라고."

조용한, 하지만 반론을 허락지 않겠다는 열기가 담긴 변호였다.

카즈마가 아는 카야하라 나츠키라는 소녀는 방금 말한 바와 같은 소녀다. 그런 그녀가 굳이 말하지 않았다는 것은, '말하지 않은' 게 아니라 '말할 수 없는' 내용이라는 뜻이리라.

모든 일에 확증이 있어야만 누군가를 믿을 수 있다면, 사람이 타인을 믿는 것은 불가능한 일일 것이다. '신뢰'란 때때로 형태 없는 것을 강하게 믿는 마음을 일컫기도 한다.

"전뇌체(電腦體)인 너는 이해하지 못할지도 모르지. 하지만 나츠키가 악의를 품은 자라면, 오늘까지 목숨을 걸고 나라에 봉사했을 리가 없어. 그래서 나츠키에게 말하기로 한 거다."

[…………]

아마쿠니는 눈을 감고 상황에 관해 숙고했다.

본래 카즈마의 판단은 아마쿠니가 알 바 아니다.

아마쿠니에게는 두 자매의 생사가 걸린 정보이기 때문이다.

[…과연. 일리 있는 말씀이시군요.]

보글보글보글!! 배양 포트의 물이 빠지기 시작했다.

무슨 일인가 싶어서 두 사람은 반사적으로 뒤로 물러났다.

생명유지장치가 해제되고 아마쿠니를 비추고 있던 홀로그래피도 사라졌다.

배양 포트 안에 떠 있던 소녀가 살며시 눈을 뜨더니 눈이 부신 듯 한 손을 들었다.

"으… 이것이, 인간의 몸…. 상상했던 것보다, 불편하군요."

"아, 아마쿠니? 지금까지 이야기했던 아마쿠니인가?"

"YES. 머테리얼 보디에 제가 지닌 모든 정보를 이송시켰습니다. 전뇌는 이제 의미가 없습니다. …그나저나 놀랐습니다. 역대 아마쿠니가 방대한 육체의 정보량에 당황할 만도 했군요."

휘청휘청, 아마쿠니는 갓 태어난 새끼 사슴처럼 걸었다.

두 사람은 갑자기 기동한 소녀를 보고 놀랐지만 곧바로 달려가 그녀를 부축했다.

"나 참, 카즈 군이 부추긴 탓이잖아."

"미, 미안하군. 혹시 내 말이 지나쳤던 건가?"

"아뇨, 신경 쓰지 마십시오. 붕괴의 위험성 탓에 전뇌가 있는 이 연구실의 폐기는 결정 사항이었습니다. 사명을 포기한 관리 AI로서 기능을 정지해야 한다고 생각했습니다만, 상황이 조금

바뀐지라."

부축하려는 두 사람의 손을 천천히 물리친 후, 아마쿠니는 카야하라 나츠키에게로 몸을 돌렸다.

"카야하라 나츠키 님. 당신이 무엇을 숨기고 있는지, 제가 직접 확인하고자 합니다. 요새도시에 있던 언니의 최후에 관해서도 들어야 하니까요."

"아마쿠니 씨가 그러고 싶다면 난 상관없어. 앞으로 잘 부탁해."

나츠키가 얼굴에 한가득 미소를 띤 채 답하자 아마쿠니는 부루퉁한 얼굴로 눈살을 찌푸렸다.

하지만 곧바로 무표정한 얼굴로 돌아왔다. 손목을 돌리는 동작으로 홀로그래피 패널을 연 그녀는 자신들이 있는 장소의 지도를 표시했다.

"우선은 지상으로 올라가는 루트를 확보하도록 하죠. 모노레일로 남하하여 사쿠라지마 관측소 부근으로 향합니다."

"지상부대도 남하할 테니 합류 지점을 정해 두고 싶은데."

홀로그래피 패널에 띄운 지도를 셋이서 들여다보았다.

하지만 그 직후, 영상이 크게 흐트러졌다.

"윽… 두 분 모두, 뭐든 붙잡으십시오!"

배양액이 들어 있던 유리에 금이 갔다.

직후, 격한 진동이 지하 연구소를 덮쳤다.

"윽, 지진…?!!"

"아니요. '오오야마츠미노카미'의 봉인이 풀려 성장이 촉진된 것 같습니다. 지금까지의 데이터에 없는 움직임을 취하고 있어서 예상은 할 수 없지만, 사쿠라지마가 있는 방향으로 자신의 온 몸을 모으고 있는 듯합니다. 폭격할 여력이 있다면 이 틈에 선수를 칠 것을 권장합니다."

퍼뜩 정신이 들어 회중시계를 꺼냈다.

샴발라에 의한 제2차 대륙 간 탄도공격의 예정 시각이 지나 있었다.

모노레일로 사쿠라지마 관측소까지의 거리를 상당히 좁힌 덕분에, 폭격이 시작되었다면 조금 전과 비교도 되지 않을 정도의 여파가 밀려들었을 것이다.

그럼에도 불구하고 제2차 대륙 간 탄도공격으로 인한 진동이 전혀 없다.

지상에서 뭔가 문제가 발생했을 가능성이 높다.

"아마쿠니, 이야기는 나중에 하지. 되도록 빨리 바깥의 상황과 안전을 확인하고 싶다. 가능하다면 지상부대와 연락을 취하고 싶은데, 무슨 방법이 없나?"

"해 보겠습니다. …하지만 이 장소에 관한 이야기에는 제한을 두도록 하겠습니다."

"알겠어. 그리고 나츠키."

"왜?"

"이 틈에 아우르겔미르와… 내 어머니에 관해 이야기해 두고 싶어. 조금 길어지겠지만, 들어 줘."

나츠키는 미소를 띤 채 고개를 끄덕이고서 근처에 있던 휴게실에서 대화하기로 했다.

*

한편 그 무렵….

"아아, 진짜! 아직도 나츠키랑 카즈마하고는 연락이 안 돼?! 작전회의가 시작되겠어!!"

전함 안에 아마노미야 치히로의 목소리가 울려 퍼졌다.

적복의 B. D. A에는 이상이 발생했을 경우를 위한 생존 확인 신호기가 장착되어 있다. 그것의 신호가 끊어지지 않은 것을 보면 토사에 깔린 건 아닐까 하는 걱정은 안 해도 될 것이다.

하지만 관제관 여성은 복잡한 얼굴로 답했다.

"그게… 지하도 어딘가 전파 방해가 이루어지고 있는 장소에 있는 것 같아서, 추적을 할 수 없습니다."

"생존 확인 신호는?"

"그것도 조금 전에 끊겼습니다. 동시에 끊어졌으니 파괴되지는 않았을 겁니다."

"그래… 그나마 좋은 소식이네."

땅이 꺼져라 한숨을 내쉬고서 허리에 손을 얹었다.

옆에서 대기 중이던 세이시로가 자리에서 일어나 시계를 확인했다.

"30분 후에 전체 작전회의입니다. 저희도 준비해야죠. 대표는 치히로 씨가 맡으시는 거죠?"

"그래. 부대장들을 모아서 바로…."

"치, 치히로 씨! 나츠키 씨에게서 연락이 왔습니다!"

덜컹! 소리를 내며 뛰어든 여성에게 이목이 집중되었다.

사령실 위쪽에 홀로그래피 패널이 떠오르더니, 머지않아 지하도에 있는 나츠키 일행의 모습을 비추었다.

"나, 나츠키?! 괜찮은 거야?! 어디서 통신하고 있는 거야?!"

[지하도시의 어느 장소에서. 걱정 끼쳐서 미안해.]

"누가 아니래! 보고를 들었을 때는 토사에 깔린 건가 싶었다고!"

치히로는 책상을 내려치며 성난 목소리로 외쳤다.

나츠키는 난감한 미소를 지은 채 뺨을 긁적였다.

[정말로 미안. 하지만 누군가는 아자카미 미요를 쫓아야 한다는 생각이 들어서.]

"말 안 해도 알아, 그 정도는. 하지만 걱정하고 마음고생하고 화가 났던 건 분출하게 해 줘. …가만, 이러고 있을 때가 아니지. 30분 후에 중화대륙연방이랑 샴발라가 참석하는 작전회의 가 있어. 이쪽의 상황을 보낼 테니까 확인해 줘.”

[알겠어. …그리고 우리 쪽에서도 몇 가지 보고할 게 있어. 그 보고를 듣고서 모두의 의견을 들려줘. 쌍둥이도 있지?]

나츠키가 묻자 안쪽에서 의기소침해 있던 쌍둥이 자매가 쭈뼛 거리며 모습을 보였다.

미요의 태생과 ‘아마노사카호코’를 가지고 갔다는 이야기를 들은 것이리라.

“…히메짱.”

“미요치는, 어떻게 됐어?”

[그 질문에 답하기 전에, 아자카미 미요에 관해 너희에게 묻고 싶은 게 있어.]

대답해 줄래? 진지한 얼굴로 물었다. 두 사람은 의아한 표정 을 한 채 고개를 끄덕였다.

아자카미 미요와 가장 친하게 지냈던 사람은 다름 아닌 쌍둥 이 자매다. 좋지 못한 의심을 품는다 해도 이상할 것이 없는 상 황이다.

[지금부터 아자카미 미요와 관련된 아주 중요한 작전을 모두 에게 전달할 거야. …어쩌면 아자카미 미요가 죽게 될지도 몰라.]

“으…?!”

[하지만 구할 수 있는 가능성도 있어. 위험한 작전이라 지원병

이 있을 경우에만 작전에 포함시키려 해. 그 점을 염두에 두고 잘 들어 줘.]

쌍둥이는 얼굴을 마주 보고서 진지한 표정을 지었다.

하지만 두 사람은 이미 각오가 되어 있었다.

쌍둥이가 나츠키를 향해 힘껏 고개를 끄덕인 직후, 그 자리에 있던 모든 이는 나츠키가 세운 작전에 귀를 기울였다.

MILLION
CROWN

WHAT IS MILLION CROWN....?
A CHALLENGE THAT EXCEEDS
THE POWER OF HUMAN INTELLECT.
THE TALE OF HUMANITY'S
REVIVAL BEGINS.

"부탁, 이에요….

이 아이를… 구해 주세요…!!!"

막간
INTERMISSION

2주 전.

큐슈 사쿠라지마 관측소 셸터 안.

자아…. 이게 어떻게 된 일일까. 재버워크는 고개를 갸웃했다.

타오르는 불꽃에 휩싸인 사람들과 대기 중에서 빛나는 의문의 입자체.

숨이 끊긴 시체는 눈에 띄는 물체를 무차별적으로 파괴하며 돌아다니고 있다. 멸망이 머지않은 전형적인 도시국가의 모습이 그곳에 있었다.

"이거 원… 내가 오기 전에 멸망을 맞고 말다니. 결국은 한물 간 영장종(靈長種)이군. 왕관종의 위광 앞에서는 숨결 한 번에 멸망할 정도의 존재에 불과했나."

재버워크는 아직 손가락 하나 대지 않았다.

그가 큐슈 지방으로 발길을 옮겼을 때, 이미 이러한 사태에 빠져 있었다.

거대한 '오오야마츠미노카미'와 시체를 조종하는 균사류의 융합이 최악의 괴물을 만들어 낸 것이리라.

불타오르는 사쿠라지마 관측소의 셸터를 어이가 없다는 눈으로 지켜본다.

'오오야마츠미노카미'는, 단독으로는 매우 강력할 뿐인 천유종이지만 그 균사류에게 몸을 빼앗겨 폭주한 뒤로는 새로운 왕관종으로 두려움의 대상이 되고 있었다.

'지적 생명체는 아니지만 자신의 숙주를 늘림으로써 급격하게 세력을 넓힐 수 있는 잠재력을 지녔군. 의지의 통솔이 필요하지 않은 만큼, 확대 속도는 다른 왕관종을 능가할지도 모르겠어.'

사체를 조종한다는 의미에서는 재버워크와 유사점이 많은 왕관종일지도 모른다. 지능만 있었다면 죽이 맞는 파트너가 될 수 있었으리라.

'지금이라면 멸하기는 어렵지 않지. 하지만 이 힘… 나의 왕국을 설립하는 데 써먹을 수 없을까.'

재버워크는 왕관종이라 불릴 만큼의 힘을 지녔지만 자신의 영토를 갖고 있지는 않다.

해몰대륙에서 축제 '치우'와의 경쟁에 한계를 느낀 그는 자신의 영지를 획득하기 위해 이 일본 제도로 발길을 옮겼다.

그는 불사신의 힘을 지녔지만 부하나 군세라 불릴 만한 것은 가지고 있지 않다.

다른 왕관종들과 달리 생식능력이 없는 재버워크가 군세를 구축할 수 있는 방법은 세 가지다.

첫째는 자신의 인자를 시체에 심어서 자신의 장기짝 삼아 가로채는 방법.

둘째는 자신의 손으로 생명을 만들어 내는 방법.

그리고 셋째는… 다른 원주(原住) 종족을 포섭함으로써 세력권과 지배권을 손에 넣는 방법.

하지만 지금처럼 시체를 조종하고 제조 생명체를 만들어 내는 방법만으로는 한계가 있다는 걸 느끼고 있었다.

축제 '치우'는 그와 대조적으로 다른 종족을 포섭해 지배권을 확대해 온 왕관종이다.

녀석 자신의 전투능력도 대단하지만, 녀석이 쌓아 올린 여러 종족이 혼합된 제국은 그야말로 놀라울 정도다.

재버워크는 결국 오합지졸에 불과할 거라 얕보았지만, 차례로 치우의 군세를 격파해 그 시체를 가로채던 도중에 결국 그 오합지졸 앞에서 물러날 수밖에 없어졌다.

'우습구나. 벌거벗은 임금님이란 단어는 너를 가리키는 것이로군, 재버워크.'

떠나올 때 들었던 말이 머릿속에서 계속해서 맴돌았다. 왕좌에서 일어나지도 않은 채로 치우는 재버워크를 비웃으며 노려보았다.

'그 정도의 힘을 지녔으면서 나와 맞붙지 않고 떠나다니. 네놈은 일단 '왕관'이라는 단어의 의미부터 숙고해 보도록 해라. 괜히 허세나 부리려고 사용했다가는 창피만 당할 테니 말이다.'

왕관종… 그 칭호에는 최강종이라는 의미만 담겨 있는 것이 아니다.

과거 푸른 별을 석권했던 영장종인 인류를 초월해 이 대지에 뿌리를 내리는 데 성공한 고차생명체(高次生命體). 그것이 열두 왕관종이다.

열둘의 최강종이 패권싸움을 벌이며, 하나뿐인 영장의 왕관을 두고 싸우는 군웅할거의 전란 시대에 자신이라는 개체만으로 도전하는 것은 얼마나 어리석은 행위인가.

해몰대륙에 대제국을 구축하려 하는 치우의 눈에는 그야말로 몹시 어리석은 짓으로 보였으리라.

벌거벗은 임금님이라는 비아냥거림에 재버워크는 이를 갈았지만 그 조언은 화딱지가 날 정도로 적절했다. 강적의 시체를 조종해 봐야, 유사생명체를 만들어 내 봐야, 결국은 인형극에 불과하다.

생식능력이 없는 재버워크는 커뮤니케이션이 가능한 지적 생명체를 지배하고 관리하게 되어야만 비로소 살아 있는 세력권을 구축할 수 있다.

재버워크는 굴욕을 참으며 이 패배를 양식 삼아 생각을 고치고 자신 이외의 종족을 포섭하기로 방침을 바꿨다.

그런 의미에서 멸망에 직면해 있는 인류종은 매우 적절한 상대라 할 수 있으리라.

절대적인 힘으로 공포를 심어 넣은 후, 다른 왕관종으로부터 지켜 주겠다는 명목으로 지배하면 금방 가로챌 수 있을 것이라 판단하고 이 일본 제도로 걸음을 옮긴 것이었다.

하지만⋯ 그 계획은 곧바로 파탄이 나고 말았다.

잠들어 있던 왕관종 '오오야마츠미노카미'가 각성할 징조를 보이기 시작하며 큐슈 총련을 공격했기 때문이다.

'며칠만 늦게 각성했다면 비호해 줄 수도 있었건만. 재수도 없는 종족이군.'

불길이 활활 타오른다.

사냥감을 난획하는 거목, 오오야마츠미노카미. 돌아다니는 시체들.

총성과 포성이 여기저기서 울려 퍼지고 단말마의 비명이 메아리친다.

그러한 비극과 참극은 멸망을 맞는 도시국가에서 흔히 볼 수 있는 것들이다.

아닌 게 아니라 해몰대륙을 건너온 재버워크에게는 매우 익숙한 광경에 불과했다.

이대로 가면 한 시간도 채 되지 않아 전멸하겠군. ⋯그런 생각을 한 순간.

사쿠라지마로 이어진 해안가에서 희한한 광경을 발견했다.

'…흠?'

눈살을 찌푸리고서 그 광경을 응시한다.

거목에게 완전히 파괴된 해안가의 건물 안에 희미하게 빛나는 광원이 있었다.

심지어 거목의 뿌리는 그 광원을 살며시 감싸듯 돔 형태로 펼쳐져 있다.

지능도 없이 폭식을 반복하는 괴물이 만들어 낼 수 있을 것 같지는 않은 광경이다. 호기심이 싹튼 재버워크는 그 광원으로 다가가 나무뿌리를 헤치고 안으로 들어갔다.

그러자 그곳에는… 아스트랄 노바를 발하는 기모노 차림의 소녀와, 그 소녀를 안은 채 고개를 숙인 여자가 있었다.

"…누구, 시죠…?"

'음? 출혈로 눈이 보이지 않는 건가?'

침묵해도 상관은 없지만 이 신기한 현상에 관해서는 조사해 둘 필요가 있다. 재버워크는 망설인 끝에 억양 없는 목소리로 답했다.

"…나는, 지나가던 사람이다."

여자의 입술에 희미한 미소가 걸렸다.

바야흐로 멸망하려 하고 있는 도시국가의 중심에 '지나가던 사람'이 있을 리가 없다.

나중에 생각해 보니 상당히 무리가 있는 설정이었지만, 여자는 재버워크가 농담을 했다고 판단한 것이리라.

여자는 재버워크에게 매달려, 자신이 안고 있던 소녀를 보여 주었다.

"부탁, 이에요…. 이 아이를… 구해 주세요…!!!"

각혈을 참으며 여자는 온 힘을 다해 도움을 구했다.

재버워크는 전혀 이해가 되지 않아 고개를 갸웃하고 말았다.

그럴 만도 하지 않은가.

곧 생명의 불꽃이 꺼지려 하는, 중상을 입은 자신보다 이 기모노 차림의 소녀가 더 중요하다고 호소하고 있으니. 재버워크와 같은 불사신이라면 이 행동이 이해가 될 법도 하지만, 죽으면 아무것도 남지 않을 인간이 이러한 행동에 나서니 도통 이해가 되지 않았다.

하나밖에 없는 목숨보다도 이 계집이 더 귀하다는 것일까.

"부탁, 이에요…! 큐슈의 인간들은, 믿을 수, 없어요…! 이 아이가… 기댈 수 있는 건, 아무것도 모르는 당신뿐이에요…!!!"

"……흠."

여자는 필사적으로 발목을 잡았다. 재버워크는 그 기세에 밀려 입을 다물고 말았다.

아니, 여자의 각오뿐만이 아니다.

지금까지 홀로 살아온 재버워크는 누군가에게 이토록 필사적인 부탁을 받아 본 적이 없었다. 목숨을 걸고 자신에게 매달린

이 손을 어떻게 뿌리치면 좋을지 판단이 서지 않았던 것이다.

"……. 의지할 수 있는 자가, 나**밖에** 없다. 네놈은 그리 말하는 것이로군?"

"…네."

"그럼 묻겠다. 나는 절대적인 힘을 가지고는 있지만 인간이 아니다. 오히려 네놈들이 가장 두려워하는 괴물에 속하겠지. 나의 진짜 모습은 성자(聖者)조차도 구역질을 할 정도로 추악한 용이다. …그래도, 내가 이 계집을 비호해 주기를 원하는 것이냐?"

"네."

즉답이었다.

마치 재버워크가 사람이 아니라는 것을 처음부터 알고 있었다는 듯 곧바로 답했다.

…아니, 어쩌면 알고 있었던 것일지도 모른다.

타오르는 불꽃과 날뛰는 거목. 아비규환 속에서 울려 퍼지는 총성과 포성.

야생 새와 짐승들도 쏜살처럼 달아나는 이 수라장에 훌쩍 나타난 의문의 남자. 보통은 사람이 아닐 가능성이 높다.

"인간이 아닌… 그런 당신이기에, 부탁하는 거예요…! 이 아이는, 이제… 인간 사회에서는, 살 수 없어요…!"

"음? 인간 사회에서는 살 수 없다?"

재버워크는 무슨 소리냐고 되물으려 했지만 여자는 심하게 기침을 하더니 하얀 손에 피를 토하기 시작했다. 그리고 품에 안긴 기모노 차림의 소녀에게 피가 튀지 않도록 필사적으로 각혈을 참으며 마지막 힘을 쥐어짜서 외쳤다.

"제발… 이 아이를, 고독하게 하지 마세요…!!! 한 번이라도 좋으니… 빛이 비치는 장소로 데려가 주세요…!!!"

피와 눈물이 뒤섞인 외침은 단말마의 비명 그 자체였다.

재버워크가 전장 이외의 곳에서 타인과 커뮤니케이션을 취한 것은 불과 세 번뿐이다.

인생에서 타인과 커뮤니케이션을 나눠 본 적이 고작 세 번밖에 없는 재버워크에게, 여자의 외침에 실린 열의는 그야말로 상상을 초월한 것이었다.

도저히 죽음을 앞둔 자가 발할 수 있는 열량 같지가 않았다.

그리고 이 열량이야말로 불사신인 재버워크에게 부족한 것일지도 모른다.

"……. 좋아. 그 계집이 어떠한 행동을 할지는 모르겠지만, 일단은 거두어 주지."

숙고 끝에 여자의 애원을 받아들였다.

그러자 여자는 희미한 미소를 지었다.

꺼지기 직전의 촛불과도 같은… 덧없고도 아름다운 미소였다.

"……."

그 후, 여자의 몸을 가로챈 재버워크는 기모노 차림의 소녀를 안고 안전한 장소로 피신했다.

몸을 가로챈 이후에 여자의 내력을 알게 되었다.

상급 자기진화형 유기 AI 'Amakuni'.

그 열다섯 번째 머테리얼 보디가 그녀의 정체였다.

인간의 몸을 소체로 하고 있는 것은 관리 AI에 걸린 안전장치를 해제하기 위해서였다고 기록되어 있었다. 따라서 머테리얼 보디라고는 해도 그 기능은 인간과 그리 차이가 없었다. 인간들에게는 동포라 불러도 문제가 없는 상대였을 터다.

하지만 그녀와 큐슈 총련은 결별의 길을 택했다.

다름이 아니라… 그녀가 목숨을 걸고 지키려 한 이 소녀 때문에.

'흠… 오오야마츠미노카미에 대적하기 위해 만들어진 인조생명체 아자카미 미요. 그게 이 계집인가.'

정식 명칭은 '아마쿠니 34호'.

큐슈 총련과 관리 AI '아마쿠니'가 오오야마츠미노카미의 가공 수지와 거대 균핵에서 깎아 낸 입자 결정을 태아일 때 심어 넣어, 성진입자체(아스트랄 나노머신)에 의한 변질 방향성이 같아지도록 만들어졌다고 기록되어 있었다.

몸 안에 오오야마츠미노카미의 뿌리가 퍼져 있는 그녀는 말 그대로 의지를 지닌 작은 오오야마츠미노카미 그 자체다. 거목의 뿌리가 그녀를 둘러싼 것은, 자아가 없는 괴물임에도 동족이라고 판단했기 때문으로 추측된다.

'오오야마츠미노카미'는 균사류로 오염된 상태로도 필사적으로 동포를 지키려 한 것이다.

그런 반면, 큐슈 총련의 인간들에 의한 아자카미 미요의 박해는, 외면하고 싶을 정도로 음침한 것이었다고 기록되어 있었다. 아마쿠니 박사의 기록을 되짚어볼수록 재버워크는 인류종에 대한 평가를 대폭 깎아 내릴 수밖에 없었다.

살고 싶다는 이기심에 만들어 내고.

살고 싶다는 이기심에 괴물을 기생시키고.

그리고 죽고 싶지 않다는 마음에… 아자카미 미요를 **괴물에게 먹일 셈이었던 거다.**

'오오야마츠미노카미에게 기생하고 있는 거대 균핵에 아자카미 미요를 동화시켜, 척추에 내장된 입자가속기를 통해 조종한다. 아자카미 미요는 오오야마츠미노카미를 조종하기 위한 조작 회로가 될 예정이었군. …흥. 인간은 좀 더 동족에게 정이 많은 생물인 줄 알았는데 말이지.'

뜻밖에도 실망이 컸다. 아무래도 무의식중에 '동족만으로 형성된 공동체'라는 것을 동경하고 있었던 모양이다.

하지만 그 환상도 지금 이 자리에서 박살 나고 말았다.

역시 인간이라는 열등종은 절대적인 힘과 공포로 지배해 줘야 동족을 배려하는 마음이라는 걸 가질 수 있는 모양이다.

지배하기 전에 인간들의 문화와 역사를 배울 필요가 있다고 느낀 순간이기도 했다.

'아자카미 미요. 이 계집은 써먹을 수 있겠군. 나라면 이 계획을 보다 상위의 것으로 발전시킬 수 있겠지.'

인간들에게 버림받은 그녀라면 인간들에게 협력할 필요성도 못 느낄 거다.

먼저 배신한 건 인간들이기 때문이다.

동족에 대한 양심의 가책에 시달릴 걱정도 없으리라.

왕관종의 힘을 손에 넣은 그녀와 함께 공존할 수 있다면 단숨에 거대 세력을 구축하는 것도 불가능하지는 않을 거다. 드디어 손을 잡을 가치가 있는 파트너를 얻은 재버워크는 불타오르는 사쿠라지마 관측소의 한구석에서 홍소를 터뜨렸다.

"현 시간부로
극동은 '아마노사카호코'의
소유권을 포기하겠습니다."

인도양 도시국가 '샴발라' 기함.

고속전함 '브라마푸트라' 함내.

바다에서 불어온 바람이 전장의 상처를 씻어 내듯 산의 구석구석으로 퍼져 나간다.

하지만 그 바람은 나무들을 흔들기는 해도 시야를 트이게 하지는 않았다.

'오오야마츠미노카미'와의 교전으로부터 약 세 시간이 경과한 현재.

큐슈 제도는 짙은 안개에 뒤덮여 있었다.

'…자연적으로 발생한 안개는, 아닌 것 같네. '오오야마츠미노카미'가 발생시킨 안개라면 이것도 공격의 일종이라 생각하는 게 좋겠어.'

다행스럽게도 해가 완전히 지고 나자 '오오야마츠미노카미'는 움직임을 멈췄다.

주로 해가 떠 있는 동안에 활발해지는 활동주기만은 평범한 식물과 같은 모양이다.

사실 당장에라도 공격하고 싶지만, 공격하면 반격 정도는 할 것이다. 오늘 밤 중에 작전을 세우고 심야에 이동, 그리고 동이 트기 전에 기습.

작전에서 대략적으로 결정된 것은 이 정도뿐이다.

구체적인 부대 운용에 관해서는 지금부터 전체 회의에서 정할 것이다.

전함의 중앙 사령실로 복귀했던 각 세력의 주력은 현재 상황에 관한 정보를 정리하기 위해 샴발라의 기함에 모여 있었다.

중화대륙연방에서는 총통인 왕카이룽, 4성 훈장을 지닌 징위 대사와 몇몇 대장들.

인도양 도시국가 '샴발라'에서는 아난 준장이 이끄는 원정부대.

그리고 극동 도시국가 연합에서는… 카야하라 나츠키 대신 총 사령관을 맡은 아마노미야 치히로와 각 개척부대의 대장, 부대 장이 소집되었다.

그중에는 타카야 세이시로와 쌍둥이 자매, 타치바나 유지 일행의 모습도 있었다.

치히로는 각 진영의 전력을 비교하며 식은땀을 흘렸다.

'…큰일인걸. 이 자리에서 전력적으로 가장 뒤떨어지는 건 우리 극동이잖아.'

작전회의의 발언력은 세력의 종합적인 힘에 의해 결정된다.

중대련은 백병전에서 대륙 최고라 일컬어지는 기갑사단 '황룡'을 파견했다.

샴발라는 대륙 간 탄도공격을 통해 압도적인 화력과 제압력을 제공했다.

그리고 무엇보다도… 양군에는 밀리언 크라운이라는 압도적인 전력이 배후에 존재한다.

치히로가 그들의 힘을 직접 본 것은 처음이었는데, 그 힘의 규모는 그녀의 상상을 까마득히 초월한 것이었다. 평상시였다면 개인이 보유하기에는 지나치게 거대해서 위험하다고 여길 수밖에 없을 정도의 힘이다.

인류 퇴폐의 시대이기에 타협을 한 것인지, 아니면 절대적인 지지를 받고 있기에 신뢰하기로 한 것인지.

칼키 A 비슈누야사스라는 소녀는 신흥종교의 교주라는 소문도 있었다. 그녀가 '오오야마츠미노카미'를 쓰러뜨린 후에 어떠한 행동을 취할지는 아직 모를 일이다.

'하지만 이 자리에 없는 인간이 상대라면 얼버무릴 방법은 얼마든지 있어. …문제는 이 남자야.'

곁눈질로 슬그머니 시선을 옮겼다.

그러자 그 남자와 눈이 마주쳤다.

"윽."

대담한 미소를 지은 채 치히로를 바라본 그 남자는 아무 일도 없었다는 듯 다시 정면으로 고개를 돌렸다.

중화대륙연방 대총통 왕카이롱.

넋을 놓고 바라볼 정도의 위장부(偉丈夫)인 동시에 행동거지 또한 부드러워서, 소문대로 문화인으로서의 교양이 느껴졌다.

조금 전의 시선도 고압적인 것이 아니었지만 눈이 마주친 것만으로도 몸이 움츠러들었다. 강하기만 한 남자라면 서 있는 것만으로 주변 사람들을 두렵게 할 수 있을 리가 없다.

아군일 때는 믿음직하지만 싸움이 끝난 뒤에는 어떻게 될지 모를 일이다. 극동에 역사적인 쐐기를 박으려는 것이 저들의 목적인 이상, 지나치게 의지하는 건 위험하다.

아난 준장과 샴발라의 전사도 심각한 표정으로 얼굴을 마주하고 있다.

사령실에 있는 일행들은 한동안 말없이 서로를 견제했다.

가장 먼저 움직인 것은 뜻밖에도 왕 총통이었다.

"이것 참. 이렇게 분위기가 딱딱해서 어디 이야기나 하겠나. …어쩔 수 없지. 징위, 그 서류를 가져와라."

"알겠습니다."

"……?"

뭘 하려는 것인지 알 수가 없어 극동의 일원들은 반사적으로 긴장했다.

징위가 자료를 건네자 왕 총통은 가볍게 사인을 했다.

사인한 서류를 책상 위로 밀어 건넨 후, 왕 총통은 팔걸이에 기대며 말했다.

"이번 싸움이 끝난 후, 우리 군이 주둔하는 일은 없을 거라는 내용의 서류다. 극동의 집정회에도 같은 것을 보냈지. 네놈들이 불안해하는 것처럼 점령을 하지는 않을 것이야."

"무슨… 따, 딱히, 그런 불의(不義)한 일을 경계한 것은…?!"

"허어, 허세는 거두셔도 좋습니다! 맹수를 앞에 둔 고양이처럼 경계심을 훤히 드러내시면 저희도 쓴웃음을 금할 수가 없지 않습니까."

말한 바대로 징위 대사가 쓴웃음을 지은 채 좌중을 흔들어 놓았다.

"현실적으로 생각해 보십시오. 아무리 신속하게 움직인다 해도 저희가 점령할 시간은 없지 않습니까. '오오야마츠미노카미'와 재버워크를 격퇴하고 나면 저희는 곧바로 되돌아가야만 하니 말입니다."

"맞다. 등 뒤에 적이 있는 것은 극동뿐만이 아니니 말이다."

왕 총통과 징위 대사가 가벼운 투로 내뱉은 말을 듣고서야 상황 파악이 되었다.

왕관종에게 나날이 위협받고 있는 것은 극동만이 아니다.

중화대륙연방과 샴발라 역시 격렬하게 싸우고 있다는 데에는 변함이 없는 것이다.

"비장의 수인 기갑사단을 끌고 온 이상, 저희도 오랫동안 본국을 떠나 있을 수는 없습니다. 다시 말해서 큐슈 제도를 통째로 가로채는 건 애초에 불가능하다는 거지요."

"네, 네에… 아니, 배려해 주셔서 감사합니다."

"아뇨아뇨. 지금이 300년 전보다 이전 시대였다면 주둔한 아군이 점령군으로 돌변하지는 않을까 우려하는 것은 오히려 상식적인 생각이었을 터. 하지만 이론대로 움직이기 전에, 우선 상대의 상황을 확인하는 것을 권장하겠습니다."

징위 대사가 둘째손가락을 세우며 충고를 해 주었다. 무시하는 건지 조언을 하고 있는 건지 알 수가 없는 뉘앙스다. 어쩌면 양쪽 다일지도 모른다.

왕 총통은 자리에서 일어나 주변을 둘러보며 입을 열었다.

"이번 일전이 동아시아의 분수령이라는 것은 다들 알 터. 그 점에 이의가 있는 자는 있나?"

그 물음에 각각 얼굴을 마주 보았다.

지정학적인 조건으로 보아도 극동의 함락은 동아시아 전체의 위기를 의미할 것이다.

만약 살아남는다 해도 인류가 국가의 주권을 쥘 기회는 사라지고, 노예로 전락하거나 생산에 종사하는 허수아비로 살아가게 되리라.

"이곳에 있는 모든 자들이 공통 인식으로 염두에 두어야 할 것은, 적이 인간이 아닌 괴물이라는 점이다. 적이 인류의 적인 이상, 패배로 이어질 선택지는 최대한 배제해야만 한다. 그를 위해서라면 나는 다소의 불이익도 허용해야 한다고 생각한다."

"…………."

"현명한 자는 역사에서 배우고, 어리석은 자는 경험에서 배운다는 격언이 있다. 나는 오늘까지 시답잖은 내분과 서로의 발목만 잡다가 멸망하는 나라를 몇 번이나 보아 왔다. 그때마다 맹세해 왔다.

'이러한… 멍청한 멸망만은 어떻게든 회피해야만 한다'고 말이다."

왕 총통은 욕지거리라도 하듯 분노를 토해 냈다.

그렇다. …적은 인류가 아니다.

패배는 곧 종으로서의 멸망을 뜻한다.

적 진영으로의 망명은 불가능하다. 살아남는다 해도 지성체로서의 존엄은 보장되지 않는다. 노동력으로서의 노예, 혹은 식량으로 사육되는 미래뿐이다.

그런 것도 이해하지 못하는 무능한 위정자들의 무능한 위정으로 수십에 이르는 도시가 멸망했고 수십만, 수백만, 수천만의 목숨이 사라졌다.

해몰대륙의 넓이와 300년이라는 세월을 고려하면 숫자는 그보다 몇 배로 더 부풀어 오를 것이다.

중화대륙연방도 지금이야 민족 통일을 이루었지만 거기에 도달하기까지 막대한 양의 피를 흘렸으리라.

"이번 일전에서 패하면 동아시아의 미래는 사라진다. 노예로서 살아간다 해도 우리는 자자손손, 말대까지 전범으로 전해질 거다. …그런 미래는 이곳에 있는 누구든 사양하고 싶겠지?"

씨익, 오만한 미소를 지은 채 일동의 얼굴을 둘러보았다.

치히로와 부대의 대장들은 왕 총통의 의도를 이해했다.

신뢰를 얻기 위해 우선 자신 쪽에서 신뢰한다는 것을 증명할 속셈인 것이다.

이쪽의 불안 요소를 먼저 해소해 두면 작전도 세세한 부분까지 결정하기 쉬워진다. 시간이 없는 가운데 매끄럽게 작전을 진행하려면 필요한 단계라고 판단한 것이리라.

'뭐… 주도권을 빼앗긴 것 같은 느낌은 들지만, 배부른 소리를 할 때가 아니지.'

서로 무언가를 손해 본 것도 아니다. 이것은 전장에서 서로를 믿기 위한 의식이다.

자세를 바로 한 치히로는 빙긋 웃는 얼굴로 고개를 끄덕이며 서류를 받아 들었다.

"배려해 주셔서 감사합니다. 극동, 샴발라, 중대련. 삼국이 함께 왕관종에게 승리하도록 하죠. 아난 준장님도 잘 부탁드려요."

"…네, 물론입니다."

딱딱한 얼굴을 한 채 아난 준장이 고개를 끄덕였다. 치히로가 아니라 왕 총통을 경계하고 있는 듯했지만, 분위기를 험악하게 만들 생각은 없는 모양이다.

"그러면 곧바로 산간부의 항로에 관해 설명하겠습니다. 자료 앞부분을…."

그 후 한동안 전함이 나아갈 항로의 설명과 부대 편제에 관한 의논이 이어졌다.

드레이크Ⅲ가 대파됐기에 사용할 수 있는 전함은 네 척뿐이다.

극동이 보유한 전함 드레이크Ⅱ.

샴발라가 보유한 고속전함 '브라마푸트라'.

중화대륙연방이 보유한 전함 '하백(河伯)'과 '관제(關帝)'.

네 척 모두 속도가 다르기에 이동 시에는 드레이크Ⅱ에 맞추는 쪽으로 방향이 정해졌다.

항로와 편제에 관한 의논이 대략 마무리되어 잠시 휴식에 돌입했을 즈음.

치히로는 중화대륙연방의 전함 '하백'의 자료를 보고 눈살을 찌푸리고 있었다.

"그나저나 용케 실현시켰군요. …설마 **전함형** B.D.A가 존재할 줄은 상상도 못 했어요."

"네, 다들 그렇게 말씀하십니다. 당사자인 저도 처음에 들었을 때는 총통께서 제정신인지 의심했지요."

"후후, 참으로 입이 험한 심복이로군. 결과적으로 전력이 되었으니 잘된 일 아니냐."

왕 총통이 대범하게 웃으며 비아냥거림을 흘려 넘기자 징위 대사는 어이가 없다는 듯 한숨을 내쉬었다.

젊은 나이에 4성 훈장을 받을 정도니 고적합자일 것이라고 추측은 했지만 설마 차원간섭형이었을 줄이야.

수많은 계통 중에서도 희귀하면서도 실전적인 능력이 많은 차원간섭형은 역사상 열다섯 명, 현역은 세 명이라고 알려져 있다. 거기에 네 번째 차원간섭형이 출현한 것이다.

공간도약, 차원결찰(次元結紮), 상대공간조작 등 강력하기 그지없는 힘을 발휘하는 차원간섭형은 발현할 가능성이 적다.

천부적인 재능과 계통이 필요할 뿐만 아니라 한 가지 조건이 더 갖춰져야만 발휘할 수 있기 때문이다.

우선 기갑사단을 공간도약으로 견인하려면 전함만큼 거대한 B.D.A가 필요할 거다.

"과거의 데이터가 맞다면, 순환계수가 **광속의 세 배 이상**일 경우에만 발현하는 힘…이었죠?"

"네. 잠재적인 차원간섭형은 다수 존재한다는 사실이 이미 판명되었지만 그중 대부분이 힘을 발휘할 수 있는 적합률에 달하지 못했지요."

"30퍼센트는 넘어야 했죠…. 실례가 아니라면 징위 대사의 적합률을 물어도 될까요?"

"후후후, 매우 실례되는 질문이군요. 가르쳐 드릴 것 같습니까?"

그렇죠? 라고 말하며 쓴웃음을 지었다.

"제공한 자료에도 명기되어 있습니다만, 우리 기갑사단 '황룡'

은 결코 무적의 군대가 아닙니다. 제가 탑승하고 있는 전함 '하백'으로부터 직경 4킬로미터 권내만 지원할 수 있으니 말이죠."

"뒤집어 말하자면 직경 4킬로미터라는 사정권이 약점이라는 거군요…. 그리고 보니 적을 날려 보내는 건 불가능한가요? 예를 들어 '오오야마츠미노카미'를 통째로 심해로 보내는 식으로."

"아하하, 그게 가능했다면 진작 했겠지요. …라고 말하고 싶지만. 사실대로 말하자면 기재와 상황이 갖춰지면 가능합니다."

순간, 휴식 중이었던 일동이 휘둥그레진 눈으로 징위 대사를 바라보았다.

왕 총통조차도 놀란 얼굴이었다.

"징위여. 그 말은 처음 들었다만. 작전에 도입하는 건 가능하겠느냐?"

"아뇨아뇨, 아닌 게 아니라 가능했다면 제가 솔선해서 도입했을 겁니다! 저만한 질량을 도약시키기에는 입자 총량도 보조기관도 턱없이 부족합니다! 도시를 통째로 B.D.A로 만들지 않는 한 불가능하다니까요!"

기대 섞인 눈빛에 놀란 징위 대사는 허둥지둥 가능성을 부정했다.

하지만 왕 총통은 진지한 얼굴로 팔짱을 끼고서 중얼거렸다.

"흠… 도시형 B.D.A라…."

"아니, 글쎄. 장난으로라도 검토하지 말아 주십시오. 지금도

176

저의 입자량으로는 버겁다고 말씀드리지 않았습니까."

"나도 안다. 그래서 부담을 줄이고자 E.R.A 기관과 B.D.A 를 연결한 전함을 준비한 게 아니냐."

E.R.A 기관은 입자를 흡수해서 연소시키는 반영구기관이다.

B.D.A와 연결시킨다 해도 순환계수의 변화는 미미한 수준에 그치겠지만, 입자의 총량을 향상시키거나 순간소비속도를 높이는 것은 가능하다.

징위 대사의 육체 하나로 기갑사단을 계속 지원하는 데에는 한계가 있을 거다.

"그나저나 그렇군…. 도시형 B.D.A가 있으면 가능한가…."

"자자, 망언(妄言)은 그쯤 해 두시죠! 슬슬 군사회의를 재개해야 하니 말입니다!"

징위 대사가 손뼉을 쳐서 군사회의의 재개를 선언했다.

…그 자리에 있던 일동은 혹시 전함형 B.D.A도 이런 식으로 만든 건 아닐까, 라는 생각을 하지 않을 수 없었다.

*

군사회의가 재개되자 왕 총통은 그 자리에 있던 일동의 얼굴을 흘끔 쳐다보고서 과장스럽게 고개를 끄덕이고는 물었다.

"군사회의를 재개하기 전에 양측 군에게 물을 것이 있다. 이

중에 왕관종과의 전투 경험이 있는 자는 얼마나 되지? 샴발라는 어떠냐?"

극동과 샴발라의 부대는 전체적으로 나이가 어리다. 그 점을 우려해 던진 질문이리라.

이 물음에 아난 준장이 앞으로 나서며 답했다.

"저는 그리드라쿠타 해전에서 '브리트라'와 한 번 마주친 적이 있습니다. 왕 총통과도 그곳에서 만나 뵈었지요?"

아난 준장이 노려보듯 날카로운 시선을 날렸다.

밝고 사교적인 그가 이렇게 딱딱한 태도를 취하는 것이 어쩐지 의아하게 느껴졌다. 어쩌면 이전에 만났을 때 뭔가 문제가 있었던 것일지도 모른다.

"…음? 네놈 혹, 에이라완 장군의 손자냐?"

"그렇습니다."

"과연… 어쩐지 좀 전부터 뜨거운 시선을 날려 대더라니, 그런 것이었나. 그럼 그날 철수했던 일을 들어, 나와 같은 편에 서서 싸우는 건 내키지 않는다고 말하려는 것이냐?"

순간, 사령실의 분위기가 아주 냉랭해졌다.

샴발라의 전사들은 방금 전의 발언을 도발로 받아들여 적의를 드러냈고, 징위 대사를 비롯한 여러 장수들도 경계 자세를 취했다.

그런 그들을 달래듯 아난 준장이 부하를 향해 고개를 가로저었다.

"아뇨. 할아버지께서는 샴발라의 장수로서 당신을 잘 보고 배우라고 명령하셨습니다. 그리고 동시에… 그리드라쿠타 해전에서의 철수에 앙심을 품지 말라고도 하셨습니다."

"그러냐. 다른 소리를 했다면 일소에 부치려 했지만, 그 명장에게는 빚이 있지. 그 남자의 부탁이라면 받아들여야 하고말고. 훗날 샴발라를 짊어질 자로서 잘 보고 배우도록 해라."

"말씀하지 않으셔도 압니다. 당신이야말로 우리의 용감한 모습을 눈에 새겨 두도록 하시죠."

왕 총통은 지금껏 여유로운 태도를 거둔 적이 없었지만, 지금은 전에 없이 진지한 눈으로 아난 준장을 바라보았다. 군이 도발적인 말을 한 것은 아난 준장의 진의를 끌어내기 위해서였으리라.

아난 준장도 그에 질세라 그 눈빛을 정면으로 받았다.

치히로는 일촉즉발의 분위기에 압도된 채 양측의 관계성을 파악했다.

'그리드라쿠타 해전… 분명 그 해전에서도 삼국 공동전선을 펼쳤었지.'

악왕 '브리트라'에 의한 습격을 받은 샴발라를 구하기 위해 극동과 중대련이 달려갔었다고 치히로는 들었다.

그 일전을 계기로 극동과 샴발라는 국교가 돈독해졌다고 한다.

그렇다면 철수했다는 것은 중화대륙연합 쪽일 거다.

군센 전사로 알려진 왕 총통이 전선을 팽개치고 자신의 군대를 후퇴시킬 정도였으니, 분명 현장에서 심상치 않은 일이 일어났던 것이리라.

"…이야기가 샜군. 극동의 장수들은 어떻지? 왕관종과의 전투 경험은 있나?"

갑자기 말을 붙이는 바람에 치히로는 허를 찔렸다.

"저, 저는, 모비딕의 새끼하고는…. 다른 멤버들도 큰 차이는 없을 거예요…."

"그것 참 불안한 부대로군. 네놈만 괜찮다면 우리 군에서 장수를 파견해 줄 수도 있다만?"

왕 총통은 자연스럽게 제안했다. 하지만 그거야말로 말도 안 되는 이야기다. 타국의 장수를 사령관으로 맞아들이는 게 가능할 리 없다.

가능할 리가 없지만… 경험이 부족한 점을 직접적으로 지적당했다고 감정적으로 반론하는 것도 꼴사나워 보일 듯했다.

왕 총통은 간사한 꾀를 부린 것이 아니라 필요한 일이라 판단해 제안한 것뿐이다. 어떻게 보면 징위 대사보다 대하기가 껄끄러웠다.

"아… 아니, 잠깐만! 이 중에서는 토도 씨가 경험자잖아!"

"음?"

타치바나가 소리치자 토도 츠나요시에게 시선이 집중되었다.

토도는 거북한 듯 눈살을 찌푸렸지만 왕 총통의 시선은 그를 놓치지 않았다.

"호오, 네놈인가. 해신의 옆에서 몇 번인가 본 얼굴이로군. 개척부대로 소속을 옮긴 것이냐?"

"…뭐, 그렇습니다."

엉겁결에 화제의 대상이 된 토도는 거북한 듯한 얼굴로 고개를 끄덕였다.

그 뒤에서 아난 준장은 '내 얼굴은 기억도 못 했으면서'라고 푸념을 할 뻔했지만 아슬아슬하게 참아 냈다.

"네놈이 있다면 그다지 걱정할 필요는 없겠지만, 일단 물어 두도록 하마. 왕관종과의 전투 경험은 어느 정도나 있지?"

"그리드라쿠타 해전에서 '브리트라', 제5차 해몰대륙 방어전 때 '치우', 그 밖의 조우전으로는 적도의 공왕(空王) '린드부름'과 태평양의 패자 '모비딕'. 후자는 대부분이 유도전, 철수전이라 크기는 제각각이었지만 다 합치면 서른 번 정도일 겁니다."

토도가 전력(戰歷)을 밝히자 장중이 술렁거렸다. 징위 대사조차도 놀란 눈치다.

왕관종과 싸워 살아남는 것만 해도 어려운 일이지만, 30번이나 전장에서 살아남았다면 말 그대로 역전의 전사라 해야 할 것이다.

왕 총통도 턱을 쓸며 만족스럽게 고개를 끄덕였다.

"흐흠. 해신의 한쪽 팔이라 불릴 만도 하군. 네놈의 천리안을 잃은 해신이 태평양에서 온갖 고생을 하고 있는 모습이 눈에 선하구나."

"농담이 과하십니다. 필두는 저 하나가 없어졌다고 쩔쩔맬 사람이 아닙니다. 곤란을 겪고 있는 일이 있다면 일정을 관리할 사람이 필두밖에 없다는 것 정도겠지요."

"……."

그건 상당히 치명적인 문제 아닐까? 치히로는 생각했다.

"좋다. 그럼 군사회의를 재개한다. 항로는 이전 작전에서 확정되었고, 문제는 공략 방법이다. '오오야마츠미노카미'의 저 거대한 몸을 내 주먹만으로 부수려면 고생깨나 할 것 같다만."

"우리 샴발라가 그 건에 관한 대책을 가지고 있습니다."

아난 준장의 말에 왕 총통이 흥미롭다는 표정을 지었다.

"호호오? 본국의 지원 없이 '오오야마츠미노카미'를 쓰러뜨릴 수단이 있다는 말인가?"

"그런 것은 아닙니다만… 아니, 백문이 불여일견. 지금부터 준비할 테니 여러분은 잠시 기다려 주십시오."

*

같은 시각

큐슈 지하도 노노레일 안.

[우리 샴발라가 그 건에 관한 대책을 가지고 있습니다.]

[호호오? 본국의 지원 없이 '오오야마츠미노카미'를 쓰러뜨릴 수단이 있다는 말인가?]

[그런 것은 아닙니다만⋯ 아니, 백문이 불여일견. 지금부터 준비할 테니 여러분은 잠시 기다려 주십시오.]

모노레일 안에서 아난 준장의 제안을 들은 카야하라 나츠키는 흥미롭다는 표정을 지었다.

"흐응⋯ 흥미롭네. 카즈 군은 어떤 방법을 사용할 것 같아?"

"나는 모르겠군. 폭격으로 상당히 깎아 낸 듯하지만, 아직 거대한 본체가 남아 있을 텐데."

모노레일에 몸을 실은 채 둘이서 홀로그래피 패널을 들여다본다. 두 사람은 치히로의 B.D.A를 경유해 군사회의의 상황을 아마쿠니에게 송신해 달라고 해서 실시간으로 확인하고 있었다.

군사회의에는 참가할 수 없지만 어떤 작전이 어떤 상황에서 결정되었는지를 알아 두어 나쁠 것은 없다. 좀 전의 왕 총통과 아난 준장의 대화도 실제로 보지 않고 나중에 보고만 받았다면 인상이 확 달라졌을 것이다.

"좀 전에는 어떻게 될까 싶었지만 양측 모두 앙심을 품지 않고 싸워 줄 것 같아서 다행이야. 아난 준장은 소문으로 들었던 것보다 훨씬 이성적이네."

"일전의 전투는 재버워크에게 실컷 농락당한 뒤에 일어났으니 오해할 만도 하지. 하지만 저 나이에 준장을 맡을 정도니, 평소에는 우수한 사람이겠지."

"제가 확인한 바에 따르면, 샴발라의 원정부대와 큐슈 총련 전함의 싸움은 일방적인 것이었습니다. 자신들을 필사적으로 불러들인, 아군인 줄 알았던 상대에게 등 뒤에서 습격당해 전함을 잃었으니 이성을 잃을 수밖에요. 저도 보다 못해 통신 신호를 보내 보기는 했지만, 극동의 신호는 모두 차단된 상태라서…."

"그럼 납득이 가네. 같은 상황이었다면 나라도 의심에 사로잡혀 있었을지도 모르니까."

샴발라 측이 준비를 하는 동안 세 사람은 당시의 상황을 서로 확인했다.

그 후 얼마 지나지 않아 아난 준장은 영상 기록을 띄우며 사령실의 조명을 껐다.

[현재, 이 안개로 인해 원거리 통신을 사용할 수 없는 상황입니다. 이 상태로는 본국도 '오오야마츠미노카미'의 본체에 착탄시키기 어렵고, 아군이 휘말릴 가능성이 있습니다.]

"…폭격하면 동료까지 피해를 입을 수 있다 이건가."

"현지에 있는 우리는 막을 방법이 없으니 중단할 수밖에 없겠네.”

적에게 쓰러진다면 차라리 납득은 하겠시만, 동료에게 쓰러지면 헛웃음도 나오지 않을 것이다.

아난 준장은 '오오야마츠미노카미'의 영상을 띄운 채 말을 이었다.

[그러니 우선은 '오오야마츠미노카미'의 안개를 걷어 낼 필요가 있습니다. 우리나라가 자랑하는 가공광자 연산형을 다루는 자가 해석한 '오오야마츠미노카미'의 구조 도면을 봐 주십시오.]

핏, 하는 소리와 함께 '오오야마츠미노카미'와 거대 균핵의 영상이 떴다.

그것은 지금껏 나츠키 일행도 본 적이 없는 선명한 해체도였다.

4300미터라는 거구가 그려진 해체도에, 줄기가 몇 중으로 휘감아 보호하고 있는 거대 균핵이 보였다. 비교 대상인 '오오야마츠미노카미'가 너무도 거대해서 작게 보였지만 균핵 본체의 크기도 30미터 이상은 되었다.

[흐음…. 거대해서 축척이 어느 정도인지 알 수가 없지만, 이렇게까지 정확한 해체도를 준비하다니. 샴발라에서 보고 이 해체도를 만든 것이라면 대단하군그래.]

[신의 눈이라 불릴 만도 하네요. …그런데 거대 균핵에서 뻗어 있는 이 선은 뭐죠?]

[그것은 균핵의 균사(菌絲)… 신경이라 할 수 있습니다. '오오

야마츠미노카미'는 본체에 퍼져 있는 이 신경에 의해 지배당하고 있는 듯합니다.]

신경이라고 비유하자 모든 이가 납득한 듯 고개를 끄덕였다.

'오오야마츠미노카미'가 거대한 육체라면 거대 균핵은 두뇌라 할 수 있는 존재이리라.

[이렇게 보니 식물이라기보다는 동물에 가까운 구조 같은걸.]

[균핵은 두뇌 그 자체라 해도 과언이 아니겠어.]

[그렇습니다. 결론을 말하겠습니다.

'오오야마츠미노카미'를 무력화하려면 이 거대 균핵을 파괴하면 됩니다.]

사령실이 술렁거렸다. 왕 총통은 지체 없이 물었다.

[아난 준장. 그 말은 사실이냐?]

[네. 큐슈 총련이 보존하고 있던 과거 140년 치의 '오오야마츠미노카미'의 기록을 되짚어 보아도, 자발적으로 포식 행동을 행한 것은 이 거대 균핵이 발현한 뒤라고 합니다.]

[하지만 파괴하면 된다고 해도….]

전함의 포격만으로 4300미터라는 막대한 질량을 깎아 내는 것은 절대로 불가능한 일이다.

다가가면 반격도 할 것이다. 말 그대로 방법이 없다.

[사실 본국에서 일방통행으로 온 것이기는 하지만, 통신이 들어왔습니다. 부디 경청해 주십시오. 우리의 영웅, 칼키 A 비슈

누야사스 예하의 말씀입니다.]

[뭐…?!!]

제10의 왕관, 칼키 A 비슈누야사스. 불과 13세라는 나이로 밀리언 크라운이라 불리게 된 소녀. 대륙 간 탄도공격마저도 가능케 하는 그 힘은 세계 최강의 연소형이라고도 불리고 있으며 인류의 희망을 짊어진 이로서 기대를 모으고 있다.

아난 준장이 예하라고 부른 것을 보면 종교상 최고지도자로 추앙되었다는 소문은 사실인 모양이다.

영상이 흐트러지고 심한 노이즈가 흘렀다.

갑작스러운 아난 준장의 말에 모든 이가 할 말을 잃은 가운데, 이윽고 노이즈가 걷히기 시작했다.

얼마간 침묵이 흐른 후… 잔잔한 소녀의 목소리가 흘러나왔다.

[이 통신이 전해질 거라 믿고 인사드립니다. 저는 칼키 A 비슈누야사스. 샴발라에서는 장군의 말석에 속한 자로서 지휘를 맡고 있습니다.]

[윽… 이 목소리의 주인공이…!]

[얼마나 통신이 전해질지 분명치 않으니 짧게 말하겠습니다. 거대 균핵을 폭격으로 부수는 건 불가능했습니다. 아마도 흠집 하나 나지 않았겠죠. '브라흐마 아스트라'에 의한 제2차 대륙 간 탄도공격을 중지한 또 하나의 이유는 바로 균핵의 경도입니다.]

[그, 그럴 수가…?!]

보고에 충격을 받은 이는 적지 않았다. 대지를 뒤흔들고 산도 깎아 내는 저 포격으로도 흠집 하나 나지 않는 괴물을 상대해야만 하다니.

'거목의 줄기와 뿌리를 아무리 깎아 내도 균핵을 없애지 않으면 완전한 승리라고는 할 수 없지. 거목을 없애려 해도 일본 전체에 뿌리를 내린 '오오야마츠미노카미'를 없애는 건 불가능해.'

치히로는 엄지손가락의 손톱을 깨물며 식은땀을 흘렸다.

나츠키의 표정도 심각해졌다. 이렇게 되면 확률은 낮지만 공략이 가능한 것은 카즈마의 광격이나 왕 총통의 주먹, 둘뿐이다

왕관종과 싸우려면 밀리언 크라운의 힘이 반드시 필요하다는 것은 알고 있지만, 그래서는 그들이 지게 될 부담이 너무도 크다.

[…하지만 안심하십시오. 적의 강대함을 재인식한 이상, 우리도 힘을 아낄 생각은 없습니다. 우리나라가 보유한 최대의 병기… 초초고농도 결정체 '트리무르티 아스트라'를 사용해 극동을 지원할 생각입니다.]

칼키 예하의 선언에 전군이 숨을 죽였다.

[초초고농도 결정체 '트리무르티 아스트라'…! 인류가 보유한 네 개의 최대병기 중 하나 말인가!!!]

[다, 닿기는 하는 거야?! 이 극동에?!]

[세, 세상에. 이 이야기가 사실이라면 '아마노사카호코'를 되찾

을 필요성도 사라져. 하늘에서 동아줄이 내려온 격이잖아…!!!]

'아마노사카호코'를 가져간 것은 재버워크가 아니라 의문의 인간이라고 한다.

최악의 경우에는 이미 극동에서 사라졌을 가능성도 있다.

[하지만 '트리무르티 아스트라'를 투입하는 이상, 빗맞힐 수는 없습니다. 나의 동포, 크리슈나의 눈에 의한 보조가 없으면 직격시키기는 어려울 겁니다. 그래서 현지에서 싸우고 있는 전사 여러분께 드리고 싶은 부탁이 있습니다.]

[…부탁?]

[안개가 방해를 하고 있습니다. 그 안개만 걷히면 우리의 공격이 닿습니다. 만약 가능하다면….]

칼키 예하는 잠시 말을 그쳤다.

희미한 노이즈가 흐른 후, 칼키 예하는 결심을 굳힌 듯 입을 열었다.

[가능하다면 극동에 잠들어 있는 **또 하나의** 초초고농도 결정체… '아마노무라쿠모노츠루기*'를 사용해, 큐슈를 뒤덮은 '오오야마츠미노카미'의 안개를 걷어 내 줬으면 합니다.]

[또… 또 하나의 초초고농도 결정체라고?!!]

놀란 나머지 치히로가 벌떡 일어섰다.

※아마노무라쿠모노츠루기(天叢雲劍) : '아마노무라쿠모', '쿠사나기의 검(초치검)'이라고도 불리는 것으로 일본의 삼종신기 중 하나로 일컬어진다.

사령실에 조금 전과 다른 동요가 퍼졌다.

[무, 무슨 소리지?]

[중화대륙연방은 처음 듣는 이야기이다만?!]

[극동은 전력을 은폐하고 있었던 건가?!]

중화대륙연방의 장수들이 일어나서 성난 눈으로 치히로를 노려보았다. 하지만 당연한 일이었다.

자국의 방어를 허술하게 만들어 가면서까지 달려왔건만, 다른 이도 아닌 도움을 청한 당사자인 극동이 전력을 은폐했다는 이야기를 들었으니 격노할 수밖에 없었다.

하지만 정말로 놀란 자들은 오히려 치히로 일행이다.

큐슈 출신인 타치바나조차도 무슨 소리인가 싶어서 당황했다.

그리고 누구보다도 놀란 것은 지하도의 모노레일에 타고 있는 아마쿠니였다.

"이, 이게 무슨 일이죠…?! 어째서 샴발라에 속한 자가 '아마노무라쿠모노츠루기'의 존재를 아는 거죠?! 크리슈나 언니의 눈으로도 그 장소를 볼 수는 없을 텐데…?!!"

"크리슈나 언니라고 한 걸 보면, 크리슈나라는 사람은 관리 AI인 건가?"

"아, 네. 형식 번호로 말하자면 제2호기로, 아우르 언니 다음으로 만들어진 자매입니다. 그녀의 주된 역할은 환경제어탑의 운용에 사용될 정보의 수집, 다시 말해서 별의 관측이었습니다.

하지만 그런 언니라도 '아마노무라쿠모노츠루기'의 존재는 몰랐을 텐데…!"

아마쿠니는 전에 없이 당황했다.

그만큼 중요한 비장의 카드라는 뜻일까.

"그런 병기가 있다니 다행이군. 당장 가지러 가지. 어디에 있지?"

"아, 아뇨… 그게… '아마노무라쿠모노츠루기'는 관리 AI조차도 해제할 수 없는 세이프티 록이 존재해서, 두 개의 열쇠가 모여야만 문을 열 수 있습니다."

열쇠… 순간적으로 어머니의 말이 카즈마의 머리를 스쳤다.

"그 열쇠란 건 설마…."

"네. 좀 전에 주셨던 아우르 언니에게 받은 데이터 칩에 있는 기록입니다. 하지만 그것만으로는 안 됩니다."

아마쿠니는 고의로 말끝을 흐리며 식은땀을 흘렸다.

사실은 데이터 칩이 아니라 환경제어탑의 권리일 것이다.

하지만 다른 열쇠도 필요하다는 이야기는 어머니에게 듣지 못했다. 어떻게 된 것일까.

"응, 둘 다 진정해. 칼키 예하의 이야기는 아직 끝나지 않았어. 끝까지 들어 보자."

나츠키는 그녀를 진정시키고자 냉정한 목소리로 달랬다.

칼키 예하의 말은 노이즈로 인해 점차 알아듣기 어려워졌다.

[두 개의 초초고농도 결정체와 삼국의 힘이 모이면 그야말로 최강의 포진이라 할 수 있겠죠. '오오야마츠미노카미'의 안개만 걷어 내 주시면….]

칼키 예하가 말끝에 힘을 실었다.

모든 이가 숨을 죽인 채 다음 말을 기다리는 가운데, 칼키 예하는 조용히 선언했다.

[약속하겠습니다. 인류의 왕관을 맡은 자로서 일격으로 처치해 보이겠노라고.]

[이, 일격으로…?!]

[저 거대한 '오오야마츠미노카미'를 말인가?!]

사령실이 술렁거리는 가운데 음성에 섞인 노이즈는 늘어만 갔다. 통신장해의 영향으로 모든 내용이 온전히 전송되지 않은 것이리라. 하지만 상대는 그러한 상황을 완전히는 파악하지 못한 듯했다.

노이즈가 심해지는 가운데, 조용한 소녀의 목소리가 사령실에 울렸다.

[극동의 안개가 걷힐 때까지… 우리는 전투태세를 유지한 채 대기하겠습니다. 언제까지고, 며칠이든 기다리겠습니다.]

[…예하.]

[과거 샴발라를 구해 주었던, 머나먼 동쪽에서 온 붉은 전사들. '해 뜨는 나라의 희망'의 힘을 우리는 믿습니다. 부디 무운이

함께 하시길.]

격려를 끝으로 칼키 예하의 말은 끊겼다.

하지만 고요해진 사령실은 의기충천한 자와 분노로 어깨를 들썩이는 자로 나뉘어 있었다. 극동이 전력을 은폐했다고 생각하는 자는 적지 않았다.

희망과 불안이 뒤섞인 이 상황에, 왕 총통이 자리에서 일어났다.

[자아, 상황이 바뀌었군. 샴발라의 지원이 있으리란 걸 알았으니 우선은 이 안개를 없애야겠구나.]

[초, 총통님. 우선 극동에 '아마노무라쿠모노츠루기'라는 것에 관한 설명을 들어야 하지 않겠습니까?]

[나도 안다. …그래서, 어떻게 된 것이냐? 네놈들은 그 초초고농도 결정체라는 것에 관해 들은 바가 있느냐?]

[서, 설마요! 저희도 금시초문입니다! 그런 것이 있었다면 이전 전투에 투입했겠죠!!]

[모른다는 게 말이나 되나?! 그럼 어째서 샴발라의 장군이 그 존재를 알고 있는 거냐?!]

봇물이 터진 듯 불만이 흘러넘쳤다. 정말로 은폐했을 가능성도 있지만 초초고농도 결정체를 둘이나 보유하고 있는 도시국가는 존재하지 않는다. 불평불만을 품는 자가 나타날 수밖에 없었다.

이 상황을 본 카즈마는 초조해졌다.

"나츠키⋯ 이 상황, 위험하지 않나?"

"⋯⋯⋯⋯."

나츠키는 입을 다문 채 침묵했다. 지금 멀리 떨어져 있는 그녀에게 말을 해 봐야 별 소용은 없었지만, 치히로가 이 상황을 수습할 수 있을 것 같지는 않았다.

왕 총통도 갑자기 나온 이야기를 어떻게 처리해야 할지 난감해 하고 있다. 일치단결해서 왕관종과 싸운다는 전제가 무너지는 것은 그가 바라는 바가 아닐 터다.

"아마쿠니 씨. 우리 목소리를 저쪽에 전달할 수는 없어?"

"치히로 님에게는 들릴 겁니다. 대변해 달라고 하거나 스피커로 연결해 주시면 가능합니다."

"그래? ⋯들었지, 치히로? 현장을 맡기겠다고 해 놓고 미안하지만, 내가 대신 이야기할게."

[아, 알겠어. 접속 준비는 해 두었으니까 바로 얘기하면 돼.]

자신에게는 버거운 일이라고 느낀 치히로는 곧바로 나츠키와 배턴 터치를 했다.

나츠키는 치히로에게 일임했던 군사회의에 불쑥 끼어드는 것은 실례라 생각했지만, 이 상황을 잘 수습할 방법이 없는 치히로에게는 그야말로 구원의 손길처럼 느껴졌을 것이다.

준비가 끝나자 나츠키는 곧장 말을 꺼냈다.

"통신으로 실례합니다, 왕 총통님. 이번 원정의 책임자인 카야하라 나츠키라 합니다."

[괜찮다. 지하도의 상황은 어떠냐?]

"아카미 미요는 놓쳤지만 다른 커다란 수확이 있습니다."

[호오?]

"보고가 늦어져 죄송합니다. 이쪽은 우발적으로 '아마노무라쿠모노츠루기'의 소재를 아는 자와 합류했습니다. 지금은 그 장소로 향하고 있는 중입니다."

네?! 아마쿠니가 얼빠진 목소리로 외쳤다.

하지만 먼저 말을 흘린 것은 다름이 아니라 그녀였다.

[과연. 그럼 '아마노무라쿠모노츠루기'라는 것은 존재하는 것이로군?]

"네. 하지만 존재를 몰랐던 것은 사실입니다. 결코 귀국을 속이고 은폐하고 있었던 것은 아닙니다."

[…흠. 그럼 빼앗긴 '아마노사카호코'는 어쩔 셈이냐?]

"그에 관해 제안이 있습니다. 현 시간부로 극동은 '아마노사카호코'의 소유권을 포기하겠습니다."

…호오? 하며 왕 총통의 눈빛이 변했다.

동시에 사령실에 팽팽한 긴장감이 감돌았다.

나츠키의 의도를 읽은 왕 총통은 한쪽 팔을 괴고 사나운 미소를 지었다.

[과연… 그래, **그렇게 나왔나**. 다시 말해 우리 중화대륙연방이 '아마노사카호코'를 되찾는다 해도 극동에게 반환할 책임이나 의무는 없다는 것이로군?]

"물론입니다. 이번 원정에서는 중화대륙연방에 많은 지원을 받았으니까요. 귀국이 우리의 지보를 손에 넣는다 해도 이의는 없습니다. 부디 받아 주십시오."

왕 총통은 참지 못하고 가가대소했다.

말은 하기 나름이라는 생각에 진심으로 감탄한 것이리라.

어찌 되었든 한 나라가 초초고농도 결정체를 둘 이상 보유한 전례는 없었다.

칼키 A 비슈누야사스는 초초고농도 결정체를 사용하면 왕관종조차도 일격에 처치할 수 있다고 호언장담했다.

그만한 병기를 둘이나 보유하면 필연적으로 이웃나라에서 불평불만이 터져 나올 것이다.

되찾은들 둘 곳이 없는 초병기를 과잉전력으로 보유함으로써 타국의 빈축을 사기보다는 중대련을 증강해서 방파제로 삼는 편이 유익한 것이다.

게다가 중화대륙연방은 이번 원정으로 상당한 비용을 지출했다. 식량지원, 군대 파견 등 말 그대로 파격적인 수준의 지원이다. 언제가 되었든 그 대가는 준비해야만 했다.

그 대가를 **빼앗긴** '아마노사카호코'로 치르자는 것이다.

"초초고농도 결정체는 강력한 B.D.A 병기의 핵으로 쓰이지만, 손에 넣으려면 상당한 행운이 필요합니다. 수백 년이라는 기나긴 세월에 걸쳐 특정한 토지에서 **우발적**으로 발생되는 물질이니까요. 중화대륙연맹도 왕 총통께 헌상하기 위해 영토를 샅샅이 뒤졌다고 들었습니다."

[귀가 밝은 소녀로군. 그렇다면 그 결과도 알 테지?]

왕 총통에게 헌상하기 위해 신민이 하나 되어 영토를 뒤진 결과… 중화대륙연방의 영토에는 초초고농도 결정체가 존재하지 않는다는 서글픈 사실만이 판명되었다.

밀리언 크라운이 진정한 힘을 발휘하는 데 반드시 필요하다고 알려진 초초고농도 결정체는 중화대륙연방으로서도 매우 탐이 나는 물건인 것이다.

[좋다. 극동의 대가는 기대하지 않았지만, 주겠다는 것을 마다할 수는 없지. 장군들도 그래도 상관없겠지?]

[총통의 뜻대로 하십시오.]

[나라의 지보를 빼앗다니, 이런 고얀 놈을 보았나. 그 악한(惡漢)은 이쪽에서 처리해 두도록 하지.]

"후후, 감사합니다. 제가 드릴 말씀은 이상입니다. 통신차단 구간에 돌입해서 잠시 통신이 끊길 테지만, 한 시간 후에는 다시 연락이 될 테니 연계에 관해서는 그때 말씀하시죠."

뚝. 짧은 노이즈와 함께 음성이 끊겼다.

나츠키의 옆에서는 아마쿠니가 분노를 억누르고 있었다.

"…카야하라 나츠키 님. 어떻게 된 일인지 설명해 주시겠습니까?"

"이야기 들었잖아. 우리는 '아마노무라쿠모노츠루기'를 가지러 갈 거야."

"제가 한 말은 못 들으신 겁니까?!! '아마노무라쿠모노츠루기'가 안치되어 있는 장소로 가려면 열쇠가 두 개 필요하다고 말씀드리지 않았습니까!"

"나도 알아. 하지만 행동하는 척이라도 해 두지 않았으면 좀 전의 상황을 수습하지 못했을 거야."

나츠키는 시늉만 할 것이라고 말해 달래 보려 했지만 아마쿠니의 분노는 가라앉기는커녕 더욱 활활 타올랐다. 어쩌면 그녀가 포기한 사명이라는 것과 관계가 있을지도 모른다.

카즈마가 보다 못해 중재에 나섰다.

"아마쿠니. 너에게 중요한 장소일지도 모르지만, 하다못해 문 앞까지는 안내해 줘. 그러지 않으면 극동이 명분을 잃게 되니까."

"…하지만… 모시고 간대도, 정말로 의미가 없는 장소입니다."

"그럼 나랑 아마쿠니 씨만 가자. 카즈 군이라면 문을 억지로 파괴할 수 있을지도 모르지만 나만 데리고 가면 그런 짓은 못 할 것 아냐."

그럼 안심이지? 웃는 얼굴로 그렇게 물었다.

그러자 아마쿠니는 매섭게 쏘아보았지만 끝내 뜻을 꺾고 승낙했다.

"…알겠습니다. 정 그렇게 헛걸음을 하고 싶다면 마음대로 하시죠. 어차피 당신은 아무것도 못 할 테니까요."

"좋아. 카즈 군은 사쿠라지마 관측소를 통해 지상으로 올라가서 치히로의 지시를 따라 주세요."

"알겠어. 그런데 둘이서만 가도 괜찮은 건가?"

"그건 이쪽이 할 말이야. 내 예상이 맞다면 카즈 군은 가장 위험한 역할을 맡게 될 거야. 남 걱정만 하다가 발목 잡히지 않으려면, 지금은 쉬어 두도록 해."

지하도라 알기 어려웠지만 밖은 이미 깜깜했다.

날이 밝기 전에 '오오야마츠미노카미'를 강습하기로 했으니, 작전 결행까지는 아직 시간이 있다. 그러니 지금은 휴식을 취해야 하리라.

"…………."

결전이 다가오고 있다.

큐슈를 뒤덮은 안개는 더욱 짙어져, 바다를 건너 침식을 개시했다. 아침 해가 뜨기 전에 결판을 내지 않으면 불리한 싸움을 할 수밖에 없으리라.

아자카미 미요, 의수와 의족을 장착한 남자, '오오야마츠미노카미'와 재버워크.

어느 강적과 싸우게 되더라도 완전히 무사하지는 못할 것이
다.

카즈마는 머지않아 시작될 사투에 대한 예감 속에서 선잠을
자기 시작했다.

MILLION CROWN

WHAT IS MILLION CROWN....?
A CHALLENGE THAT EXCEEDS
THE POWER OF HUMAN INTELLECT.
THE TALE OF HUMANITY'S
REVIVAL BEGINS.

"죄송해요. 저는,
당신과 함께 살아갈 수 없어요."

5장
CHAPTER
5

대밀림 활화산 사쿠라지마.

울창하게 자라난 나무들과 거대한 나무뿌리가 둘러쳐진 사쿠라지마.

300년 전부터 분화할 징조를 보이기 시작했던 이 활화산은 당시에도 손꼽히는 지오파크(Geopark)로 주목받고 있었다.

성진입자체(아스트랄 나노머신)의 연구가 진행되어 파국분화의 가능성을 감지한 당시 국제기관의 행동력은 그야말로 신속하고도 과감했다고 표현하기에 부족함이 없었다고 한다.

연간 200회 이상 단속적으로 분화했던 사쿠라지마는 향후 분화 예측 데이터를 수집하기에는 더 없이 좋은 환경이었으리라. 게다가 사쿠라지마는 두 개의 화산이 매우 가까운 거리에서 마주하고 있어서 상호의 데이터를 대조할 수 있다는 커다란 이점도 있었다.

사쿠라지마 관측소와 견줄 만한 화산 연구시설은 미국의 옐로스톤 연구소뿐이다. 그만큼 뛰어난 연구시설이 설치되었다는 기록이 있었다.

'하지만… 일본에서 화산 연구가 급격히 추진되게 된 것은 파국분화의 가능성이 확인된 이후부터라고 기록되어 있군. 그 전까지는 타국과 비교했을 때 몇 십 분의 일의 예산과 인원만 할애했다, 라….'

정말이지 느긋한 나라로군. 재버워크는 어이가 없다는 얼굴로 그렇게 생각했다.

재해대국이라 불리기까지 했던 나라의 특색을 고려하면 더 빨리 힘을 쏟았어야 했으리라. 감이 오지 않았다면 화산 대국인 이탈리아 같은 곳을 참고했어야 했다.

역시 내가 지배해 적절하게 다스려 줘야겠다고 재버워크는 다시 한번 결심했다.

붕괴한 도시에서 아마쿠니 박사의 육체를 파낸 재버워크는 최종 결전의 땅인 사쿠라지마로 귀환해 있었다.

환경제어탑으로 인해 제어되고 있던 사쿠라지마는 입자가 모이기 쉬운 환경이었던 탓에 이 땅에서는 입자 결정이 많이 만들어졌다.

입자 결정을 대량으로 빨아들여 한없이 성장한 것이 바로 '오오야마츠미노카미'라는 거목이다.

본래는 바닷물뿐만 아니라 대지의 질량을 끝없이 빨아올릴 수도 있을 테지만, 그렇게까지 폭식을 할 필요성을 찾지 못한 것이리라.

'오오야마츠미노카미'는 자연과 공존공영하는 방향으로 진화를 계속하고 있다.

거대 균핵으로 인해 본래의 생태계를 무너뜨리지 않았다면 영원히 많은 생명들을 보듬어 주는 거목으로 사랑받았을 것이다.

하지만… 지금은 그렇지 않다.

'오오야마츠미노카미'는 계속해서 명동(鳴動)하며 안개와 빛나는 입자를 대량으로 방출하여 힘을 고조시키고 있다. 나무들의 뿌리가 사쿠라지마로 모여들 듯 움직여, 거대 균핵을 중심으로 새로운 형태를 구축하려 하고 있었다.

비유를 하자면 거목 형태의 괴물… 아니, 거목 형태의 거룡(巨龍)이라 불러야 마땅할 것이다.

'이대로 끝없이 폭식과 성장을 계속하면 다른 왕관종들도 가만히 있지 않겠지. 어찌 되었든 누군가가 고삐를 쥘 필요가 있으려나.'

숫자만 많은 종족이 이 별을 지배했던 것이 애초에 잘못이었다.

앞으로는 재버워크와 '오오야마츠미노카미'… 아니, 새로 왕관을 쓸 아자카미 미요가 둘이서 이 별을 지배해 주면 된다.

거대 균핵에 걸터앉아 과거의 정보를 되짚어 보던 도중, 누군가가 그를 불렀다.

"여어~ 재버워크 나리~! 오래 기다리셨습다~!"

의수와 의족을 장착한 남자가 손을 흔들며 달려왔다.

사쿠라지마는 산꼭대기 근처부터 기슭에 걸쳐 나무뿌리로 뒤덮여 있었는데, 지금은 샴발라의 폭격을 받은 '오오야마츠미노카미'의 잔해로 인해 반쯤 초토화되어 있었다.

다 타 버린 잔해를 걷어차며 걸어오는 남자의 뒤에서는 아자카미 미요가 심각한 표정을 한 채 따라오고 있었다.

"둘 다 무사한 것 같네. 다시 만나서 기뻐."

"이 정도쯤 아무것도 아니죠. …근데, 나리는 언제까지 그 몸을 쓸 겁니까?"

"물론 쓸 수 있을 때까지지. 그러기로 계약했으니까 말야."

다정한 미소를 띤 채 아자카미 미요에게 윙크를 했다.

의수와 의족을 장착한 남자는 쓴웃음을 지으며 뺨을 긁적였다.

"뭐, 저는 재미있으니 상관없지만 말이죠. 나리 덕분에 무사히 '아마노사카호코'도 손에 넣었으니 지금부터는 애프터서비스로 녀석들과 한판 벌일 때 도와드리겠습니다."

"그 말은 기쁘지만, '아마노사카호코'는 어쨌어?"

"운반자한테 맡겼습니다. 지금쯤 하늘 위에 있을걸요. 그 녀석이 새 의수를 가져다줬으니 시운전을 겸해 날뛰어 보겠습니다."

의수와 의족을 장착한 남자는 한쪽 팔을 붕붕 휘둘러 보였다. 그 모습을 본 재버워크는 거대 균핵에서 뛰어내려 두 사람의 곁으로 다가갔다.

카즈마가 베어 낸 한쪽 팔은 새로운 팔로 교체되어 있었다.

재버워크는 그 팔과 다리를 흥미롭다는 듯 바라보았다.

재능 없는 인간이 능력을 얻기 위해 신체를 의수로 바꾼다는 이야기는 종종 들었지만, 두 팔과 다리를 모두 교체했다는 이야기는 그다지 들어 본 적이 없다.

뭔가 사정이 있는 것인지, 아니면 자발적으로 베어 낸 것인지.

어느 쪽이 되었든 비밀이 있다는 데에 변함은 없다.

"…뜻밖인걸. 의뢰 받은 것 이상의 일을 할 타입으로는 안 보였는데. 혹시 또 빼앗고 싶은 것이라도 찾은 거야?"

"빼앗고 싶은 것이라고 해야 할지, 죽이지 못한 상대가 있다고 해야 할지. 우리 대장이 어쩐 일로 놀라서 연락을 해 와서 말입다. '죽었을 터인 인간이 살아 있다. 방해가 되기 전에 가능하면 죽여 다오'라고 직접 부탁을 하기에 저도 친절을 베풀어 죽여 둘까 싶어서요."

"그래? 아름다운 우정이네. 그런 거 싫지 않더라."

재버워크와 남자는 마주 본 채 고갯짓을 주고받았다.

"그럼 요격하러 가 줘. 내 예측에 따르면, 녀석들은 사쿠라지마의 서쪽… 시로야마 근처에서 모습을 보일 거야. 내 부하와 함께 기습해 버려."

"알겠습다. 그럼 애보기 임무는 여기까지 하기로 하죠. 꼬맹이도 잘 지내라."

의수와 의족을 장착한 남자는 재버워크와 아자카미 미요를 흘끔 쳐다보고서 그 자리를 떴다.

거대 균핵 앞에는 재버워크와 아자카미 미요만 남았다.

짙은 안개로 뒤덮인 밀림은 진정한 주인이 돌아온 것을 기뻐

하며 희미하게 빛나는 입자를 포자에 실어 길을 안내해 주었다.

반딧불처럼 아름나운 그 빛은 거대 균핵으로 똑바로 이어져 있다.

재버워크는 고개를 가로저으며 쓴웃음을 지었다.

"너를 위한 왕좌라는 것 같네. 내가 앉아 있을 때 숲이 바짝 긴장한 듯 느껴졌던 건 그 때문이었구나. 미리 왕좌를 준비해 두다니, 같은 왕관종으로서 조금 샘나는걸."

"…………."

"하지만 나도 질 수는 없지. 네가 '오오야마츠미노카미'와 융합하기까지 1년이라는 유예기간이 있어. 그동안 나도 왕관종으로서 영토와 부하를 모아 둘 생각이야. 네 왕좌에 지지 않을 정도로 번듯한 걸 준비해 보이겠어."

재버워크는 신이 나서 가슴에 손을 얹은 채 거대 균핵을 향해 걸어 나갔다.

그렇다…. 재버워크가 아자카미 미요에게 제안한 계약은, 그녀의 의지를 온전히 남긴 채 '오오야마츠미노카미'와 일체화시켜 그 강력한 힘을 지배하게 해 주겠다는 것이었다.

'오오야마츠미노카미'가 아자카미 미요를 동족으로 인식하고 있다는 사실을 안 순간부터 생각한 계획이었지만 당사자인 아자카미 미요가 결심을 굳히지 못한 탓에 지금까지는 실행에 옮기지 않았다.

아자카미 미요가 결심을 할 때까지만 해도 재버워크는 '어째서 왕관종인 내가 이런 계집아이의 의식주를 보장해야만 하는 거냐'라고 본인 앞에서 푸념을 했지만, 그 고생이 헛되지 않아서 다행이다.

재버워크와 같은 왕관종이 되기로 결심한 이상, 아자카미 미요는 자신과 동등한 손님이다. 첫 번째 동포로서, 왕관종의 선배로서 앞으로는 그녀를 이끌어야만 한다.

"균핵의 강도가 걱정이기는 했지만, 설마 저 폭격을 흠집 하나 없이 막아 낼 줄이야. 이 정도면 안에 들어가 버리면 아무도 억지로 열지 못하겠어. 전투가 벌어져도 안전할 거야."

"…그런, 가요."

아자카미 미요는 어물거리며 답했다. 불안한 것이라 생각한 재버워크는 그 손을 잡고 다정한 미소를 지었다.

"괜찮아. 하나도 걱정할 것 없어. 어떤 적이 와도 내가 너를 지킬 거고, 실수로 네 의식이 사라져 버리게 하지도 않을게. 1년 동안 계속 균핵 안에서 지내는 건 심심할지도 모르지만, 나무들을 조종할 수 있게 되면 그것도 바로 해소될 테고…."

"재버워크."

대화를 끊으려는 듯 목소리에 힘을 실어 이름을 불렀다.

느닷없이 자신의 이름을 부르자 재버워크는 당황한 표정을 지었다.

"…미요? 왜 그래? 뭐 불안한 점이라도 있어?"

"실문이 있어요. 1년이 되기 진에 '오오야마츠미노카미'를 조종하는 게, 가능할까요?"

아자카미 미요의 말에 다시 깜짝 놀랐다.

뜻밖의 질문이기는 했지만 재버워크는 그 뜻을 금방 알아채고 팔짱을 끼었다.

"아하… '오오야마츠미노카미'를 조종해서 네 손으로 복수를 하고 싶다는 거구나? 심정은 이해하지만 권장하지는 못하겠는 걸. 억지로 동조를 강화한다는 건 너의 형상 보호를 해제한다는 뜻이야. 일시적으로 조종할 수 있게 된다 해도 간단한 조작밖에 못 할 테고, 인간의 몸은 두 시간 남짓 만에 녹아 버릴 거야."

"으…."

아자카미 미요는 공포로 몸을 떨었다.

균핵 안에서 천천히 녹아 가며 이 거대한 괴물과 의식만 하나가 된다. 저항하지도 못하고, 울부짖는 목소리는 아무에게도 닿지 않은 채, 괴물은 자신의 육체와 의식을 천천히 씹어 삼킬 거다. 그 광경을 끔찍하다고 여기지 않을 인간은 없으리라.

떨리는 몸을 끌어안아 필사적으로 억누르며, 미요는 입술을 한차례 깨물고서 고개를 들었다.

"…알겠어요. 그래도 상관없어요. 바로 시작해 주세요."

재버워크는 이번에야말로 말문이 막혔다. 지금까지의 아자카미 미요였다면 절대로 이런 말을 하지 않았을 거다.

가축처럼 죽기는 싫다.

부품처럼 소비되기는 싫다.

죽는다면 하다못해 사람으로 죽고 싶다. 그리고 누군가가 자신을 사람으로서 애도해 주었으면 한다. 눈물 흘려 주었으면 한다. 그조차도 이룰 수 없다면… 괴물이 되어서라도 박사의 복수를 하고 싶다.

그 바람이야말로 아자카미 미요의 행동이념이었을 터.

균핵 속에서 녹아 가며 고독하게 죽는다는 것은 그녀가 지금까지 말했던 바람과는 상반되는, 무참한 죽음이라 할 수 있었다.

"…미요?"

"재버워크. 지금까지 당신에게 했던 무례한 말들을 사과하겠어요. 저는 당신의 고독을 전혀 알지 못했어요. 그럼에도… 당신은 참을성 있게 저를 지탱하고, 저를 지키고, 저에게 다정하게 대해 주셨죠. 그 마음을 받아들이지 못한 건 제가 아주 미숙했기 때문이에요."

맞잡은 손에 꼬옥 힘을 주었다.

순수한 인간 중 그녀를 다정하게 대해 준 것은 카이 아주머니뿐이었다.

그 외 대부분의 인간은 아자카미 미요를 이용하고 학대하고, 죽이려 들었다.

아자카미 미요에게 다정함을 베풀어 준 것은 언제나 인간이 아닌 누군가였다. 그리고 그중 하나가 눈앞에 있는 재버워크다.

푸념과 비아냥거림을 내뱉으며, 타산과 타협을 논하며, 지금까지 어울려 준 서글픈 괴물에게는 사실을 털어놓아야 하리라.

"그러니… 당신에게만은, 지금의 제 마음을 털어놓겠어요."

떨리는 목소리로 말하며 똑바로 재버워크를 바라본다.

공포에 저항하는 눈으로 모든 운명을 받아들이겠다는 듯 아자카미 미요는 말했다.

"죄송해요. 저는, 당신과 함께 살아갈 수 없어요."

거절의 말이 아자카미 미요의 입에서 흘러나온 직후.

결전의 막을 올리는 포성이 사쿠라지마에 울려 퍼졌다.

＊

포격이 가해지자 '오오야마츠미노카미'의 껍질이 어지러이 튀었다.

검게 피어오른 폭연(爆煙)은 사쿠라지마를 애처로운 모습으로 바꿔 놓기 시작했지만 거구인 '오오야마츠미노카미'를 꺾기에는 화력이 매우 부족했다. 아마도 견제를 위한 것이었으리라.

하지만 거대 균핵 근처에 선 아자카미 미요는 사정이 달랐다.

포격이 직격하거나 커다란 파편이 쏟아지기라도 하면 그대로 목숨을 잃을 것이다.

그럼에도 달아나지 않고 똑바로 재버워크를 바라보았다. 그것이 그녀가 할 수 있는 유일한 싸움이자 재버워크에 대한 사죄였다.

"……."

'죄송해요.

저는, 당신과 함께 살아갈 수 없어요.'

거절의 말을 들은 재버워크는 입을 다문 채 침묵했다.

포탄과 파편이 쏟아지고 있음에도 꼼짝도 않고 아자카미 미요의 눈동자를 바라보았다. 이대로 영원히 시간이 멈춰 버리는 것은 아닐까 하는 착각이 들 정도로 무거운 분위기가 흐른다.

누군가가 시선을 피하면, 달아나면, 순식간에 깨져 버릴 시간이다.

먼저 침묵을 깬 것은 재버워크 쪽이었다.

"…그건…."

말이 잘 나오지 않는다. 거절당한 이유를 필사적으로 생각해 보았지만, 짚이는 바가 그리 많지 않았다.

애수와 분노, 살의와 친애의 정이 뒤섞여 달아나고 싶어졌다. 하지만 그가 계속 왕관종으로 있기 위해서는 물어야만 한다. 달아날 수는 없다.

형용하기 어려운 감정을 토해 내듯, 시선을 피하며 묻는다.

"그건… 내가, 인간이 아니기 때문이냐?"

아자카미 미요는 단호하게 고개를 가로저었다.

"아뇨. 그렇지 않아요."

"그럼… 내가, 추한 용이기 때문이냐?"

"아니요. **결코** 그렇지 않아요."

인간이 아니라서.

추한 용이라서.

그런 것은 문제도 아니다.

같은 종족인 인간에게 살해당할 뻔한 아자카미 미요에게는, 인간이야말로 불신의 대상이었기에.

"재버워크. 당신에게는 고마운 마음뿐이에요. 하지만 알아채고 말았어요. 저는 복수도, 왕관종이 되어 별을 지배하는 것도 원하지 않아요. 저는… 미래에, 아무런 기대도 갖고 있지 않았으니까요."

살고 싶었던 게 아니다. 죽고 싶지 않았던 것이 아니다.

막상 달아나 바깥세상을 둘러보고 돌아다녀 봐도, 언제나 머릿속 한구석에 죽은 뒤의 자신이 자리하고 있었다.

사람으로서, 누군가가 자신을 애도해 주었으면 한다. 죽음을 슬퍼해 주었으면 한다.

처음으로 친구라 불러 준 그녀들에게 바라고 싶은 것이 그 정도밖에 떠오르지 않는다. 그녀들과 함께 성장해 나가는 미래를 그릴 수가 없다.

어른이 되는 미래를 포기한 그날… 아자카미 미요는 미래를 상상하는 힘을 잃었다.

"그런 제가 살기를 바라서, 많은 사람들을 상처 입히고 말았어요. 아마쿠니 박사, 카이 총괄, 개척부대 사람들… 그리고 처음으로 친구라 불러 준 두 사람도."

"…………."

"너무하죠? 그녀들을 돕고 싶다는 마음보다도, 그녀들이 저를 애도해 줬으면 하는 마음이 더 강해요. 이런 제가 왕관종이 된들, 어쩌면 좋을지 모르겠어요."

난감하다는 미소를 지었다.

자연스럽게 웃고 만 것은, 이 미소가 진짜이기 때문이다.

"그러니 재버워크. 저는 당신과 함께 갈 수 없어요. 저는… 진정한 의미에서, 당신의 고독을 달랠 수 없어요."

눈을 감고, 턱을 든다. 용서하지 못하겠다면 죽여도 좋다는 의사 표시다.

아자카미 미요는 곧바로 처분당할 거라 생각했지만 이상하게도 재버워크는 입을 다문 채 움직이지 않았다.

두 사람이 경직된 가운데, 무거운 침묵만이 흘렀다.

"…그러냐."

온갖 감정이 뒤섞인 듯한 한숨이 흘러나온다.

재버워크는 아마쿠니 박사의 등 뒤에서 그 추한 모습을 드러냈다.

"아쉽군. 그럼에도 나는, 너와 살 미래를 기대했건만."

"…죄송해요."

"됐다. 자, 타라. 거대 균핵 안에 들어가려면 내 힘이 필요하지 않나?"

하늘을 올려다보고서 크게 한숨을 내쉰 후, 그는 거대한 꼬리 끝을 미요 앞에 내밀었다. 아무래도 마지막 길만은 협력해 줄 모양이다.

꼬리의 감촉은 끔찍했지만 미요는 서슴없이 앉았다.

거대 균핵은 단단히 닫힌 겉껍질을 열어 액체 상태의 왕좌를 내보였다.

미요가 몸을 떨며 마른침을 꿀꺽 삼키자 재버워크는 최후 통보를 했다.

"네가 녹는 데는 한 시간, 길어야 두 시간이 걸리겠지. 녹기 전까지라면 네 지배를 조금은 받아들일 거다."

"…그 이후는요?"

"네 몸이 버티지 못한다. 억제도 그때까지지. 너를 완전히 흡수한 거대 균핵은 지성체로서 진화할 가능성이 아주 높다. 나는 그 새로운 지성체를 이끌어, 함께 살아갈 거다."

담담하게, 무감정하게 말한다.

미요는 조금 안심했다. 이 고독한 괴물에게는 곁에 있어 줄 상대가 필요하다. 함께 살아갈 자만 있으면 길을 크게 벗어나지도 않을 거다. 그것만이 진심으로 걱정이었다.

이제 미련은 없다.

추룡의 꼬리에서 일어나 각오를 굳힌다.

거대 균핵의 상공으로 옮겨진 미요는 문득 생각이 났다는 듯 물었다.

"재버워크. 당신은… 애플파이를 먹어 본 적이 있나요?"

"……? 아니, 없지."

"그럼 약속해 주세요. 언젠가 당신과 함께 살 사람을 찾아내면, 함께 애플파이를 먹어 주세요. 그러면 분명, 아주 행복한 기분이 들 테니까요!"

억지로 미소를 짓고서 뛰어내린다.

거대 균핵에 삼켜지는 그 순간까지, 재버워크는 그 미소에서 눈을 떼지 못했다. 또다시 고독해지고 만 추한 용은 애도의 뜻을 나타내듯 포효했다.

듣고 있기조차 괴로운 끔찍한 포효였지만… 그 포효에서는,

어쩐지 서글픈 감정이 느껴지는 듯했다.

＊

　포격이 시작되자 굉음이 지하도까지 울려 퍼졌다. 세 사람은 중간까지 모노레일을 타고 사쿠라지마 관측소로 향하고 있었지만 선로가 붕괴된 탓에 지금은 걸어서 목적지로 향하고 있었다.

　시노노메 카즈마, 카야하라 나츠키, 아마쿠니, 세 사람은 포성을 통해 전투가 시작되었음을 깨달았다.

　회중시계를 확인한 나츠키는 심각한 표정으로 입을 열었다.

　"지상으로 가는 길은 이대로 똑바로 가면 있는 것 같아. 카즈 군은 지상으로 향할 거니 나랑 아마쿠니 씨와는 여기서 안녕이네."

　"…그래. 그렇군."

　카즈마는 무의식중에 망설이며 답했다.

　나츠키는 걱정스러운 듯 고개를 갸웃했다.

　"카즈 군? 안색이 별로 안 좋은데 괜찮아? 망설여지는 게 있으면 말해 봐. 본대가 사쿠라지마에 들어올 때까지는 아직 시간이 있잖아."

　"…………."

　"정신적인 부하(負荷)는 작전 실행 전에 덜어 내는 게 좋아.

카즈 군이 맡은 역할은 가장 위험한 거라 해도 과언이 아니니,
불평 좀 한다고 화낼 사람은 아무도 없어."

카즈마는 씁쓸한 얼굴로 고개를 가로저었다.

작전에는 불만이 없다. 오히려 카즈마가 아닌 이에게는 절대
로 맡길 수 없는 중요한 역할이다. 막상 전투가 시작되면 카즈마
는 감정의 물결을 완전히 차단하고 싸움에 몰두하게 될 것이다.

따라서 그의 망설임은 승패의 행방과는 다른 부분에 있었다.

"…나츠키."

"응?"

"이 전투에서, 정말로 아자카미 미요를 구하는 게 가능하다고
봐?"

새삼스럽게 물을 일이 아니라는 것은 안다.

하지만 지금까지 카즈마가 몸을 던져 온 싸움과는 적도 상황
도 모두 달랐다.

이번에는 그저 싸우기만 하면 되는 싸움이 아닌 것이다.

나츠키는 아자카미 미요의 구출작전을 입안할 때 충분히 배려
를 해 주었고, 이 이상은 요구할 수 없다. 카즈마가 망설이고 있
는 것은 그녀가 세운 작전의 근본에 있는 정보가 모두 카즈마의
짐작에서 비롯된 것이라는 점 때문이다.

특히 아자카미 미요가 고독한 싸움을 결심했다는 점은 완전히
카즈마의 주관에 불과하다. 사실 모두 다 미요와 재버워크의 함

정일 가능성도 있다. 그럼에도 카즈마의 주관적인 생각을 믿겠다고 해 준 부대의 신뢰가 고맙기는 했지만, 한편으로는 카즈마의 마음에 망설임을 싹트게 하기도 했다.

"나츠키는 말했지. '인간은, 날 때부터 악하지 않다'고. 나도 그렇게 생각해. 아자카미 미요는 많은 인간들에게 상처를 입고 악을 알았지. 복수를 맹세했어. 하지만 그 상처는, 간단히 잊을 수 있는 것일까?"

인간이 아닌 괴물의 편을 들 정도로 크게 피어오른 복수의 불꽃.

비참한 환경과 박해를 견뎌 온 12년이라는 세월.

소중한 사람까지 빼앗겨 절망에 사로잡힌 그녀에게는 복수를 실행할 권리가 있다.

그럼에도… 자신의 목숨을 던져 가면서까지 혼자서 싸우려는 이유는, 대체 무엇일까.

"아닌 게 아니라 내 주관적 생각 역시 동기 없는 결론에 불과해. 내가 내 의견으로 실패해서 험한 꼴을 당하는 건 상관없지만… 다른 사람에게까지 목숨을 걸게 해도 될지, 조금 망설여져."

"…………."

무인 상태의 지하도에서 사령관으로서는 실격이라 할 수밖에 없는 망설임을 토로한다.

나츠키는 눈을 가만히 감고서 마음속으로 사과했다.

아무리 카즈마가 마음의 상처를 입고 괴로움을 맛보게 된다 해도, 그는 사령관으로서 앞으로도 최전선의 지휘를 맡는 일이 많아질 거다.

그것은 이번처럼 사람의 목숨을 취사선택하는 책임을 지게 될 것이라는 뜻이기도 하다.

어릴 적부터 적복이 되겠다고 다짐해 온 나츠키와 치히로는 둘째 치고, 평화로운 300년 전의 세계에서 온 카즈마는 그런 각오가 되어 있을 리가 없다.

하지만 그렇다 해도… 결심을 굳히지 못했다 해도, 나츠키는 카즈마가 적복을 입어야 한다고 생각했다.

확고하게 정의를 논하라고 말했을 때, 카즈마는 달아나지 않고 답을 모색하는 길을 자연스럽게 택했다. 웃기지 마, 좋아서 적복이 된 게 아니다, 못 해 먹겠다! 라고 말하며 내팽개칠 수 있었음에도.

시노노메 카즈마는 눈앞에 놓인 어려운 문제로부터 도망치지 않았다.

지나치게 올곧아서 여러 가지 벽에 부딪히면서도 걸음을 멈추지 않는 그 정직함이, 다정함이, 용기가, 인류 퇴폐의 시대를 비추는 데 필요하다고 나츠키는 강하게 믿고 있다.

"…카즈 군. 분명 인간은 날 때부터 악하지 않아. 하지만 말야. 그와 마찬가지로 인간은 날 때부터 선하지 않아. **악 이상으**

로, 갓 태어난 인간은 선도 알지 못한다고."

다정하게 카즈마의 손을 잡고서 눈을 들여다본다.

"인간은, 처음 어머니의 다정함을 접할 때. 아버지의 긍지를 접할 때. 친한 사람과 함께 웃음을 주고받을 때. 누군가와 소중한 것을 공유할 때, 비로소 선을 배우게 돼."

"…하지만, 아자카미 미요에게는 아무도 없었지."

"응. 지금까지는 그랬어. 하지만 개척부대 사람들의 보호를 받던 중에, 그 아이의 마음에 특별한 감정이 싹튼 거라 생각해."

시노노메 카즈마는 아자카미 미요를 처음 만났을 때 이렇게 말했다.

'내 동료는, 너를 버리지 않아. 절대로' 라고.

카이 총괄에게 끌려갈 뻔했을 때도 부대원 전원이 방패가 되어 지키려 했다.

쌍둥이는 아자카미 미요를 도망시킬 시간을 벌기 위해 가장 위험한 지상전투에 나섰다.

인심은 흉흉해지고 진심은 메마르고 괴물에게 목숨을 빼앗기기 일쑤인 이 시대에서도 사라지지 않은 것이 있다.

300년이라는 세월이 흘렀음에도 어둠 속에서 강한 빛을 발하는 의지가 있다.

퇴폐의 바람이 불어닥친 이 시대에, 사람들은 인간으로서의 긍지와 올곧음을 믿고 싸워 간다. 아자카미 미요가 눈물을 보인 이유가 있다면, 바로 그들이 보여 준 행동이리라.

"카즈 군. 그 애를 둘러싼 환경은 정말로 혹독해. 구할 수 있을 가능성은 한없이 낮아. 수많은 적, 수많은 박해, 수많은 편견. 미래를 절망하기에는 충분한 장해야. 그 애의 행동 이유가 앞으로의 인생을 우려해 죽을 장소를 찾으러 간 것일 가능성도, 나는 있다고 생각해."

"큭…!!!"

어금니를 악물었다.

죽을 장소를 찾아 떠나간 것이라면, 그런 인간을 구해 낼 수 있을까. 이 시대에 절망한 그녀에게 카즈마와 쌍둥이들의 목소리는 닿을까.

나츠키는 고개를 가로저으며 말을 이었다.

"그래도… **그럼에도** 아자카미 미요가 구원을 얻는 순간이 온다면."

"그건 분명.
네 목소리가 닿을 때일 거야."

"…윽."

맞잡은 손에서… 뜨거운 마음이 흘러넘쳤다.

지금까지 나츠키는 냉정한 말을 던졌지만, 결코 아자카미 미

224

요를 업신여기거나 하지는 않았다. 그녀는 그녀 나름대로 최대한 성실한 태도로 이번 일에 임하고 있다.

목표로 하는 승리 조건, 목표로 하는 미래는 같다는 것이 굳이 말로 하지 않아도 전해져 왔다.

같은 뜻을 품고 있음을 알자 형용할 수 없을 정도로 마음이 든든해지고 가슴이 뜨거워졌다.

'해 뜨는 나라의 희망'. …그 말이 뜻하는 바를 진정한 의미에서 이해하게 된 순간이었다.

"혼자서… 갈 수 있겠어?"

"…그래."

"싸울 수 있겠어?"

"그래…!!!"

몇 번이고 나츠키의 말을 곱씹은 후, 시노노메 카즈마는 망설임 없는 눈으로 나츠키를 바라보았다.

"…고마워. 일본에 돌아오고서 처음으로 만난 게 너라 다행이야."

"그, 그래? 대놓고 그렇게 말하니 살짝 쑥스럽네."

"하지만 본심이야. 나츠키가 없었다면 나는 이곳에 서 있지 않았겠지. 분명 어디선가 무릎을 꿇고, 일어서지 못하게 되었겠지. 나츠키가 있었기에 나는 가슴을 펴고 싸울 수 있어."

오리무중 속을 헤매던 카즈마의 손을 잡고 끌어 준 것은 언제나 그녀였다.

인류가 영장류의 자리에서 굴러떨어져, 퇴폐의 시대에 직면했음에도.

그럼에도 웃으며 '인류의 미래는 밝다'고 말하고, 허세를 부리며 손을 잡아끌어 주었다. 넋을 놓고 보게 될 정도로 선명한 붉은 옷이 언제나 시노노메 카즈마의 이정표가 되어 주었다.

"나츠키에게 신세를 지기만 할 수는 없지. 이번에는 내가 진가를 보일 때야. 적복을 맡겨 준 나츠키의 눈이 잘못되지 않았다는 걸, 내가 증명하겠어."

나츠키는 쑥스러운 듯 뺨을 긁적이며 웃었다.

이제 카즈마는 망설이지 않는다.

포격은 더욱 거세어져 대지를 뒤흔들었다.

'오오야마츠미노카미'도 뭔가 큰 움직임을 보이고 있었다.

언제까지고 이렇게 대화를 하고 있을 수는 없는 일이다.

두 사람은 고갯짓을 주고받은 후, 엇갈리듯 달려 나갔다.

"작전 개시다. 나중에 보지!"

"이쪽은 맡겨 줘! '아마노무라쿠모노츠루기'를 손에 놓으면 바로 달려갈게!"

지상을 향해 달린다.

카즈마가 맡은 역할은 간단하면서도 어렵다. 아자카미 미요를 구출하는 쪽이 차라리 더 쉬우리라.

하지만 이 마음에는 공포도 망설임도 없었다.

최대한의 용기를 가슴에 품은 채, 시노노메 카즈마는 지상을 향해 달려 나갔다.

*

전열을 이룬 네 척의 배가 느닷없이 시로야마 뒤편에서 나타났다. 사쿠라지마에서 대략 4킬로미터 떨어진 곳에 위치한 시로야마는, 300년 전만 해도 평지와 여러 작은 산이 펼쳐져 있는 지역이었다.

평지에 지어진 빌딩 중 대부분은 해역의 상승으로 가라앉아 담쟁이덩굴과 이끼로 뒤덮인 해로가 되었다.

때문에 현재는 작은 산악에 여러 개의 해로가 나 있는 모양새가 되어 있어서, 작은 산의 뒤에 숨어 안전하게 전진할 수 있었던 것이다.

포격을 가하는 드레이크 II 에서 착탄을 확인한 여성 관제관이 소리쳤다.

"초탄 명중!!"

"주변에서 다수의 거구종을 발견!! 시로야마에서 밀려오고 있습니다!!"

"기총을 총동원해서 시로야마에 공격을 퍼붓고, 바닷속에 있는 상대에게는 기뢰와 폭뢰를 뿌려서 견제해라!! 어차피 바다를 건널 수 있는 녀석은 한정되어 있다, 지금까지의 전투와는 다르다는 걸 보여 줘라!!"

아무리 거구종이 대량으로 나타났다 해도 전함에 처들어오지 못하게만 하면 얼마든지 흘려 넘길 수 있다.

빠른 속도로 바다를 헤엄치는 거구종이 있다 해도 유체 조작 능력이 없으면 시속 40~50킬로미터가 한계다. 거대하면 할수록 물의 저항력이 커지니 카고시마 만까지만 따돌리면 따라잡힐 걱정도 없다.

육상형에게는 발 디딜 곳만 내주지 않으면 된다.

시로야마를 향해 기총으로 탄막을 펼치면 덤벼드는 적도 견제할 수 있으니 위험은 대폭 감소한다.

"여기서 우리가 얼마나 거리를 좁힐 수 있느냐가 관건이다! 화력을 쏟아부어서 단숨에 돌파한다!!"

물보라를 튀기며 해로를 전진한다. 그 뒤에서 '브라마푸트라'와 '관제'가 사쿠라지마를 향해 포격을 가했다. 이 두 척은 '오오야마츠미노카미'를 상대로 양동을 펼치고 있는 것이리라.

의도한 대로 양동을 맡은 두 척에 낚여 날뛰기 시작한 '오오야마츠미노카미'는 바닷속에 둘러친 뿌리를 높이 치켜들어 공격해 왔다.

본체에 가까운 만큼 뿌리는 두껍게 자라 있어서, 폭이 몇 미터는 되었다. 치켜드는 동작은 느리지만 내려치는 속도는 터무니없이 빨랐다.

두 척은 간신히 직격을 면했지만 충격으로 일어난 파도로 인해 하마터면 전복될 뻔했다.

현장 지휘를 맡은 아마노미야 치히로는 이를 갈며 외쳤다.

"'오오야마츠미노카미'의 제2파, 제3파가 옵니다!! 위험하다 싶으면 물러나 주세요!"

[하하핫, 무슨 말씀이십니까, 치히로 공! 저마다 맡은 역할이 있는 이상, 물러날 수는 없는 일입니다! 제 몸은 제가 지킬 수밖에요! 신경 쓰지 말고 돌파해 주십시오!!]

아난 준장의 격려가 사령실에 울리자, 치히로 일행도 자신을 고무시키며 맡은 위치로 돌아갔다.

하지만 '오오야마츠미노카미'는 그렇게 허술한 상대가 아니다.

차례로 들려 올라간 거목의 뿌리는 전함의 항로를 가로막기에 충분했다.

이대로 가면 선두에 위치한 전함이 붙잡히는 것도 시간문제일 거다.

드레이크Ⅱ가 긴장에 휩싸인 그때… 문득 '오오야마츠미노카미'의 움직임이 멈췄다.

"……? 추가공격이 오지 않아…?"

"치, 치히로 씨!! 저걸 보십시오!!"

관제관이 사쿠라지마를 가리킴과 동시에 사령실이 빛에 휩싸였다.

여명의 빛과도 비슷한 눈부신 빛은 사쿠라지마에 만연한 '오오야마츠미노카미'의 나무들과 뿌리를 잘라 내, 일격에 사쿠라지마의 해안이 훤히 보이게 해 주었다.

명동(鳴動)하며 모습을 바꾼 '오오야마츠미노카미'는 꿈틀대며 한곳으로 집중되어, 보다 생물적인 형상을 이루기 시작했다.

거대 균핵을 중심으로 활화산의 화구에서 그 모습을 완성시킨다.

거대한 거목이 꿈틀대며 첫 울음을 터뜨리는 그 모습은… 그야말로 거목으로 된 거룡이라 부를 만했다.

그것이 첫걸음을 내딛는 광경을 지켜보는 자가 사쿠라지마의 산기슭에 있었다.

치히로는 그 뒷모습을 보고 숨을 죽였다.

"카즈마…!!"

붉은 옷을 나부끼며 거대한 '오오야마츠미노카미'와 대치하고 있다.

지하통로를 통해 한발 먼저 사쿠라지마에 도착했던 것이리라. 하지만 작전대로라고는 해도 그 크기 차이는 절망적이라 할 수 있었다.

울창하게 자라난 나무들은 비늘이 되고, 튼튼한 줄기는 빠걱

거리며 뼈와 살이 되어 간다.

균핵은 마치 심장 고동처럼 일정한 주기로 빛을 발했다.

"…상상했던 것 이상의 크기군. 게다가 형상이 생물적이야. 괴수도 이것보다는 양심적인 사이즈일 거다."

아무리 깎아 내도 상대의 총질량은 일본 제도 곳곳에 뿌리를 내릴 정도다. 카즈마가 온 힘을 다해 싸워도 혼자서 쓰러뜨리는 건 불가능하다.

하지만 주력부대가 상륙할 때까지 누군가가 주의를 끌어야 한다는 것도 사실이다.

때문에 카즈마에게 주어진 미션은 하나였다.

'수단과 방법을 가리지 말고. 온 힘을 다해 날뛰고 와!'

웃는 얼굴로 주먹을 쥐며 그렇게 말한 나츠키를 떠올리자 문득 쓴웃음이 지어졌다.

이보다 무모한 소리가 또 있을까.

온 힘을 다해 날뛰고 오라고 해도, 이건 그야말로 코끼리와 개미의 싸움이 아닌가. 아무리 카즈마가 제 실력을 다한다 해도 얼마나 주의를 끌 수 있을지는 운에 달렸다.

부드러운 동작으로 칼을 겨눈 후, 카즈마는 땅을 다지듯 꿈틀거리는 '오오야마츠미노카미'를 노려보았다.

칼 한 자루로 맞서는 건 무모한 짓이지만 카즈마는 비관하지 않았다.

카즈마의 엄청난 출력이 아니었다면 미끼 역할을 도맡지도 못했을 것이다.

가장 가혹한 전장을 맡은 이상, 쓸데없는 감정을 품고 있을 여유는 없다.

'오오야마츠미노카미'는 카즈마의 광격에 반응해 거대한 발을 내디뎌 계속해서 땅을 평지로 만들어 나갔다. 베어 냈던 나무들은 차례로 카즈마를 둘러싸 포위망을 형성하기 시작했다.

B.D.A를 기동시킨 카즈마는 각오를 굳히고 외쳤다.

"Blood accelerator(혈중입자가속기) 기동… 'Override in Far East Crown(한정해제 극동의 왕관)'…!!!"

눈부신 빛이 흘러 나와, 사쿠라지마의 산기슭이 빛으로 물들었다.

전투가 시작되었음을 깨달은 '오오야마츠미노카미'로부터 수많은 줄기가, 나뭇가지가, 가시처럼 날카롭게 카즈마를 덮쳤다. 이런 것을 하나하나 베었다가는 끝이 없을 거다.

사쿠라지마의 산기슭에서 몇 번인가 눈부신 빛이 번뜩이더니, 카즈마의 도검에서 광격이 날아갔다.

카고시마 만과 사쿠라지마 두 곳에서 사투의 막이 올랐다.

그 모습을 시로야마 위에서 감시 중인 남자가 있었다.

'…호오~? 이건 죽이 되든 밥이 되든 사쿠라지마까지 거리를

좁혀서 '오오야마츠미노카미'를 직접 치려는 계획이로군?'

의수와 의족을 장착한 남자는 쌍안경을 들여다보며 삼국의 전함이 맡은 역할에 관해 생각했다.

시로야마 주변의 고도(孤島)를 지나면 카고시마 만의 중심에 위치한 사쿠라지마까지는 장해물이 거의 없는 거나 다름없다. 다소의 피해를 입더라도 강행돌파할 가치는 있다고 판단한 것이리라.

상륙해서 거대 균핵을 부수려면 최강의 전력을 한데 모아서 돌파해 보내는 것이 최선의 수다.

전력 중 대부분은 선두에서 항행 중인 극동의 드레이크Ⅱ에 탑승해 있다고 봐야 하리라.

'내 타깃도 저 전함에 있을지도 몰라. 찔러 볼 가치는 있나.'

의뢰비는 듬뿍 받았음에도 이렇다 할 일을 하지 않았다. 앞으로 단골이 될지도 모르니 조금쯤 서비스를 해 줘도 손해 볼 것은 없을 거다.

의족의 분출구로 입자를 방출시키기 시작한 남자는 상공으로 급상승했고, 그 뒤를 따르는 모양새로 비행형 거구종이 시로야마에서 일제히 날아올랐다. 하늘에서 적이 접근하고 있음을 알아챈 드레이크Ⅱ는 대공포로 응전하려 했지만 너무도 갑작스러운 일인 탓에 대응이 늦어졌다.

의수와 의족을 장착한 남자는 분출구의 출력을 최대로 높여

급강하하여 대공포를 향해 돌격했다.

남자는 포탄과도 같은 기세로 대공포를 박살 낸 후, 폭염 속에서 그을음투성이가 되어 일어났다.

"대공포는 세 문인가… 아무리 나라도 혼자서는 전함을 격침시키지 못하니, 대공포를 박살 내고 나서 나리의 장난감한테 올라타라고 할까."

의족과 의수를 장착한 남자가 유유히 걸어 나갔다.

하지만 의족과 의수를 장착한 남자가 한 걸음을 내디딘 직후… 금발의 인물이 남자에게 덤벼들었다.

"어디 남의 배에서 행패야!!!"

남자는 날아든 쌍검을 의수로 받아 냈지만 뜻밖의 힘에 날아가 버렸다.

세이시로는 어리지만 다족형 전차와 칼을 섞을 수 있을 정도로 높은 적합률을 지녔다. 사람 한 명을 날려 버리는 건 일도 아니다.

문제는 그런 세이시로의 참격에 반응해 보인 남자의 전투능력이다.

충격을 흘려보내기 위해 스스로 뒤로 몸을 날린 의수와 의족의 남자는 예상치 못한 반격에 놀란 눈을 했다.

"이거 놀랍군. 누가 요격하러 올까 싶어서 기대했더니, 이런 꼬맹이가 나올 줄이야. 전장에 나서기에 5년은 이른 거 아니냐?"

의수와 의족을 장착한 남자는 표표한 태도로 농지거리를 했지만 세이시로는 듣지도 않았다. 곧바로 거리를 좁혀 쌍검을 휘두른다.

하지만 의수와 의족을 장착한 남자는 웃는 얼굴로 세이시로가 치켜든 쌍검을 손쉽게 걷어찼다.

"큭?!"

분출구에서 입자를 분출해 가속시킨 발차기는 세이시로가 예상했던 것보다 훨씬 빨랐다.

뜻밖의 출력에 자세가 무너진 세이시로는 뒤이어 날아든 돌려차기를 맞고 함수 부근까지 날아갔다. 등부터 벽에 처박힌 세이시로는 숨이 턱 막혔지만 숨을 고를 때까지 기다려 줄 상대가 아니었다.

최대출력으로 접근한 남자의 발차기를 몸을 굴려 피했지만 그다음이 문제였다.

직격을 각오한 직후, 통신기에서 사이조 히나가 외쳤다.

[세이시로 군, 옆으로 굴러!!]

다족형 전차의 기관총이 약협을 토해 내며 남자를 조준 사격한다.

의수와 의족을 장착한 남자는 두 팔로 머리와 심장을 보호하며 몸을 날리는 동시에, 의족에 자리한 분출구를 사용해 체공했다. 사가라 토우마는 세이시로를 감싸듯 달려들어 카메라를 돌리며 안부를 확인했다.

[괜찮냐, 세이시로?!]

"다치지는 않았지만 방심했어. 괜한 수고를 끼쳐서 미안해."

[방심하지 마, 이 자식아!! 자, 다음 공격이 온다!!]

총성과 포격으로 인한 굉음이 곳곳에서 울려 퍼지기 시작했다.

적은 의수와 의족을 장착한 남자만이 아니다. 하늘과 바다 양측에서 공격을 받고 있는 이상, 빈틈을 보이면 어디서부터 무너질지 모를 일이다.

세 사람은 체공 중인 의수와 의족의 남자를 올려보며 경계심을 끌어올렸다.

[저 남자가 아자카미 미요와 '아마노사카호코'를 가지고 간 녀석인가.]

"아마도. 둘 다 조심해, 상당한 실력자야."

[어라어라? 방심했다가 맞고 날아간 사람이 여기 어디 있었던 것 같은데?]

히나가 놀리자 세이시로는 부루퉁한 표정을 지었다. 하지만 사실이라 반박할 수가 없었다.

한편… 갑판에 많은 적이 쳐들어왔음을 알아챈 아마노미야 치히로는 사령실에서 폭발의 충격을 견디며 지시를 내렸다.

[배 위에 올라탔어! 제1, 제7, 제15부대는 요격해 주세요!!]

[알겠다. 전차부대는 상공에서 접근하는 거구종을 요격. 쳐들

어온 남자는 세이시로, 사이조 히나, 사가라 토우마 세 명에게
맡긴다. 실수하지 마라!]

"알겠습니다!!"

[히나는 장난스럽게 말했지만, 더는 방심하지 마라! 네가 쓰러
지면 모두 다 무너질 가능성도 있다!]

토도의 호통에 세이시로는 뺨을 두들겨 자신에게 기합을 불어
넣었다. 적 중에 인간이 있다는 이야기는 들었지만 고적합자인
세이시로와 백병전이 가능한 인간일 줄은 몰랐다. 경우에 따라
서는 죽었을지도 모르는 일이다.

자신이 방심한 탓에 아군 진형이 모두 무너지게 둘 수는 없다.
상대가 인간이라도 싸우는 수밖에 없다.

세이시로는 토츠카노츠루기에 입자를 주입하며 각오를 굳혔
다.

"토우마, 사이조 씨! 녀석을 끌어내릴 수 있겠어요?!"

[외골격으로 체공하고 있는 거라면 다리를 파괴하면 돼!!]

[저는 좌현으로 돌아들어서 선교(船橋)로 올라가 지근거리의
사각에서 적외선 유도탄으로 칠게요! 토우마 씨는 빈틈을 봐서
격추시켜 주세요!]

3인 1조로 행동을 개시한 세이시로 일행은 기총과 유도탄으로
의수와 의족을 장착한 남자를 조준 사격했다.

의수와 의족을 장착한 남자는 방금 전 공방으로 세이시로를

처치하지 못한 것이 조금 분했다.

'왕카이룽이나 그 도검 사용자 말고도 그럭저럭 실력 있는 놈들이 모여 있군. 느닷없이 강습을 한 건 좀 섣부른 판단이었나?'

상륙할 때까지 시간만 지연시킬 생각이었지만, 그 정도에 격퇴당한 것으로 보이기는 싫어졌다.

좀 더 요란하게 날뛰어 줄까, 라고 의수와 의족을 장착한 남자가 생각한 순간.

'아니… 애초에 이상하지 않아? 만약 이 배에 왕카이룽이 타고 있다면, 적의 습격을 받고도 가만히 있을까?'

드레이크Ⅱ에 상륙부대가 타고 있다면 왕 총통이나 기갑사단 '황룡'도 당연히 탑승하고 있을 거다.

하지만 과연 왕 총통과 기갑사단의 운반을 타국에게 맡기려 할까?

"큭, 당했다…! 이 배도 양동인가?!"

남자는 일찌감치 아자카미 미요와 전장을 벗어난 탓에 중화대륙연방 소속 함정(艦艇)의 숫자까지는 알지 못했다. 우회하면 카고시마 만으로 나올 수 있는 해로는 이 밖에도 많다.

하지만 상황은 그의 상상을 뛰어넘었다.

함선에서 사출된 발신기가 카고시마 만 끄트머리에 떠올랐다.

치히로는 관제실에서 외쳤다.

"징위 대사!! 마킹 완료했어요!!"

[감사합니다. 멋진 활약이었습니다.]

최후미에서 지원 활동에 진력하고 있던 '관제' 전체가 심녹색 빛에 휩싸였다. 전함의 중추에 접속한 징위 대사는 미소를 지은 채 말했다.

[Blood accelerator(혈중입자가속기) 기동… '관제'…!!!]

찰나, 전함의 모습이 잔광만 남기고 사라졌다.

그리고 '관제'가 느닷없이 '오오야마츠미노카미'의 **후방에 나타났다.**

"하… 함선을 통째로 도약시킨 것도 모자라 육상에 나타나?!!"

상공에서 그 광경을 보고 있던 의수와 의족을 장착한 남자가 놀라서 눈을 둥그렇게 떴다.

'관제'는 굉음을 내며 산을 미끄러져 내렸다. 거대한 전함형 B.D.A인 이 함선은 바다 위로만 공간도약할 수 있는 것이 아니다.

해안으로 도약해 봐야 '오오야마츠미노카미'의 요격을 받으면 공략에 시간이 걸린다. 그래서는 소모전 국면에 몰려 상황이 점점 악화될 가능성이 크다.

단숨에 '오오야마츠미노카미'와의 거리를 좁히려면 공간도약을 사용해 육상으로 올라가는 수밖에 없었다.

왕 총통은 갑판의 중심에서 외투를 나부끼며 드레이크Ⅱ를 향해 경례했다.

[양동과 중계 임무를 수행하느라 수고 많았다. 뒷일은 우리에게 맡겨라.]

"저희가 할 말이에요! 포격이 아군에게 맞을 가능성이 있어서 지원은 못 하지만, 해안부에서 적의 주의를 끌게요!"

드레이크Ⅱ는 호를 그리며 반전을 개시해 시로야마까지 물러나기 시작했다.

한 방 먹은 의수와 의족의 남자는 혀를 찼다. 그의 목적은 타깃을 죽이는 것이지만 그냥 죽이기만 하면 되는 건 아니다.

한 번 놓치고 만 타깃을 죽이는 것이니 그 죽음을 지켜볼 의무가 있다.

'상륙부대에 숨어들었을 가능성이 더 높겠지… 좋아. 저쪽을 먼저 쳐 볼까!!'

아직 늦지 않았다.

실수를 저지르긴 했지만 치명적인 실수는 아니다.

상공으로 접근하면 금방 따라잡을 수 있을 거다.

남자는 출력을 높여 그 자리를 벗어나려 했지만, 그러기 전에 선교 위로 올라간 사이조 히나의 다족형 전차가 적외선 유도탄을 쏟아 냈다.

남자는 순간 놀라 몸을 돌려서 두 팔로 유도탄을 막았지만 기총처럼 아무 영향도 받지 않을 수는 없었다. 폭풍으로 인해 추락한 남자는 충격으로 온몸이 욱신대는 것을 느끼면서도 어찌어찌

자세를 바로잡았다.

하지만 세이시로의 소매에 장치된 와이어가 의수와 의족을 장착한 남자의 다리를 붙들었다.

"놓칠 것 같아?! 너한테는 '아마노사카호코'의 행방을 알아내야 한다고!"

"그건 큐슈에서 반출된 지 오래거든?!"

[그런가요?! 그럼 더욱 놓쳐선 안 되겠네요!]

세이시로의 와이어를 붙잡은 다족형 전차가 억지로 남자를 끌어당겼다. 하지만 남자는 그러기를 기다렸다는 듯 반격했다.

자신을 끌어당기는 기세를 이용해 다족형 전차를 강습한 남자는 발차기 한 방에 장갑을 꿰뚫었다.

[이런…! 죄송해요, 탈출합니다!!]

조종석에서 불꽃이 튄다.

폭발 직전에 탈출장치를 기동시킨 사이조 히나는 아슬아슬하게 전차에서 벗어났다. 사가라 토우마는 날아간 히나를 붙잡기 위해 달려갔다.

의수와 의족을 장착한 남자와 세이시로는 전차의 폭발에 휘말려 들지 않도록 물러나 갑판에 피어난 불꽃을 사이에 두고 눈싸움을 벌였다.

"우선은 한 기 격추…. 하지만 나는 전차를 상대하러 온 게 아니야. 네가 와이어를 놔주면 딴 데로 갈 건데, 교섭의 여지는 있냐?"

"바보 같은 소리 마. 양동이라는 걸 알아챘잖아? 그런 사람을 놔줄 수는 없지."

와이어를 쥔 손에 힘을 꽉 준다. 이 와이어만은 절대로 놓지 않겠다는 의사표시이리라.

의수와 의족을 장착한 남자는 초조해하는 낌새도 없이 어깨를 으쓱했다.

"아… 어쩔 수 없나~ 이렇게나 보기 좋게 양동에 속아 버렸으니. 여기 있는 놈들을 쓰러뜨리고서 다음 스테이지로 넘어가야 실례가 안 되겠지. …그런데 소년. 나도 일을 하러 온 거란 말이다. 죽고 죽이기 전에 하나만 물어도 되겠냐?"

세이시로는 긍정도 부정도 하지 않고 노려보았다.

특수 외골격인 의수와 의족을 사용하고 있지만 고적합자가 분명하다.

강적을 상대로 싸우고 있는 지금, 한순간의 방심이 목숨을 앗아 갈 수도 있다.

세이시로가 적의 말을 흘려들으며 공격할 기회를 엿보던 중, 의수와 의족을 장착한 남자는 둘째손가락을 세워 보이며 물었다.

"내가 찾고 있는 타깃은 한 명뿐이야. 나츠키라는 여자는 **극동으로 돌아왔냐**?"

예상치 못한 물음에 세이시로는 허를 찔렸다.

의수와 의족을 장착한 남자가 카야하라 나츠키를 이름으로만 부른 것도 의외였지만, 카야하라 나츠키가 극동 출신이 아니라는 것은 모두가 알고 있다.

그런 그녀를 두고 **돌아왔냐**고 물었으니 의외라는 표정을 지을 만도 하리라.

세이시로는 와이어를 더욱 힘껏 움켜쥐며 당장에라도 덤벼들 듯한 눈빛으로 노려보았다.

"나츠키 씨를 노리고 있다면 더더욱 놓쳐선 안 되겠는데. 그 사람은 우리 개척부대의 총괄이야. 간단히 죽일 수 있을 거란 생각은 버려."

"그 말은 정말로 돌아왔다는 거군. …하하, 우리 대장이 한 번 노렸던 먹잇감을 놓치다니 정말 별일이 다 있어. 그 도시의 인간은 몰살시켰다고 했는데 말이지."

즐거운 듯 웃는 의수와 의족의 남자를 보고 있자니 세이시로는 온몸의 털이 곤두서는 것만 같았다.

"…**몰살시켰다고**?"

"응? 뭐야, 소년. 몰살이라는 말의 뜻을 모르는 거냐? 몰살이라는 건 도시국가의 국민을 한 명도 남김없이 깡그리, 모두 다 죽여서 불태워 바다에 가라앉혔다는 뜻이라고."

알아들었냐? 의수와 의족을 장착한 남자는 머리를 가리키며 걱정스럽다는 얼굴로 못을 박듯 말했다.

세이시로는 할 말을 잃었다. 나츠키의 내력을 처음 들었다는 이유도 있었지만, 그런 과거가 있는 낌새는 조금도 보인 적이 없었기 때문이다.

언제나 분주하게 뛰어다니는 나츠키에게 도움을 받고 있는 사람은 적지 않다.

그녀가 없었다면 극동은 지금도 열강국들에게 와다 타츠지로 혼자만의 국가라는 비아냥거림을 듣고 있었을 것이다.

아무리 괴로워도 사람들을 위해 필사적으로 해결책을 생각해 개척부대를 힘차게 이끌어 나가 주고 있는, 그런 나츠키의 고향을… 이 남자는, 죽이고 불태우고 가라앉혔다고 말했다.

"…그래. 그래서 나츠키 씨를 찾고 있다고?"

"맞아. 왜, 안내해 주게?"

붙임성 있는 미소로 남자가 말한 순간… 세이시로는 와이어를 있는 힘껏 휘둘러 시로야마를 향해 던졌다.

그리고 자신이 던진 남자를 따라잡을 기세로 도약해 통신기에 대고 외쳤다.

"치히로 씨, 죄송해요! 살짝 요란한 싸움이 될 것 같아서 배에서 내릴게요! 그래도 되죠?!"

[너무 멀리 쫓지 말라는 명령을 지킬 수 있다면 내 쪽에서 부탁하고 싶을 정도야! 가능하면 포박해서 신원을 불게 해!]

어찌 되었든 세이시로가 싸워야만 하는 상대다. 전함이 휘말리지 않게 싸우고 싶다는 그의 뜻을 존중해야 한다고 생각한 것이리라.

시로야마의 산기슭에 착지한 두 사람은 말은 접어 두고 앞으로 전진했다.

강철로 된 의족으로 돌진한 남자의 발차기를 세이시로는 도약해서 피해, 머리 위에서 토츠카노츠루기를 내리쳤다. 의수와 의족을 장착한 남자는 두 팔로 막으려 했지만 이건 세이시로의 함정이다.

도신을 감싼 초유동 상태의 입자에 닿은 남자는 감전된 듯 비명을 질렀다.

"끄, 아아악?!!"

의수와 의족을 장착한 남자는 분명 영문을 알 수 없었을 것이다. 초유동 상태의 입자의 흐름에 닿으면 감전에 가까운 현상이 일어난다는 사실을 몰랐던 것이리라.

인간끼리의 백병전에서 적이 자신의 칼날을 받아 낼 수가 없다는 것은 큰 이점이다. 문제는 살상능력이 지나치게 높다는 점에 있다.

시로야마에서 일대일로 싸우기로 한 것은 곧 사람의 목숨을 빼앗을 각오를 굳혔다는 뜻이기도 했다.

"이, 자식이… Blood accelerator(혈중입자가속기) 기동…!!!"

의수와 의족을 장착한 남자는 B.D.A를 기동하여 자신의 혈중입자를 가속시켜, 흘러드는 입자를 막았다. 하지만 세이시로 쪽이 수치가 높은 탓인지 완전히는 막아 내지 못했다.

그러나 한순간이라도 몸을 자유롭게 움직일 수 있으면 충분히 이탈할 수 있다.

토츠카노츠루기에서 의수를 뗀 남자는 분출구에서 최대출력으로 입자를 뿜어 내 거리를 벌렸다. 하지만 원거리 또한 세이시로의 사정권이다.

"Blood accelerator(혈중입자가속기) 기동. '천유골(아바타) 카구츠치'…!!!"

가속된 초유동 상태의 입자가 의수와 의족을 장착한 남자를 덮친다. 카즈마의 광격에는 미치지 못하지만 눈앞에 있는 남자를 없애고 직선상에 있는 산의 나무들을 쓸어 내기에는 충분한 파괴력이 실렸다.

남자도 자세를 본 순간, 그 위력을 직감했다.

직격하면 무사하지 못하리라.

혀를 찬 후 남자는 오른손을 펼치며 외쳤다.

"Blood accelerator(혈중입자가속기) 기동!!!"

의수의 손바닥에서 전개된 푸른빛의 벽이 세이시로의 일격을 완전히 차단했다.

남자의 등 뒤에 있던 나무들은 바람을 맞아 크게 휘어지는 데서 그쳤지만 좌우에 자리한 나무들은 순식간에 불타고 쓰러졌다.

"큭…?!!"

자신이 지닌 최대의 일격을 막아 내자 세이시로는 식은땀을 흘리며 이를 갈았다. 초유동 상태 입자의 물결을 막아 내는 건 평범한 수준의 방어로는 불가능하다.

전함의 장갑에도 바람구멍을 낼 수 있는 일격을 멀쩡하게 막아 낸 것이다.

세이시로는 숨을 고르며 의수와 의족을 장착한 남자를 노려보았다.

"단립(團粒) 방벽… 물질의 응결 한계를 초월해 만들어지는, 셸터와 같은 원리의 방어기술인가. 단독으로 쓰는 녀석은 처음 봤는데."

"그건 이쪽이 할 말이다. 그 나이에 초유동 곡도니 입자 방출을 해내는 놈은 널 제외하면 한 명밖에 못 봤거든. 유러피안은 방출형 특화가 많다는 소문이 사실인 것 같군."

두 사람은 어깻숨을 몰아쉬며 일어났다.

의수와 의족을 장착한 남자도 세이시로를 강적으로 인정한 것인지, 조금 전까지 보이던 여유로운 미소는 사라져 있었다.

두 사람은 말없이 눈싸움을 벌이다가 동시에 달려 나갔다.

용솟음친 두 사람의 입자가 격돌하는 가운데….

248

'오오야마츠미노카미'의 본체에서는 이변이 일어나기 시작했다.

"치히로 씨!! '오오야마츠미노카미'에서 아스트랄 노바를 확인했습니다!!"

"왔구나…! 전군 요격태세!! 탄도공격을 막은 공격이 올 거야!! 드레이크Ⅱ는 최대 속도로 시로야마 뒤로 대피!"

군사회의 도중, 이 공격의 수수께끼만은 풀리지 않았다.

정찰부대의 이야기에 따르면 아스트랄 노바의 빛이 모든 탄도공격을 격추시켰다고 하는데, 아스트랄 노바만으로 그런 마술에 가까운 일이 가능할 리 없다.

아스트랄 노바는 가속화한 입자의 파동에 불과하기 때문이다.

넓은 범위를 대상으로 한 대규모 공격이 행해졌다는 대략적인 추측밖에 할 수 없는 이상, 일단 거리를 벌려야만 한다.

시로야마 뒤에 숨어 있는 다른 함선은 둘째 치고, 선행했던 드레이크Ⅱ는 위험한 위치에 있다. 최악의 경우에는 함선을 버리고 바다로 뛰어들 각오로 호령을 했다.

거대 균핵이 한계까지 빛을 발해 그 빛을 방출한 순간.

진정한 절망의 막이 열렸다.

6장
CHAPTER
6

사쿠라지마에 상륙한 극동과 샴발라의 혼성 전차부대 및 중대련의 기갑사단은 곧바로 갑판에서 뛰어내려 차례로 '오오야마츠미노카미'에게 향하고 있었다.

　하지만 '오오야마츠미노카미'가 아스트라 노바의 빛을 발하자 사태가 급변했다.

　눈부신 빛을 확인한 왕 총통은 경계자세를 취했지만 빛의 파동에 닿았음에도 아무 일도 일어나지 않았다.

　"흠…?!"

　경계심을 최대로 끌어올려 요격할 준비를 하고 있던 왕 총통은 허탈한 듯 신음했다. 하지만 탄도공격이 격추된 것은 사실이니 이 정도로 끝날 리가 없다.

　자신의 몸에는 이상이 없음을 확인하고서 부대가 무사한지를 확인하기 위해 몸을 돌렸다.

　그 직후, 기갑사단의 대장이 소리쳤다.

　"초, 총통님!! 크, 큰일입니다!!"

　"무슨 일이냐?!"

　"기갑병 중 8할의 시스템이 다운!! 나머지 2할은 재기동 중이지만 다시 움직이려면 20분 정도가 걸립니다! 전차도 AI가 기능 부전 상태에 빠져 움직이지 않습니다!!"

　"총통님!! 모든 통신기기가 반응하지 않습니다!! 각 함선과의 연락도 두절되었습니다!!"

상륙부대 중 대부분이 동시에 이상을 호소하기 시작했다. 이대로 가면 전투가 문제가 아니게 된다. 행군 자체가 무리인 상황이 되는 건 시간문제일 것이다.

잇따른 보고에 이를 갈았다.

왕 총통은 무슨 일이 일어났는지를 깨닫고 '오오야마츠미노카미'를 향해 외쳤다.

"이놈 '오오야마츠미노카미'…!!! 좀 전의 아스트랄 노바는 전자펄스공격에 속하는 것이냐?!"

전자펄스공격. 간결하게 설명하자면 전자기기만을 파괴, 무력화하는 펄스에 의한 전자파공격을 말한다.

본래는 태양폭풍이나 파국분화, 핵폭탄 급의 폭발이 일어날 때 우발적으로 발생하는 것이지만, 좀 전에 방출된 아스트랄 노바의 빛에는 비슷한 작용을 일으키는 힘이 있었던 모양이다.

'과거에는 가공광자를 통한 전자펄스병기의 개발 기록이 있었지만, 설마 자신의 몸만으로 체현할 줄이야. 역시 지성은 없어도 왕관종이라 이건가.'

'오오야마츠미노카미'는 한없이 진화하고 있다. 전자기기가 사용된 병기를 모두 무력화할 수 있다면 대량파괴병기류도 어디까지 통할지 모를 노릇이다.

오늘 여기서 처치하지 못하면 다음 기회는 없다.

왕 총통은 태세를 재정비하기 위해 외쳤다.

"바로 부대를 재정비한다! 움직이지 못하는 기갑병은 해치를 파괴해 탑승자를 내려 주고, 재기동 중인 자는 몸을 숨길 수 있는 장소에서 기회를 엿봐라! 적합률 10퍼센트 이상인 자는 국적을 불문하고 백병전 준비를 해서 내 곁으로 와라! 모이는 대로 거대 균핵으로 향한다!"

"보, 보병만 이끌고 가실 생각입니까?!"

"무모합니다, 총통님!!"

"무모하다는 것은 안다!! 하지만 지금 해치워야만 한다! 다들 녀석을 보아라!!"

진격하는 '오오야마츠미노카미'를 가리키며 말했다.

속도는 그다지 빠르지 않지만 화구에서 똑바로 카고시마 만으로 내려가고 있다.

"카고시마 만의 수심은 깊지 않다. 기껏해야 150미터 전후일 거다. 하지만 전자펄스공격을 한다는 것을 안 지금, 녀석이 바닷속으로 도망치게 둘 수는 없다! 전함조차도 손쉽게 기능부전 상태로 만들 수 있다면, 우리가 녀석에게 접근할 수 있는 기회는 영영 오지 않을 것이다!"

순간 모두가 놀라 숨을 죽였다. 기갑병과 전차에 이상이 발생한 이상, 전함만 무사할 것이라는 낙관적인 생각은 버려야 하리라.

마찬가지로 기능부전 상태에 빠졌을 가능성이 훨씬 더 높다.

시로야마의 부대도 같은 상황에 빠졌다면 그들은 재버워크가 만들어 낸 거구종을 보병만으로 상대하고 있을 거다.

"극동도 샴발라도 상륙부대의 승리를 믿고 방어선을 펼치고 있을 거다. 양동부대는 현재 위험한 상황에 놓여 있다 해도 과언이 아니다. 하지만 모든 위험성을 감안하고서 녀석들은 우리를 멀쩡한 상태로 보내 준 것이다. 그것을 헛되이 해서는 안 된다!"

"…………."

"**지금**이다. **지금** 해내는 수밖에 없다. 설령 불리한 상황이라 해도 녀석이 카고시마 만으로 나가기 전에는 쳐들어가야만 한다. 극동의 적복이 시간을 벌어 주고 있는 지금이야말로 최초이자 최후의 기회일 것이다. …하지만 강요는 하지 않겠다. 목숨을 내놓아도 좋다는 자만 나를 따라와라!"

외투를 나부끼며 등을 돌린 채 걸음을 떼었다. 이 남자는 분명 혼자서라도 쳐들어갈 셈이리라.

중화대륙연방의 모두가 왕카이롱이라는 전사가 얼마나 용맹한지 알았다.

아무리 인류최강 중 한 명이라지만 적은 왕관종이다. 적 또한 종의 정점에 선 자다.

자신 이상의 힘을 지닌 괴물과 몇 번이나 싸워 온 이 남자에게 승산이 높은 싸움은 한 번도 없었다.

인류 퇴폐의 시대에서 인류는 언제나 도전자인 것이다.

패색이 농후한 싸움에서, 이 남자는 언제나 주먹으로 길을 열어 왔다.

"큭…! 총통님! 5분만 기다려 주십시오!"

"재기동 가능한 전차, 기갑병은 무장 AI의 전투 백업을 모두 차단해라! 완전 수동이라면 재기동에 걸리는 시간이 크게 줄어들 거다! 최소한의 시스템만 복구시켜!"

"극동과 샴발라는 어떻지?! 바로 움직일 수 있겠나?!"

"이쪽도 재기동할 때까지 5분만 기다려 줘!"

"우리 샴발라는… 틀렸어, 바로는 못 움직이겠군. 최신식 다족형 전차를 투입한 게 화가 되었어."

"하지만 우리는 보병만이라도 간다!!"

상륙부대는 일제히 움직이기 시작해 B.D.A와 화기를 장비하고 분주하게 준비를 해 나갔다.

극동의 상륙부대에서 빠져나온 타치바나 유지는 심각한 얼굴로 왕 총통에게 달려갔다.

"왕 총통님. 제안이 있습니다. 부대를 둘로 나누죠."

"안 된다. 내가 없는 부대가 재버워크에게 공격받으면 곧바로 전멸할 거다. 그래서는 미끼조차 되지 못해."

"제게 생각이 있습니다! 기술반만으로 구성된 별동부대를 편제해 주십시오! 만에 하나 재버워크에게 공격당한다 해도 시간 벌이는 할 수 있을 겁니다!"

타치바나의 필사적인 외침에 왕 총통의 걸음이 딱 멈췄다.

처음으로 고개를 돌린 그는 의아하다는 눈으로 타치바나의 얼굴을 바라보았다.

"네놈은… 지난번 전투에서 재버워크와 싸웠던 자인가."

"인사가 늦었습니다. 제3부대의 대장, 타치바나 유지입니다. 부하들을 위해 시간을 벌어 주셔서 진심으로 감사합니다."

고개 숙여 인사하자 왕 총통은 과장스럽게 고개를 끄덕여 다음 말을 재촉했다.

"재버워크와 대화해 보고 알아낸 것입니다만, 녀석은 인간의 문화를 수용하는 데 의욕적입니다. 우리 기술반에게 교섭을 제안한 것도 그 때문이겠죠. 기술반만으로 구성된 부대라는 걸 알면 또 어떻게든 교섭을 시도해 올 가능성이 있습니다."

"흠. 다시 말해서 미끼 역할을 자청하겠다는 것이냐?"

"그건 부차적인 작전이고 목적은 따로 있습니다. 만약 성공하면 '오오야마츠미노카미'의 활동을 정지시키는 것도 가능할지 모릅니다!"

이번에는 왕 총통도 눈에 띄게 흥미를 보였다. 만약 이 상황에 건곤일척(乾坤一擲)의 묘수가 있다면 어떤 말에든 귀를 기울여야 하리라.

"…좋다. 재기동이 진행될 5분 동안 설명해라."

"네!"

타치바나는 '오오야마츠미노카미'의 해체도를 펼쳐 거대 균핵을 가리켰다.

"작전회의 중에 언급되었던 바와 같이 거대 균핵은 균사로 된 신경 같은 것을 둘러쳐서 '오오야마츠미노카미'를 지배하고 있습니다. 그중에는 거구를 지배하는 데 있어 중요한 신경이 모여 있는 부분도 있는 것 같습니다. 이걸 끊으면 거구를 지탱하는 나무들의 집합체는 힘을 잃을 겁니다."

"그 말은 이미 들었다. 하지만 어디를 끊으면 되는지 알 수 없다는 이유로 기각되었을 텐데?"

"알고 있습니다. …하지만 지금의 녀석을 보십시오. 동물 같은 형태가 된 지금이라면 어디를 끊어야 될지 명확하지 않습니까."

그 지적에 '오오야마츠미노카미'를 보았다.

나무들을 비늘, 줄기를 뼈와 살, 거대 균핵을 심장과 뇌로 비유한다면….

"**척추**… 과연. 등뼈를 끊으면 동물은 움직이지 못하게 될 거다 이건가."

"네. 짐승의 형태가 된 지금이기에 약점을 알 수 있게 된 겁니다."

등뼈를 끊으면 뇌의 신호가 전해지지 않게 된다는 것은 상식이다.

'오오야마츠미노카미'의 구조로 보아도 그렇게 큰 차이는 없을 듯했다.

미끼 역할을 맡은 카즈마가 정면에서 싸우는 동안 그 등뼈를 끊을 수 있다면, 거대 균핵과 '오오야마츠미노카미'의 연결은 끊어져서 일시적으로 행동 불능 상태에 빠지리라.

등뼈를 끊는 데 성공한다면 이 안개는 걷힐 테고, 칼키 예하의 일격도 닿을 것이다.

이 설명을 들은 왕 총통은 즉시 결단을 내렸다.

"좋아, 그럼 기술반을 중심으로 구성한 삼국 혼성부대를 네놈에게 맡기겠다. 선발은 맡길 테니 지휘는 네놈이 맡아라."

"네? …아, 아니, 저는 딱히 그럴 생각으로 한 말이….."

"멍청한 것. 이런 것은 입안자가 지휘를 맡는 것이 관례다. 아니면 네놈, 입안은 했지만 책임을 지기는 싫다고 할 셈이더냐?"

왕 총통은 어이가 없다는 듯 타치바나의 어깨를 두드리며 씨익 웃었다.

"일생일대의 무대다. 이름을 떨칠 기회가 아니냐. 이 기회를 살려 사내답게 전과를 올려 봐라, 타치바나 유지여."

"윽… 아, 알겠습니다. 반드시 '오오야마츠미노카미'를 멈추겠습니다!"

타치바나 유지는 가슴을 두드리며 자신에게 기합을 불어넣었다. 통신기를 사용하지 못하는 이상, 선발 작업은 발로 뛰어 가며 하는 수밖에 없다. 지금부터는 시간과의 싸움이다.

타치바나의 뒷모습을 배웅한 후, 왕 총통은 근처에 있던 바위에 앉았다.

그리고 팔짱을 낀 채 진지한 얼굴로 중얼거렸다.

"…징위여. 이번 작전을 어떻게 생각하느냐?"

"나쁘지 않습니다. 성공 확률은 반반일 테지요."

허공에서 징위 대사가 느닷없이 나타났다. 공간도약으로 날아온 것이리라. 두 팔에 토시형 B.D.A를 장착하고 전투태세에 돌입한 그는 평소와 달리 상당히 가벼운 복장을 하고 있었다.

왕 총통은 고개를 돌리지 않고 역시나 진지한 얼굴을 한 채 말을 이었다.

"'관제'는 어떻지? 움직일 수 없나?"

"관리 및 통제 계열이 모두 날아갔습니다. 아무래도 정밀한 기기일수록 강한 영향을 받는 것 같습니다. 중화기나 개인의 B.D.A처럼 구조 자체가 단순한 것은 영향을 거의 받지 않았으니 말이죠."

"재기동까지 걸리는 시간은?"

"아무리 빨라도 30분. 통신도 그쯤 지나야 복구될 겁니다. 그즈음에는 카고시마 만의 바다 위에 있겠지요."

"그럼 역시 내가 직접 쳐들어가 이 주먹으로 맞서는 수밖에 없다는 것인가. …후후. 옛날 일이 떠올라 피가 끓어오르는구나."

"난감한 분이시군요. 당신이 죽으면 중대련은 끝입니다."

국가 원수가 직접 적지에 쳐들어가는 것은 본래 논할 가치도 없는 일이지만, 최대 전력인 왕 총통을 투입할 수밖에 없는 사태였다.

왕관종을 처치할 가능성이 있다면 말 그대로 수단과 방법을 가려서는 안 되기 때문이다.

"카즈마 공에게 가장 화려한 무대를 빼앗겨 기분이 상하신 것은 알겠지만, 작전의 주인공이 저희라는 데에 변함은 없습니다. '혼자서 돌진하는 총통님을 쫓는 부하들' 같은 그림이 되는 건 이제 사양입니다."

"알았다. 옛날 일 좀 그만 들먹거리라고 몇 번을… 음?"

문득 '오오야마츠미노카미'의 정면이 연속으로 빛났다.

아무래도 징위 대사가 말한 대로 카즈마도 요란하게 날뛰고 있는 모양이다.

카즈마는 혈중 입자의 총량으로는 왕 총통마저도 능가했지만… 힘을 행사하는 이가 인간인 이상, 언젠가 반드시 한계에 달할 것이다.

"역시 느긋하게 있을 수는 없겠군. 기다릴 수 있는 건 길어 봐야 10분 정도인가."

"바다로 나가면 정말로 손을 쓸 방법이 없으니까요. …이것 참, 그나저나 이해가 안 되는군요."

"음? 무엇이 말이냐?"

"'오오야마츠미노카미'의 성장과 행동이 너무 적절한 타이밍에 이루어지고 있지 않습니까. 전장의 꽃이 되어 큰 싸움을 벌이고 있는 카즈마 공에게 끌리는 것은 둘째 치고… 소모전 지원에 거인의 군세, 탄도공격에는 전자펄스공격으로 대처하기까지. 아무리 생각해도 대응 속도가 너무 빠릅니다."

징위 대사는 '오오야마츠미노카미'의 성장 속도보다도 성장의 **방향성**에 위험을 느끼고 있었다. 대응하기 위한 지성을 애초부터 갖추고 있었다고 볼 수밖에 없는 성장이다.

"그리고 무엇보다도 마음에 걸리는 것은, '인간의 시체를 조종하는' 거대 균핵의 성질입니다. 숙주인 '오오야마츠미노카미'를 제외하면 인간의 시체만 감염시켰던 이 힘은, 명백하게 인류에 대한 악의와 해의(害意)를 품고 있는 것으로만 보입니다."

"…흠."

눈을 가늘게 뜨고서 동의한다. 그것은 왕 총통도 느끼고 있던 바였다.

'오오야마츠미노카미'가 자연계에서 태어난 생명체라면.

저 거대 균핵은 대체 어떠한 경위로 태어난 존재일까.

"…그러나 그것은 지금 해명할 문제가 아니다. 녀석을 쓰러뜨리는 게 먼저다."

"지당하신 말씀입니다. 쓰러뜨려야 할 적은 쓰러뜨릴 수 있을 때 처리해야 할 테니까요. …아아, 그렇지! 극동에서 데려온 자가 두 명 있습니다만, 만나 보시겠습니까?"

"네놈이 선출한 자라면 문제없겠지."

"그럼 소개하겠습니다. …두 분, 이리 오시지요."

징위가 나무 그늘을 향해 손짓하자 히츠가야 히비키와 후부키가 모습을 드러냈다.

왕 총통의 눈이 휘둥그레졌다.

그는 쌍둥이를 가리키며 의아한 얼굴을 한 채 물었다.

"…징위, 이 소녀들이냐?"

"네."

"제정신이냐?"

"물론 제정신입니다. 이 둘은 극동의 장관후보생인 히츠가야 히비키 양과 후부키 양입니다."

""자, 잘 부탁드립니다.""

두 사람은 남의 집에 온 고양이처럼 긴장해서 말했다. 왕 총통은 더욱 곤혹스럽다는 표정을 지었다.

"총통님. 어려 보이기는 해도 이 아이들은 매우 희귀한 계통을 지녔습니다. 저의 계통과 궁합이 굉장히 좋기도 하지만, 무엇보다 본인들이 강하게 희망하기도 했습니다."

"흠… 소녀들이여. 강하게 희망했다 하는데, 지금부터 갈 곳에는 죽음의 위험이 따를 것이다. 어떠한 이유로 사지(死地)에 발을 들이려는 것이냐?"

왕 총통은 과감한 인간이지만 결코 비정한 인간은 아니다.

이렇게나 어린 소녀가 전장에서 목숨을 잃는 비극을 못 본 척할 수 있는 비인간적인 자가 결코 아닌 것이다. 이유에 따라서는 꽁꽁 묶어서라도 전함에 두고 가리라.

그런 왕 총통의 묵직한 시선을 똑바로 받으며 두 사람은 말했다.

"…친구가, 구해 주기를 기다려요."

"벗? 그 아자카미 미요라는 소녀 말이냐?"

"네."

"그럼, 그 소녀는 우리 부대가 구출하마. 소녀의 전략적 가치에 관해서는 나도 들었다. 난전이 예상되어 확약할 수는 없으나 최선은 다하겠노라 약속하마."

그러니 여기서 기다리라고 넌지시 말한 것이다.

하지만 쌍둥이는 단호하게 고개를 가로저었다.

"아뇨… 다른 사람으로는 안 돼요. 다른 누군가로는 안 된다고요."

"아자카미 미요는 **저희**를 기다리고 있어요. …그러니, 저희가 가야 해요."

왕 총통의 눈빛이 한순간에 매서워졌다.

그를 아는 자라면 벌벌 떨어도 이상할 게 없는 위압적인 눈빛이다.

왕 총통은 앉아 있던 몸을 일으키고 당장에라도 폭력을 행사할 듯한 사나운 기운을 풍겨, 마지막으로 묻겠다는 뜻을 충분히 내비치며 두 사람을 내려다보았다.

"…못 물러나겠다는 것이냐?"

"못 물러나요."

"목숨을 걸어야 한다. 죽을지도 몰라."

그래도 가겠느냐고 묻는다.

두 사람은 가슴을 펴고 말했다.

"그럼… 목숨을 걸고, 구하겠어요."

탄내 섞인 바람이 부는 사쿠라지마에서 두 사람은 똑바로 그와 마주 보았다. 어린데도 강한 의지가 담긴 눈으로 바라보는 쌍둥이는 백억의 말을 보탠다 해도 결코 뜻을 꺾지 않을 듯했다.

서로 꼼짝도 않고 눈싸움을 벌인다.

뜻밖에도 먼저 뜻을 꺾은 것은 왕 총통 쪽이었다.

어이가 없다는 듯 고개를 가로저은 후, 왕 총통은 징위 대사를 노려보며 입을 열었다.

"진격 시간이다. …이 둘은 징위 네놈이 돌봐라. 나는 모른다."

"알겠습니다."

왕 총통이 부루퉁해져서 등을 돌려 걸어 나갔다.

그리고 징위 대사는 크득크득 웃었다.

쌍둥이 자매는 긴장이 풀리자마자 땅이 꺼져라 한숨을 내쉬었다.

"히에~…… 와, 완전 쫄았네…!!"

"총통님 완전 무서운데요!"

"이야아, 어떻게 될까 싶었지만. 두 분 모두 무사해서 다행이군요!"

징위 대사가 만면에 미소를 띤 채 손뼉을 쳤다. 그가 굳이 참견하지 않은 것은 여기서 뜻을 꺾을 정도라면 결국 그 정도의 각오일 것이라 생각했기 때문이리라.

"두 분께는 큰맘 먹고 중대련의 최신형 B.D.A를 맡겼으니. 아무런 성과도 내지 못하시면 출자한 보람이 없지 않겠습니까. …그래서, 어떻지요? 두 분 모두 다룰 수 있을 것 같습니까?"

"달랑 반나절 배운 것치고는 그럭저럭. 후부키는 어때?"

"히비키한테 허세 부려 봐야 소용없으니 솔직히 말하자면, 상당히 불안해. 하지만 여기까지 왔으니 해야지 어쩌겠어."

두 사람이 서로의 이름을 부르는 것은 긴장한 것을 감추고 있다는 증거다. 이번 전장은 말 그대로 최전선이다. 왕관종의 본체에 쳐들어가려는 것이니 당연하다 할 수 있으리라.

하지만 두 사람의 결심은 흔들리지 않았다.

땅을 휩쓸며 전진하는 '오오야마츠미노카미'에 달라붙을 기회는 지금뿐이기 때문이다.

"좋습니다. 그러면 우리도 가도록 하지요. 머지않아 결전이 시작될 테니 말입니다."

MILLION
CROWN

NATSUKI

KAYAHARA

사쿠라지마 지하 중심부.

그 튼튼한 방은 사쿠라지마의 화산 활동을 관측한다는 명목으로 만들어졌다. 강철로 된 장엄하고도 거대한 벽과 통로. 그 벽을 비틀어 강제로 파고든 나무뿌리….

'오오야마츠미노카미'의 침식은 화산 깊숙한 곳까지 진행되었다.

마음만 먹으면 분화를 유발할 수도 있으리라.

지상에서의 전투가 계속해서 격해질 경우, 그런 상황도 고려해야 할 것이다.

심록의 뿌리와 이끼가 문명을 집어삼키고 있는 통로를 두 소녀가 달렸다.

가장 깊은 곳에 도달한 두 소녀… 카야하라 나츠키와 아마쿠니는 작은 콘솔 패널 앞에 섰다.

아마쿠니는 진지한 얼굴로 나츠키를 노려보았다.

"…도착했습니다. 이곳이 '아마노무라쿠모노츠루기'를 안치한 장소입니다. 그리고 300년이라는 세월 동안 결코 열리지 않았던 문. 천손강림을 기다리고 있는 아마노이와토*입니다."

"고마워. 나 혼자서는 여기까지 오지 못했을 거야."

몇 중이나 되는 안전장치를 해제하며 두 사람은 이곳까지 왔

※아마노이와토(天の岩戸) : 직역하면 '하늘의 바위문'. 일본 신화에 전해지는 문으로 일본의 태양신인 아마테라스가 이것을 닫고 동굴에 숨자 세상이 어둠에 휩싸였다는 전설이 있다.

다. 나츠키의 말대로 아마쿠니가 이곳까지 안내해 주지 않았다면 절대로 도달하지 못했을 것이다.

하지만 아마쿠니는 그런 인사치레에는 관심이 없다는 듯 사나운 표정으로 나츠키를 보고 있었다.

그녀의 관심은 처음부터 카야하라 나츠키라는 한 사람에게 쏠려 있었다.

300년 전의 시대에서 왔다는 시노노메 카즈마도 관심의 대상이기는 했지만 이 소녀에 대한 관심은 그 방향성이 전혀 달랐다.

인류의 보존을 목적으로 만들어진 해상이동요새도시.

그곳에서 왔다는 이 소녀에게는 **어떠한 가능성**이 잠들어 있다.

콘솔 패널 앞에 선 아마쿠니는 도발적인 눈빛을 한 채 말했다.

"자아, 요구하신 대로 이곳까지 안내했습니다. 그래서, 어쩌실 건가요? 문을 파괴하실 건가요? 아니면 부질없는 짓이라는 걸 알지만 패스워드를 입력해 보실 건가요?"

기동시킨 콘솔 패널이 패스워드를 요구했다.

하지만 나츠키는 거대한 문을 올려다보기만 할 뿐 그녀의 말에 대구하지 않았다.

말없이 아마쿠니의 옆을 지나친 나츠키는 등 뒤에 있는 그녀에게 말을 건넸다.

"이제 그런 연기는 됐어. 여기에는 우리밖에 없잖아. 그 콘솔 패널이 가짜라는 이야기는 선생님한테 들었어."

"…큭…!!!"

"아마쿠니 씨도 이미 알잖아? 이 비상시에 아무런 대책도 없이 이런 곳에 올 리가 없다는 걸. 그리고 당신은 내가 **어느 세력인지** 확실치 않아서 이 장소로 데려온 거고."

나츠키는 냉정한 표정을 한 채 계속해서 걸어 나갔다.

아마쿠니는 순간적으로 B.D.A를 기동시키려 했지만 직전에 멈추었다.

국외에서 온 카야하라 나츠키는 역시 모든 것을 알고 있었다.

어디서부터가 연기이고 어디까지 알고 있는지는 분명치 않지만, 그녀는 300년 동안 이어진 환경제어탑을 둘러싼 싸움을 알고 있다.

아우르젤미르가 암시한 '세계를 멸망시키려 한 자'.

그리고 크리스틴 박사와 같이 '세계를 지키려 한 자'.

그중 어느 한쪽과 관련된 인물일 것이라고 아마쿠니는 추측했지만, 지금까지 나츠키는 그런 낌새를 전혀 보이지 않았다. 그래서 결국 이 문 앞까지 나츠키를 안내할 수밖에 없었던 것이다.

나츠키는 언제나 소중히 가지고 다니는 펜던트를 해체하여 특수 단자로 된 데이터 칩을 꺼냈다.

"300년 전… 환경제어탑을 사용해서 세계를 멸망시키려 한 사람들이 있었어. 그 사람들은 교묘한 말로 환경제어탑의 권리자로부터 권리를 빼앗아, 권리를 행사할 수 있는 지위를 가로채,

자신들의 세력을 늘려 나갔어. 당시 본래의 권리자들은 그들의 진정한 목적이 인류의 박멸이리라고는 상상도 못 했던 거겠지. 왜냐하면 평범하게 생각했을 때 **의미가 없으니까.**"

"…………."

"하지만 그런 그들의 목적을 밝혀낸 사람들도 있었어. 그들 역시 세계를 지키기 위해 많은 연구 개발, 자금 마련, 그리고 권리 보호를 위해 진력했지. 해상이동요새도시도 그중 하나야."

이것은 카즈마조차도 모르는 역사의 한 페이지다.

문에 파여 있는 홈에 특수단자로 된 데이터 칩을 꽂으며 나츠키는 말을 이었다.

"해상이동요새도시. 단립구조 셸터. 초초고농도 결정체. 이것들은 모두 인류 문명이 멸망한 후, 인류가 재기(再起)하기를 바라며 남긴 과거의 선물이야. 하지만 세계를 멸망시키려 한 자들에게 빼앗기면, 최악의 병기가 될 수도 있지."

"맞습니다. 따라서 절대로 빼앗기지 않기 위한 안전장치를 만들었습니다."

"천손강림이라는 건 일본신화에서 인용한 암호였던 거지. …이야, 하지만 암호라고 하기에는 너무 직설적이잖아. '천손'은 신의 나라에서 내려온 황실과 연관된 최초의 신을 의미하는 단어인걸. 좀 더 알기 어려운 단어로 바꿔야 하는 거 아냐?"

나츠키는 어깨를 으쓱했다. 아마쿠니의 심장 박동이 빨라졌다.

인류의 종을 보존한다는 명목으로 만들어진 해상이동요새도시.

그 탑승자로는 각국에서 엄선한 혈통이 선발되었다.

자금을 댄 부호의 자손, 위정자의 혈연, 미래를 맡기기 위한 희소한 혈통도 마찬가지로 선발되었다. 각국의 왕족, 그리고… 황족이 그 예라 할 수 있으리라.

"물론 세계를 지키려 한 전사의 혈통도 해상이동요새도시에 남았지. 남지 않을 수 없었어. 오랜 세월이 흘러도 그들의 뜻이 스러지지 않게 하기 위해. 그들의 적을 잊지 않기 위해. 그리고 기나긴 세월 동안, 존귀한 혈통과 전사의 혈통은 서로 녹아들었어."

나츠키는 세 걸음 물러나 하늘을 올려다본 채 두 손을 펼쳤다.

"…권리 소유자 권한을 행사합니다. A.N 스캔 개시."

[YES. A.N 스캔을 개시합니다.]

나츠키의 목소리에 반응해 전자음성이 울리더니 입자가 주위를 가득 메웠다.

나츠키의 몸을 구석구석 조사하기 시작해, 생체 인증을 실행한다.

그러자 느닷없이 모든 빛이 사라지고 거대한 문이 소리를 내며 열리기 시작했다.

[A.N 스캔 완료했습니다. 대상을 황족 직계로 인정하고 아마

노이와토를 열겠습니다.]

아마쿠니는 숨이 멎을 것만 같았다.

고개를 가로저으며 그 자리에 주저앉은 그녀는 떨리는 목소리로 입을 열었다.

"여, 역시 당신은… **당신께서는**…!!"

300년 동안 아마쿠니가 기다려 온 사람.

세계의 멸망에 맞서 모든 것을 지키고자 했지만 아쉽게도 패한 자들.

위정에 관여했던 자. 연구에 종사했던 자.

총을 쥐고 싸웠던 자. 권위의 이면에서 저항했던 자.

해상이동요새도시라는 제한된 대지에 녹아든 그들의 의지는, 그 핏속에서 숨 쉬고 있었다.

눈부신 빛을 내뿜는 초초고농도 결정체… '아마노무라쿠모노츠루기'를 짊어지며 카야하라 나츠키는 말했다.

"…나는 결전형 해상이동요새도시 '아르카디아'에서 온, 마지막 생존자.

과거 세계의 멸망에 맞섰던 전사들의 후예.

그리고 다시 한번 '세계의 적'과 싸우기 위해 돌아왔습니다."

'아마노무라쿠모노츠루기'는 애타게 주인을 기다렸다는 듯 웅

장한 빛을 발하며, 첫 출진의 순간을 이제나저제나 하고 기다리고 있다. B.D.A로 조정되지도 않았건만, 그 빛은 명백하게 나츠키에게서 솟아난 입자를 토대로 뿜어지고 있었다.

아마쿠니는 눈앞에 펼쳐진 광경을 믿지 못한 채 휘청거리며 나츠키에게로 걸어 나갔다.

자신의 사명을 포기했다고 말했지만 관리 AI인 그녀가 그럴 수 있을 리가 없다.

관리 AI에게 사명이란 살아가는 의미 그 자체다.

그것을 포기하려 했다는 아마쿠니의 말은 자신을 필사적으로 죽이려 했다는 말과 다를 것이 없었다.

나츠키의 손을 잡고서도 자신을 옭아맨 갈등에서 해방된 아마쿠니의 입에서는 말이 떨어지지 않았다.

주륵주륵 눈물을 떨구며 그녀는 겨우겨우 한마디를 쥐어짜냈다.

"계속… 계속, 기다리고 있었습니다."

"응."

"300년 전의 그날… 우리 관리 AI는 무력했습니다. 자아를 부여받기는 했지만 결국은 시스템에 불과한 신분이었지요. 명령을 받으면 세계를 멸망시키는 괴물이 될 수밖에 없었습니다."

"…응."

"하지만 다음 기회가 있다면! 다음에는 반드시 여러분과 함께 싸우고 싶다… 그런 생각으로 이 육체를 준비해 두었습니다…!!!"

아마쿠니는 눈물로 엉망이 된 얼굴을 닦고 나서야 앞을 똑바로 바라보았다.

"정말로, 용케 혼자서 이곳까지 돌아와 주셨습니다. 고향인 도시를 멸망당하고, 은인을 잃고서 시작하신 모험은…. 분명 괴로우셨겠지요."

"이 시대에는 괴로움을 겪지 않은 사람이 훨씬 적어. 지금도 다들 '오오야마츠미노카미'와 목숨을 걸고 싸우고 있잖아. 아마쿠니도, 함께 싸워 주겠어?"

물으나 마나 한 소리다.

아마쿠니는 다시 나츠키의 손을 잡고 무릎을 꿇었다.

"존귀하신 분. 다시 한번 이름을 밝히는 무례를 용서하십시오. 저는 고국인 일본 정규 상급자기진화형 유기 AI 'Amakuni'. 일본도의 개조(開祖)로부터 이름을 딴 아마쿠니라 합니다. 앞으로 저는 당신의 깃발 아래에서 인류 퇴폐의 세상을 찢는 무한한 칼날이 되어 팔면육비(八面六臂)의 활약을 펼칠 것을 약속합니다."

"고마워. 그리고 300년이나 기다리게 해서 미안해. 곧바로 힘을 빌려줬으면 해. 지금은 '오오야마츠미노카미'를 쓰러뜨리기 위해 조금이라도 많은 힘이 필요해."

"네!"

"아, 그리고 부탁이 하나 더 있는데… 내 태생은, 다른 사람들한테 말하지 말아 줘."

어라, 하고 아마쿠니는 고개를 갸웃했다.

그녀의 입장에서 봤을 때 이는 이해하기 어려운 부탁일 것이다. 황족 직계는 국가의 상징으로서 성대하게 맞아들여야 마땅하다 생각했지만, 나츠키는 매우 진지하게 고개를 가로저었다.

"아마쿠니 씨도 알듯이, 우리의 적은 어디에 숨어 있을지 몰라. 내 고향은 그런 방심 때문에 멸망했어."

"윽… 아, 알겠습니다. 결코 발설하지 않겠습니다."

적의 자손일 뿐이라면 화해의 길은 있을지도 모르지만, 멸망시킨 본인이 시노노메 카즈마처럼 300년 전부터 이 시대까지 잠들어 있을 가능성도 있다.

"나츠키 님의 말씀이 맞습니다. 카즈마 님과 '오오야마츠미노카미'의 일을 통해 알 수 있듯, 적은 어디에 숨어 있을지 모를 일입니다. 저도 신중하게 대처하겠습니다."

"……? 잠깐만 있어 봐. 왜 여기서 '오오야마츠미노카미'가 나오는 거야?"

나츠키는 의아한 얼굴로 물었다. '오오야마츠미노카미'는 이 시대에 태어난 괴물이다. 300년 전의 싸움과 관련이 있다는 이야기는 들어 본 적이 없다. 아마쿠니는 진지한 얼굴로 고개를 푹 숙였다.

"아니요…. 모든 것은 이어져 있습니다, 나츠키 님. 저도 당신에게만 털어놓아야겠다고 판단했습니다. 300년 전, 어째서 세계가 멸망했는지. 어째서 세계를 멸망시키려 한 것인지. …'세계의 적'이란 무엇을 의미하는지를."

"…알겠어. 하지만. 지금은 '오오야마츠미노카미'에게 대처하는 게 우선이야. 달리면서 얘기해도 될까?"

"물론입니다. 지상으로 올라가는 엘리베이터가 그리 멀지 않은 곳에 있습니다. 잘만 하면 '오오야마츠미노카미'의 뒤로 나갈 수 있을 겁니다. 바로 가시지요!"

사쿠라지마를 덮치는 진동은 시간이 흐를수록 커졌다. 바깥에서 벌어진 싸움이 절정에 달한 것일지도 모른다.

두 사람은 '아마노무라쿠모노츠루기'를 들고 서둘러 지상으로 향했다.

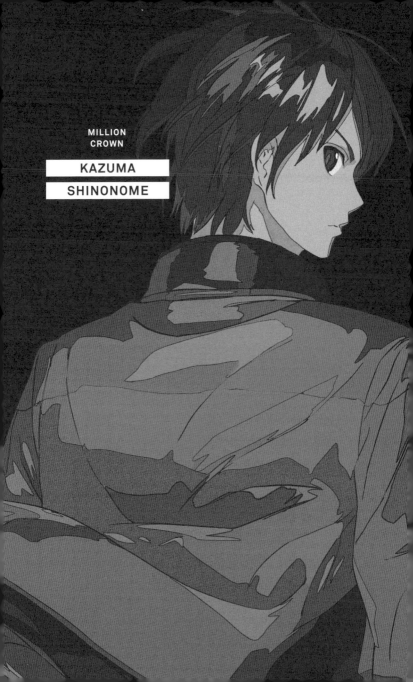

MILLION
CROWN

KAZUMA

SHINONOME

사쿠라지마 산기슭에서 눈부신 빛이 난무했다.

맞은편에 자리한 시로야마에서 그 상황을 확인한 아마노미야 치히로는 양동부대를 고무시키고자 외쳤다.

"카즈마와 상륙부대는 아직 버티고 있어!! 양동부대가 무너지면 이곳에 있는 적들도 사쿠라지마로 향할 가능성이 매우 높아!! 무슨 수를 써서라도 이 장소를 사수해야 해!!!"

우오오. 양동부대가 함성을 내질렀다.

왕 총통이 우려한 대로 양동부대 중 대부분이 백병전을 치를 수밖에 없게 되었다.

전함 안에 틀어박혀 바리케이드를 치고 총기와 폭탄을 써서 어떻게든 거구종의 침입을 막고 있다.

통신기기를 사용할 수 없게 된 양동부대를 구한 것은 아마노미야 치히로의 정신감응(텔레파스)이었다. 온갖 전자기기가 정지하자 양동부대는 일시적으로 혼란 상태에 빠졌지만 정신감응을 통해 상황을 파악하고는 곧바로 태세를 정비하기 시작했다.

살아남은 모든 부대를 샴발라의 전함에 집결시킨 양동부대는 일진일퇴의 방어선을 간신히 유지하고 있었다.

적군과의 접촉 면적을 줄이기 위해 지킬 장소를 한정짓고 모든 병력을 한 척의 전함에 집중시킨 것은 일종의 도박이었다. 하지만 아직까지는 성공적이라 할 수 있으리라.

부대가 고립되면 소속된 병사들은 공황 상태에 빠지기 쉽다.

서로의 상황을 이해하는 것은 연계뿐만 아니라 사기를 유지하는 데도 도움이 되기 마련이다.

"치히로 씨! 다족형 전차의 E. R. A 기관과 치히로 씨의 B. D. A의 연결이 완료됐어요! 이로써 보다 광범위한 색적과 정신감응이 가능할 거예요!"

"나이스 히나! 뒤에서 잠깐 쉬고 있어!"

물통을 던져 건네고서 다족형 전차의 좌석에 대신 앉았다.

히나는 더러워진 얼굴을 소매로 닦으며 농담을 하듯 말했다.

"이야… 카고시마의 시로야마에서 농성전을 벌이다니, 꼭 사이고 타카모리 같네요!"

"사이고 타카모리? …아아, 세이난 전쟁* 같다는 말을 하고 싶은 거야?"

"네! 제 아버지도 사쿠라지마 관측소 출신이라, 살짝 감회가 새롭네요!"

사이조 히나는 싱글벙글 웃으며 분위기를 누그러뜨리려 했다.

하지만… 세이난 전쟁 당시 시로야마에서 농성한 사이고 타카모리는 비명횡사하지 않았나? 라고 딴죽을 걸었다가는 분명 분위기만 엉망이 될 거다.

"그러게. 이 상황을 어떻게든 해 준다면 사이고 씨가 됐든 누

※세이난 전쟁 : 1877년 현재의 큐슈 지방에서 일어난 사족에 의한 무력반란. 사이고 타카모리 휘하 간부의 주도로 일어났으며 시로야마 농성전을 끝으로 제압당한다.

가 됐든 기도해 보는 것도 나쁘지 않겠어. 이 싸움이 끝나면 참배라도 하러 가자.”

히나는 환한 미소를 짓고서 안으로 쑥 들어갔다.

치히로는 보다 넓은 범위에 목소리를 전달하고자 B.D.A의 재조정을 개시했다.

그러자 다족형 전차의 스피커에서 심한 노이즈가 섞인 소녀의 목소리가 들렸다.

[극…동…………들리, 십니까…? 여기는, 샴발라 본국……]

‘윽, 샴발라 본국의 통신?!!’

갑작스러운 일에 치히로는 놀랐지만 곧장 상황을 파악했다.

치히로의 정신감응은 가공광자를 통해 뇌에 직접 정보를 흘려보내는 계통이다.

때문에 가공광자를 사용할 수 없는 상대에게는 일방통행으로의 교신에 불과하지만, 상대가 가공광자를 사용할 수 있다면 이야기가 달라진다.

신의 눈을 지녔다고 일컬어지는 가공광자연산형의 여성이 샴발라에는 있다고 들었다.

분명 그 여성의 통신일 것이다.

“여기는 극동의 사령관 대행, 아마노미야 치히로입니다! 샴발라 본국에서의 통신이 맞나요?!”

가공광자는 우주 공간에서의 광속 통신을 목적으로 연구되었다고 문헌에 기록되어 있었다. 전파를 차단하는 짙은 안개에 휩싸인 상황이지만 통신이 가능해도 이상할 것이 없다.

치히로가 필사적으로 응답하자 상대의 목소리가 서서히 선명해지기 시작했다.

[오오… 되든 안 되든 일단 해 보고 볼 일이네요. 저는 도시국가 샴발라의 재상, 크리슈나라고 합니다. 당신도 가공광자를?]

"제 것은 B.D.A로 가공입자(타키온)를 가공광자로 변질시킨 유사품이에요. 그쪽이 포착해 주지 않으면 통신 같은 건 불가능하죠."

[아뇨아뇨, 겸손이 지나치시군요. 칼키 예하를 제외하면 저와 맞출 수 있는 사람은 지금까지 없었는걸요. 충분히 자랑할 만한 일이라 생각해요.]

덮어놓고 칭찬하는 바람에 치히로는 문득 쑥스러워졌지만, 지금은 그럴 때가 아니라는 생각에 뺨을 두드려 기합을 넣었다.

"아스트라에 관한 이야기는 들었습니다. 안개만 걷어 내면 반드시 쓰러뜨려 보이겠다는 격려도요."

[그것 참 다행이군요. …하지만 죄송합니다. 문제가 발생했어요. 가능하다면 현지의 협력이 필요해요. 구체적으로는 당신의 협력이.]

"저, 저요?"

[네. 안개의 방해는 우리가 예상한 것보다 훨씬 커다란 장해를

일으키고 있습니다. 이대로 가면 안개가 걷힌다 해도 직격시킬 확률은 30퍼센트 정도에 불과해요. 그래서 당신에게 착탄 관측을 부탁드리고 싶습니다.]

예상치 못한, 중대한 임무에 숨을 죽였다.

'오오야마츠미노카미'가 있는 방향을 본 치히로는 식은땀을 흘리며 다음 내용을 물었다.

"…착탄 관측을 하라고 하셨는데, 구체적으로는 어떻게 말이죠?"

[가공광자를 통한 광속 통신은 저와 당신이라는 두 개의 점을 연결해 이뤄지고 있습니다. 그러니 당신이 '오오야마츠미노카미'에 접근해 주시면 위치를 파악할 수 있을 겁니다.]

"으… 차, 참고로 어느 정도의 거리까지 접근하면 되죠?"

[1킬로미터 이내면 아슬아슬할 테니, 가능하다면 그 절반 정도가 좋겠군요. 가까이 가면 갈수록 유리해진다고 생각하세요.]

다시 말해서 사쿠라지마에 상륙하는 수밖에 없다는 것이다.

갑작스러운 제안에 치히로는 몸을 떨 수밖에 없었는데, 거기에는 몇 가지 난제가 있었기 때문이다.

바다를 건널 수 있는 다족형 전차는 숫자가 적고, 복구에 성공한 것은 이 한 대뿐이다. 게다가 치히로가 전선을 벗어나면 양동 부대가 와르르 무너질지도 모른다.

또 하나의 문제는 굳이 말하지 않아도 될 것이다.

'오오야마츠미노카미'에게 접근한다는 것은 그만큼 사지에 가까운 곳으로 간다는 뜻이다.

치히로가 갈등하던 중에 자신을 크리슈나라고 밝힌 소녀가 말했다.

[…아무래도 엄청난 격전을 치르고 계신 것 같군요. 그렇다면 샴발라의 전사들에게 전달해 주십시오. '예하의 일격을 위해 분투하라'라고.]

"…윽, 자국 병사들에게 방패가 되라고 전하라는 건가요?"

[네. 왕관종을 처치할 수 있는 것은 밀리언 크라운이 내지르는 최강의 일격뿐. 그 사실을 알기에 우리는 예하를 위해 목숨을 걸 수 있는 겁니다.]

확신인지 망신(妄信)인지 모를 것으로 가득한 각오에 말문이 막혔다.

하지만 분명 이것이 샴발라 전사들의 힘의 근원일 것이다.

중화대륙연방의 전사들이 총통에 대한 신뢰와 충성을 힘으로 바꾸고 있는 것처럼, 그들 역시 이 시대에서 믿고 있는 마음의 지주가 있는 거다.

그렇다면 극동의 희망인 적복이 물러날 수는 없는 일이다.

"아… 알겠습니다. 부하들에게 사정을 설명하는 대로, 바로 준비하겠어요!"

[감사합니다.]

＊

　시로야마에서 뛰쳐나간 다족형 전차가 카고시마 만을 일직선으로 가로지른다.

　뛰쳐나갈 때까지 길을 터 준 아난 준장에게는 아무리 감사해도 부족할 것이다. 그의 협력이 없었다면 결코 무리 안으로 뛰어들어 착수(着水)하지 못했으리라.

　다행히도 뛰쳐나오고 나자 추격자가 붙지는 않았다.

　녀석들은 지능이 낮으니 좌우간 숫자가 많은 장소로 몰려드는 습성이 있는 것이리라.

　치히로는 전차를 전진시켜 사쿠라지마로 향하며 오늘을 통틀어 여섯 번째에 해당하는 눈부신 빛을 보았다.

　'카즈마… 요란하게 날뛰고 있구나.'

　이동하는 동안 가공입자 방출 비공체를 사용해 카즈마의 전황을 확인했다.

　원래대로라면 카즈마가 지닌 정교한 검술은 '오오야마츠미노카미'를 상대로는 별로 효과가 없어야 했다.

　검술의 절반은 힘의 연동을 비롯한 기술의 이치로 되어 있지만, 나머지 절반은 적의 심리에서 허와 실을 읽어 내고 속이기 위한 기술로 되어 있다고 할 수 있다.

다시 말해서 인간과 같은 지성체를 상대하기 위해 만들어진 것이 무술이다.

거대한 나무들을 벌채하기 위해서는 순수한 힘의 연동을 필요로 하는 기술… 이를테면 도끼를 휘두르는 벌목기술이 필요하다.

인체의 비틀림과 뒤틀림이 자아내는 순수한 힘의 연동, 정지한 물체를 베기 위해 고정해야 할 관절과 몸의 중심축, 날을 박을 각도.

사방팔방으로 날아다니며 싸우는 시노노메 카즈마는 사용할 무기를 잘못 선택했음을 절감하고 있었다.

'제길, 이럴 줄 알았다면 타치바나에게 중량감이 있는 무기를 준비해 달라고 할걸…!'

거대한 물체를 벨 때 중요한 것은 '물체에 밀리지 않는' 것이다.

가속도와 마찰 등도 물론 중요하지만 그 역시 충돌 순간 물질의 경도, 고정된 중량에 밀리지 않는다는 전제 조건이 충족되어야 논의가 가능한 것들이다.

도검에 따른 절단은 그것들과 상반되는 개념으로, 접촉 후 마찰에 무게를 두고 있다.

카즈마 수준의 검술이라면 손목을 돌려 비틀기만 해도 적의 목을 끊을 수 있을 것이다.

서양 검술의 자세가 일본 검술의 그것과 크게 다른 이유는, 몸을 고정하고 중량과 충격에 밀리지 않게끔 움직인다는 데에 있다.

속도를 내기 위한 중량, 날카롭게 베기 위한 중량. 그것이 서양 검술의 이점이다. 따라서 거대한 나무줄기를 절단하는 데 가장 적합한 무기는 중량감이 있는 양손검이나 양날 도끼다.

얇고 가벼운 칼날을 지닌 일본도로 거대 질량을 받아 내면 간단히 부러지고 말 것이다.

카즈마는 이 사투 속에서 접촉하는 각도를 밀리미터 단위로 조정할 수밖에 없었다.

"흡…!!"

꼬챙이처럼 꿰고자 뻗어 온 줄기를 피하고 깊숙이 파고들어 베어 낸다.

베어 내는 깊이가 조금이라도 얕으면 금방 추가공격이 올 것이기 때문이다.

땅 속에서 카즈마의 다리를 붙잡으려 한 뿌리를 아슬아슬하게 도약해 피하고, 사정권 밖에서 샷건을 쏜다. 칼의 사정권 밖에서 공격할 수 있는 샷건은 이제 카즈마의 손발처럼 익숙해지려 하고 있었다.

적이 인간의 형태를 띠고 있다면 칼 한 자루로 처리할 수 있었겠지만, 다양한 전투 방식이 요구되는 인간이 아닌 것들과의 전투에서는 사정권이 다른 무기가 하나만 있어도 전략의 폭이 넓어져 유용하다.

스핀 코킹이 가능한 레버 액션 샷건을 선택해 준 타치바나에게는 감사하지 않을 수 없을 듯하다.

총을 회전시킴으로써 탄환을 재장전할 수 있는 레버 액션 샷건은 한 손에 도검, 한 손에 산탄총을 들고 싸울 수 있게 해 준다.

치히로는 그 모습을 전차 안에서 확인하고는 숨을 죽였다.

'…상상 이상이야. 카즈마도 '오오야마츠미노카미'도.'

카즈마는 속도와 공격 횟수로 거구의 상대와 맞서고 있었다. 하지만 적도 서서히 대응하기 시작했다.

작은 새처럼 날아다닌다면, 새장에 가둬 버리면 그만이다.

나무들로 사방을 둘러싸 거대한 그물을 만들더니 상하좌우, 전방위에서 가시를 뻗어 공격한다.

전방위에서의 동시공격이라면 속도 차이는 무의미해진다.

달아날 곳이 없어진 카즈마는 호흡을 가다듬고서 외쳤다.

"Override(한정해제)!!!"

도검에서 눈부신 빛이 흘러넘친다. 카즈마의 광격은 순식간에 나무들을 없애고 새장을 무너뜨렸다. 통산 일곱 번째 광격으로 인해 사쿠라지마의 산기슭은 반쯤 초토화되었다.

본래 생물들끼리의 싸움으로 이런 광경이 펼쳐질 일은 없다.

왕관종과 시노노메 카즈마의 싸움은 사쿠라지마를 죽음의 고도로 바꿔 놓으려 하고 있다.

칼을 지팡이 삼아 숨을 몰아쉬는 카즈마는 전에 없이 지독한 허탈감을 느끼고 있었다.

"큭… 역시, 너무 많이 썼나…!"

압도적인 입자량을 자랑하는 카즈마에게 이 정도의 소비량은 금방 보충되는 탄환과 다를 바가 없었다. 문제는 방출하고 있는 육체가 인간의 것이라는 점이다.

초당 100발의 총탄을 발사하는 기관총이 엄청난 열기를 뿜어내듯, 카즈마의 몸도 점차 뜨거워져 불덩이처럼 달아올라 있었다.

B.D.A를 사용한 덕에 반영구기관처럼 된 카즈마라 해도 입자의 대량 방출 횟수에는 한계가 있는 것이다.

어깻숨을 쉬며 흘러내린 땀을 훔친다.

'어찌어찌, 주변을 뒤덮은 '오오야마츠미노카미'는 물리쳤다. 또 둘러싸이기 전에 돌진해야 하는데….'

호흡을 가다듬고 고개를 든다. 문득 눈을 감아도 느껴질 정도의 빛이 카즈마의 눈에 비쳤다.

눈부신 빛이 '오오야마츠미노카미'에서 방출된 것임을 알아챈 카즈마는 조금 전과 같은 아스트랄 노바가 오는 줄 알고 경계했다. 하지만 조금 전과 달리 상태가 이상했다.

집속된 눈부신 빛은 카즈마가 광격을 내지르기 직전의 것과 비슷했다.

가공입자 방출 비공체로 적의 상태를 알아챈 치히로는 얼굴이 새파래졌다.

"설마… 카즈마와 같은 걸 쏠 셈이야?!!"

믿을 수가 없는 성장 속도다.

대질량과 수복능력, 거인의 생성, 대량파괴공격, 전자펄스공격.

이 단기간에 이렇게까지 진화하다니. 적은 정말로 지성이 없는 괴물인 것일까.

치히로는 정신감응을 사용해 카즈마에게 전달했다.

"카즈마! 적은 너와 같은 광격을 준비하고 있어!! 당장 대처해!!!"

"큭, 그런 거였나…!"

하지만 달아날 여유는 없다.

대처 방법은 하나뿐.

"…맞받아치는 수밖에!!!"

반사적으로 도검을 정면으로 들고 최대출력으로 입자를 가속시킨다. 카즈마가 한발 늦었지만 양측의 집속 속도는 경험의 차이 탓에 카즈마가 더 빨랐다. 하지만 과연 화력에서 이길 수 있을까.

카즈마는 버럭 외치고서 있는 힘을 다해 광격을 내질렀다.

거대 균핵에서 발사된 광격과 카즈마의 광격이 맞부딪치자 격렬한 플라즈마가 사방으로 튀어 대지를 불살랐다.

상쇄하는 데는 미치지 못했지만 카즈마는 광격의 궤도를 틀어 직격을 면했다.

빗나간 '오오야마츠미노카미'의 광격은 카고시마 만에 거대한 파도를 일으키고 바닷물을 끓어오르게 해서, 수생 생물이 모두 익어 버렸다. 불처럼 후끈한 대기에 닿은 카즈마는 오른팔에 퍼지는 고통에 몸부림을 쳤지만 쓰러져 있을 시간은 없다.

왜냐하면… '오오야마츠미노카미'는 이미 다음 광격을 준비하고 있었기 때문이다.

시간차 없이 카즈마 이상의 파괴공격을 연발할 생각이다.

"세… 세상에…?!!"

'오오야마츠미노카미'는 지금까지도 대량의 입자를 소비했을 터다. 그럼에도 불구하고 이 판국에 광격을 연발하려 하고 있다. '오오야마츠미노카미'의 입자량은 인간의 척도에서 보았을 때 끝이 없다고 생각해야 할 듯하다.

"도망쳐, 카즈마!! 이대로 맞서 봐야 끝이 없을 거야!!!"

"안 돼!! 광격은 거대 균핵에서 발사되고 있어!!! 내가 여기서 잡아 두지 않으면, 상륙부대가 위험해!!"

치히로도 그제야 알아챘다.

만약 카즈마가 달아나면, 목표가 상륙부대로 바뀌어 공격을 받아 전멸할 가능성이 있다. 그러면 희미한 승산마저 완전히 사라지고 말 거다.

때문에 카즈마는 달아나지 않는다. 달아날 수 없다.

진홍빛 옷을 나부끼며 자신을 고무시킨다.

"Blood accelerator(혈중입자가속기) 기동… 'Override in Far East Crown(한정해제 극동의 왕관)'…!!!"

거대 균핵에서 눈부신 빛의 참격이 연속으로 방출되었다.

하지만 카즈마는 조금 전의 경험을 살려, 방출되기 직전에 앞으로 달려갔다.

한번 화력에서 밀린 이상, 정면에서 받아 내면 같은 결과만 빚어질 것이다. 하지만 각도를 바꾸어 대각선 하단에서 정면으로 밀어 올리듯 베면 상대의 힘을 모두 받아 낼 필요가 없다.

0.1초의 오차도 허용되지 않는 찰나의 심리전.

카즈마는 붉은 옷을 나부끼며 그 심리전을 제압해 샛별을 펠 기세로 광격을 내질렀다.

의도한 대로 진행 방향이 바뀐 '오오야마츠미노카미'의 광격은 대지에 직격하지 않고 카고시마 만으로 비껴 나갔다.

"어… 엄청난 절기(絕技)야…!"

같은 입자량이 있었다 해도 치히로는 결코 같은 일을 하지 못했으리라.

이 심리전은 스승인 카즈마의 할아버지조차도 덮어놓고 칭찬했을 것이다. 오늘까지 끊임없이 단련하고 향상심을 품고 있었기에 비로소 가능했던 기적의 호흡이라 할 수 있었다.

카즈마는 절대적인 궁지에서 벗어났지만, 광격을 세 번 연속으로 날린 대가는 컸다.

몸을 불사를 듯한 열기는 지금까지 카즈마가 느껴 본 적이 없는 고통을 불러일으켰다.

하다못해 숨 돌릴 시간이라도 있었으면 좋았겠지만, 상대는 그조차도 용납지 않았다.

다음 탄환을 준비할 때까지 시간을 벌려는 것인지, 바닷물과 거목으로 이루어진 거인이 카즈마의 앞을 가로막았다. 그 숫자는 스물을 족히 넘었다.

치히로는 당황스러울 따름이었지만 카즈마의 분투를 보고 각오를 굳혔다.

'뭔가… 이 상황을 바꿀 수단이…!!'

사쿠라지마의 상황을 살펴 승부를 걸 만한 방법을 찾는다. 특이한 점은 금방 찾을 수 있었다.

둘로 갈라진 상륙부대 후방에 심상치 않은 밀도의 결정체를 지닌 자가 있다. 탐색한 것만으로 두통이 일 정도의 밀도다.

그것을 가진 것이 누구인지를 알아채고는 곧바로 정신감응으로 말을 붙였다.

"나츠키!! 그게 '아마노무라쿠모노츠루기'야?!"

"치, 치히로?!"

정신감응으로 말을 걸자 나츠키는 놀라서 걸음을 멈췄다.

"까, 깜짝이야. 치히로의 정신감응 범위가 이렇게나 넓었구나."

"전차로 카고시마 만을 횡단하고 있기 때문이야! 그보다 그쪽의 상황을 알려 줘!"

"나는 우연히 타치바나 씨가 이끄는 별동부대와 합류했어. 화산 땅속에서 올라왔더니 정확히 '오오야마츠미노카미'의 뒤로 나왔어. 지금은 '아마노무라쿠모노츠루기'를 써서 '오오야마츠미노카미'와 거대 균핵의 연결을 끊기 위해 행군하고 있고."

'오오야마츠미노카미'를 올려다본 치히로는 어떻게 된 상황인지 이해했다.

작전회의에서 언급된 신경을 끊으려는 것이리라. 만약 성공하면 '오오야마츠미노카미'의 전력을 대폭 깎아 낼 수 있을 거다.

"서둘러, 나츠키!! 카즈마가 이제 한계야!!"

"……! 알겠어, 강행돌파합니다!! 조금만 더 시간을 벌어 줘!!"

별동부대는 이미 '오오야마츠미노카미'의 거구를 오르기 시작했다. 하지만 '오오야마츠미노카미'도 무저항 상태로 있지는 않았다. 자신의 몸을 기어오르는 벌레를 내버려 둘 정도로 '오오야마츠미노카미'는 무르지 않다.

거목의 줄기와 가지, 덩굴로 떨어뜨리고자 공격하고 있다.

그것들을 막는다 해도 발을 헛디디면 지상까지 곤두박질칠 거다.

나츠키는 '오오야마츠미노카미'를 올려다보며 각오를 굳혔다.

"…타치바나 씨. 아마쿠니 씨."

"뭐야?!"

"왜, 왜 그러시나요?!"

"지금부터 '아마노무라쿠모노츠루기'로 한정해제(Override)해서 거대 균핵의 신경이 모여 있는 장소로 돌격합니다. 일시적으로라도 좋으니 활로를 열어 주세요."

나츠키의 결연한 말을 들은 두 사람은 얼굴이 새파래졌다.

특히 타치바나는 지난번의 한정해제로 나츠키가 얼마나 고생했는지 들었다. 분명 고열로 의식을 잃고 쓰러졌다고 했다.

두 사람이 무모하다며 제지하고자 입을 떼려 했지만, 나츠키가 한발 먼저 말했다.

"치히로의 보고에 따르면, 카즈 군이 이제 한계라는 모양이야. 지금 당장 '오오야마츠미노카미'를 막을 수밖에 없어. 안 그러면 몇 분 안에 카고시마 만에 도달할 거야."

"큭…?!! 젠장, 해 보는 수밖에! 혼성부대는 앞으로 나가서 탄막을 펼쳐라!!"

"길을 트겠습니다!! 무운을 빌겠습니다!!"

'아마노무라쿠모노츠루기'를 들고 심장 고동을 가라앉힌다.

승산은 희박했지만, 겨우 기회로 연결시켰다.

"카즈마! 적을 무력화할 때까지 조금만 버텨! 나도 잠시 후면 상륙할 테니까!"

치히로가 카즈마를 격려했지만 답변할 여유가 없었다.

발을 멈추면 곧장 붙잡혀 목숨을 잃게 될 거다.

절망에 사로잡혀 걸음을 멈춘 자부터 전장에서 죽어 간다는 건 카즈마도 잘 알고 있다.

전장에서는 호흡을 가다듬으며 싸워라.

달리며 심장을 진정시켜라.

그러지 못하는 자도 죽는다. 스승인 할아버지가 귓가에서 속삭인다.

거대한 주먹이 수없이 닥쳐드는 가운데, 간격을 두고 최소한의 움직임으로 거리를 벌린다.

싸움에서 거리는 곧 생명선을 의미한다. 앞서 말했듯, 전쟁의 역사가 거리의 진화라면, 피아의 거리를 지배하는 것 또한 무술의 역할이라 할 수 있었다.

칼, 창, 활, 총, 그리고 거인의 주먹에도 본래의 힘을 발휘하기 위한 적정거리가 있다.

반사반생(半死半生)의 몸, 심지어 적정거리가 짧은 칼이 거인에게 이기려면 내려쳐서 끝까지 뻗은 팔을 노리는 수밖에 없다.

'여기다!'

한 수 앞을 읽어 팔을 베어 내고 단숨에 거리를 좁힌다.

두 번의 참격으로 파괴된 심록의 거인은 그 모습을 유지하지 못하고 흩어지듯 사라졌다.

카즈마는 차례로 심록의 거인을 처치했지만, 그러는 동안 또다시 거대 균핵이 눈부신 빛을 발하기 시작했다.

…거대 균핵이 세 번째 빛을 집속시키기 시작한 것이다.

"……큭."

눈부신 빛을 발하는 균핵을 멀리서 확인한다.

탄내 섞인 맞바람을 맞으며… 카즈마는 말없이 칼을 정면으로 겨누었다.

아무래도 적의 입자량은 카즈마보다 훨씬 방대한 모양이다.

어깻숨을 쉬며, 터질 듯한 심장을 억제하며, 조용히 투지를 끌어올린다. 힘에 차이가 난다는 것은 처음부터 알고 있었다.

이만한 거구를 상대로 혼자서 싸울 수 있을 리가 없다.

하지만 물러설 수는 없다. 지금 카즈마가 물러서면 '오오야마츠미노카미'는 다른 부대를 노리기 시작할 거다. 상륙부대도, 별동부대도, 양동부대도 '오오야마츠미노카미'와 싸울 만큼의 여력은 없다.

어느 한 부대가 져도 와르르 무너질 거다.

이제 카즈마는 자신의 생존도 승패도 의식에서 몰아냈다. 이것은 전쟁이기는 해도 종의 미래를 건 생존전쟁이다. 해야 할 일을 하고 길을 열어야만 가능성을 붙잡을 기회가 찾아오리라.

포기하면 죽음뿐이다. 모두 다 죽는다.

동이 트기 전에 상륙부대를 최대한 멀쩡한 상태로 목적지에 도달하게 해, 적의 급소를 친다. 단기 결전에 모든 것을 건 이상, 자신이 맡은 역할은 반드시 해내야만 한다.

불굴의 의지를 표명하듯 달려 나간다.

이런 데서 좌절하는 건 용납되지 않는다.

'해 뜨는 나라의 희망'과… 극동이라는 나라의 미래를 짊어진 전사에게 포기란 용납되지 않는다.

투지를 끌어올려 맞선 카즈마에게 눈부신 종막의 빛이 쏟아졌다.

"Override(한정해제)…!!!"

눈부신 빛과 눈부신 빛이 부딪쳤다.

하지만 이미 화력에서 한 번 밀렸다. 사력을 다한다고 이길 수 있을 정도로 만만한 상대가 아니다.

시노노메 카즈마는 그 폭풍으로 인해 해안까지 날아갔다.

"카… 카즈마…?!"

치히로의 얼굴이 새파랗게 질렸다. 색적능력이 없었다면 죽었다고 착각했을 거다. 직격은 면했지만 카즈마가 입은 부상은 가볍지 않았다. 아무리 봐도 당장은 싸울 수 없는 상태다.

바닷물에 떨어져 다행이었다.

소금물이 상처에 닿은 탓에 간신히 의식만은 또렷했기 때문이다.

곧바로 일어나려 했지만 더 이상 무릎에 힘이 들어가지 않았다.

겨우 사쿠라지마에 도달한 치히로는 전차에서 뛰어내려 카즈마의 어깨를 끌어안았다.

카즈마는 놀라서 그 손을 뿌리쳤다.

"바보, 같으니… 왜, 전차에서 내린 거야…!!"

"당연히 후퇴하기 위해서지! 이 이상의 시간벌이는 무의미해!"

"그런 뜻이, 아니야…!! 당장 도망쳐, **네 번째 공격이 온다**!!"

거대 균핵에 빛이 집속되었다. 절망의 네 번째 광격이 준비되었다.

하지만 그 순간… 끊임없이 명동하던 '오오야마츠미노카미'가 그 동작을 멈췄다.

*

아아… 끝나 버리겠어. 아자카미 미요는 흐느껴 울고 있었다.

이렇게나 힘이 부족하다니. 이렇게나 무력하다니.

죽음을 각오해 가면서까지 거대 균핵에 몸을 던졌지만, 그녀는 아무것도 할 수 없었다. 거대 균핵 안에 몸을 던지고서야 미요는 거대 균핵에 대해 이해했다.

이 거대 균핵에는 **애초부터 의지가 있었다.**

꿈결을 헤매듯 막연한 의식이지만, 그 의지는 명확한 하나의 목적을 띠고 행동하고 있다. 그것이 재버워크조차도 모르는 최대의 오산이었다.

거대 균핵은 정확하게 **인류만을** 표적 삼아, 인류의 폐멸(廢滅)을 목표로 날뛰고 있다. '오오야마츠미노카미'에 기생한 것은 누군가의 개입 때문일 것이다.

거대 균핵의 가장 깊은 곳에 있는 인간형 오브제는 그 흔적이리라.

그리고 바야흐로 미요는 '오오야마츠미노카미'가 사쿠라지마 관측소를 덮친 이유를 알게 되었다.

'봉인되었던 '오오야마츠미노카미'가 움직이기 시작한 건… 실험 재료로 쓰일 뻔한 나를 **구하기 위해서였어…!'**

인간형 오브제는 생김새로 미루어, 과거에는 소녀였을 것으로 추측되었다.

어디에 속한 누가 언제 흡수된 것인지는 모르겠지만, 분명 미요와 마찬가지로 거대 균핵에 흡수된 인간이리라.

머나먼 옛날에 아자카미 미요와 마찬가지로 실험대가 된 소녀가 있었을 것이다.

죽고 싶지 않다고… 미요와 같은 기도를 하며 소비되고 만 누군가의 잔해.

필사적으로 미요를 구하려 했던 것은 미요가 자신과 같은 희생자이기 때문이다.

필사적으로 미요를 계속해서 원한 이유는 고독의 바다에 가라앉아 있었기 때문이다.

같은 운명에 사로잡힌 아자카미 미요를 구하고자 이 소녀는 무의식적으로 '오오야마츠미노카미'를 움직였다. 그런데 이제 와서 미요가 인간을 적대시하지 않게 되자 이 소녀는 화가 났다.

혹은 슬퍼하고 있다. 혹은 당황하고 있다.

'어째서, 나를 거부하는 거야?'라고 속삭여 온다.

그녀는 꿈결을 헤매는 물거품 같은 의식뿐이었지만 '인간을 용서하지 않겠다'는, 절대로 굽히지 않을 듯한 신념이 느껴졌다.

이종동조형은 어디까지나 타종족을 가속기 삼아 자신의 힘을 행사하는 계통에 불과하고, 그 생명의 의지를 굽히려면 이 거대 균핵의 근원에 잠들어 있는 의식과 싸워야만 한다.

하지만 미요는 도저히 이 거대 균핵에 삼켜진 소녀와 싸울 수가 없었다.

'하지만, 빨리 막아야 해…. 이대로 가면, 나츠키 씨도, 카즈마 씨도, 모두 죽어 버릴 거야…!!!'

척수내장형 B.D.A를 사용해 억지로 '오오야마츠미노카미'에

간섭한다.

하지만 미요의 호소 따위는 알 바 아니라는 듯 의식이 튕겨 나왔다.

'어째서, 저들을 구하려 하는 거야?'라는 속삭임에 당혹감이 짙게 배어났다.

눈부신 빛을 쏠 때마다 거대 균핵의 내부는 뜨거워졌다.

미요는 열기에 견디며 필사적으로 의식을 유지했다.

산소 대신 입자체가 순환하고 있는 덕에 질식사는 면하고 있지만, 이대로 가면 머지않아 견디지 못하고 목숨을 잃을 것이다.

…아니, 죽는 건 상관없다. 이 판국에 와서 목숨을 건질 생각은 없다.

하지만 목숨을 잃는다 해도 개죽음을 당할 수는 없다.

카즈마가 패배하면 '오오야마츠미노카미'는 카고시마 만으로 나가 그 무엇도 근접할 수 없는 괴물이 될 것이고, 무한히 진화를 거듭할 것이다.

그리고 균핵에 사로잡힌 이 소녀는 언젠가 왕관종으로서 각성하게 되리라.

오로지 복수를 위해 살아가는 서글픈 괴물이 되고 마는 것이다.

'안 돼…. 그런 미래만은…!'

미요는 거대 균핵의 최심부로 들어가 오브제의 뺨을 두 손으로 감쌌다.

B.D.A를 기동시켜 자신의 입자를 흘려 넣으며 필사적인 말로써 호소했다.

'부탁이야…! 한순간만이라도 좋아! 잠깐이라도 좋다고! '오오야마츠미노카미'를 멈춰 줘!!'

미요의 호소에 소녀의 오브제가 살짝 흔들렸다.

거대 균핵에 흡수된 소녀에게는 그야말로 청천벽력과 같은 소리였으리라.

하지만 흔들린 것은 소녀의 오브제뿐이다.

빛의 집속은 멈추지 않고 계속해서 카즈마를 노리고 있었다.

'용서하지 못하겠다는 마음은 이해해…! 하지만 저들은, 나를 구하려 해 줬어. 당신과 마찬가지로, 나를 위해 싸워 줬어…!'

저들에게는 죄가 없다. 당신이 복수하려는 상대와는 상관이 없다고 필사적으로 호소한다. 하지만 물거품 같은 의식에 불과한 이 소녀에게 그 정도의 판단 능력은 남아 있지 않았다.

분노와 고독함으로 폭주하는 그녀는 인간으로서의 미래를 잃은 지 오래다.

괴물이 되고 만 그녀는 영원히 고독할 것이다.

거대 균핵 안으로 뻗어 온 덩굴이 미요에게 엉켜 붙기 시작해, 완전히 옭아맸다.

애증이 섞인 듯 강하게 압박해 오는 덩굴을 미요는 받아들였다.

'쓸쓸하다면 내가 계속 같이 있어 줄게! 슬프다면 함께 울어 줄게! 계속, 주욱 내가 곁에 있어 줄게…!!!'

아카카미 미요와 같은 처지에 있었을지도 모르는, 이름도 모르는 소녀.

같은 아픔을 공유하고, 같은 상황 앞에서 절망하고, 더불어 괴물이 되었을지도 모르는 사람.

살았던 시대가 같았다면… 서로를 격려하며 다른 미래를 걸어 나갈 수 있었을지도 모르는 사람.

…인간은, 날 때부터 복수심을 가지고 있지는 않다.

누군가에게 상처를 입고, 누군가에게 괴롭힘을 받고.

쌓이고 쌓여 지워지지 않을 괴로움을 떠안게 되었을 때 비로소 그 어둠을 들여다보게 된다.

그렇다면 그 어둠은 영원한 것일까.

상처를 치유할 방법은 이 세상에 하나도 없는 걸까.

…아닐 거다. 그렇지는 않을 거다.

미요는 짧은 기간이었지만 쌍둥이들의 다정함을 접하고 거대 균핵으로 뛰어들 결심을 굳혔다. 위선이 아니라 진심으로 자신을 지키려 해 준 개척부대 사람들에게 감명을 받아 이곳에 왔다.

그렇다면 마찬가지로 닿을 거다. 진심 어린 마음으로 대하면 닿을 거다.

기나긴 세월 끝에 결정화한 소녀에게… 목소리야, 닿아 줘, 라고 온갖 감정을 담아 호소한다.

'혼자서 사라지는 게 무섭다면… 나도, 같이 사라져 줄게.
그러니 제발. 한 번이라도 좋으니, '오오야마츠미노카미'를 멈춰 줘!!!'

*

그 순간… '오오야마츠미노카미'의 모든 것이 정지했다.
나무들은 바람에 흔들려 부스럭부스럭 소리를 냈지만 자발적으로 뻗고 있는 낌새는 없었다.
거대한 줄기는 조금 전과 달리 석상같이 꿈쩍도 안 했다.
갑작스러운 일에 모든 이가 당황한 가운데… 결코 걸음을 멈추지 않는 자가 있었다.
'아마노무라쿠모노츠루기'를 한 손에 들고 한정해제한 카야하라 나츠키는 거대한 신경이 모여 있는 부분에 검을 꽂았다. 드디어 성공한 건곤일척의 일격에 상륙부대는 환호했지만, 집속한 입자는 사라지지 않았다. 집속된 것은 어딘가로 방출될 수밖에 없다. 이것은 자연의 섭리였다.
정면에 위치한 카즈마를 향해 빛의 일격이 쏘아지기 직전.

불굴의 의지를 담아 소녀들이 외쳤다.

““Blood accelerator(혈중입자가속기) 기동… Oversynchronize in 'Type Gemini'(한계돌파동조 '형태 쌍자성')!!!””

순간, 거대 균핵 앞에 세 명의 인물이 자리했다.

히츠가야 히비키와 후부키.

그리고 중심에는 덩치 큰 남자가 나타났다.

외투를 나부끼며 거대 균핵 앞에 버티고 선 그 남자는 진홍색 빛을 내뿜어 거대 균핵의 광격을 맞받아쳤다.

“운반하느라 힘들었다! 이제 뜻대로 하거라!”

““라저!!””

두 사람은 순식간에 모습을 감추더니 나무에, 줄기에 숨어 가며 미요가 있는 장소로 향했다. 그것이 공간도약임을 알아챈 미요는 놀라서 눈이 휘둥그레졌다.

공간도약은 차원간섭형만이 사용할 수 있는 상위 계통의 기술이다.

재능이 있다 해도 적합률이 30퍼센트 이상이 되어야만 발동할 수 있다는 것으로 유명하다.

그것을 어째서 이 둘이 사용할 수 있는 걸까.

'아니… 지금은 그보다도, 저 사람이 위험해!'

거대 균핵의 눈앞에 나타난 덩치 큰 남자의 정체를 미요가 알리 없었다.

이 남자가 바로 중화대륙연방의 대총통이자 제3의 밀리언 크라운이라는 것을.

두 손을 짐승의 아가리처럼 내민 왕카이룽은 B.D.A를 기동시키며 포효했다.

미요는 그 진홍색 빛 속에서 다섯 개의 별을 보았다.

한정해제(Override)한 왕카이룽의 B.D.A가 극광에 의한 광격을 받아 내려 하고 있다. 하지만 정면으로 받아 낼 수 있을 정도로 광격은 약하지 않다.

광속의 세 배 이상 속도로 방출되는 이 광격은 모든 질량병기를 속도만으로 찢어발길 수 있다. 아무리 육체를 강화한다 해도 무의미하다고 단언할 수 있을 정도다.

물질계에서 이 광격을 능가하려면 속도로 앞서는 수밖에 없다.

미요는 균핵의 내벽에 손을 짚고 필사적으로 호소했지만 목소리가 닿을 리가 없다. 하지만 왕 총통의 눈에는 미요의 모습이 보인 것이리라.

왕 총통은 아주 잠시 미요를 쳐다보고는 웃었다.

…걱정할 것 없다면서.

"큭…?!!"

극광이 방출되어 왕 총통을 친다.

두 손바닥을 내민 자세로 왕 총통은 B.D.A를 해방했다.

"삼황오제 일(一)의 형(型). '복희팔괘로(伏羲八卦炉)'…!!!"

광격이 직격한다. 하지만 그 광격은 왕 총통의 두 손바닥에 충돌한 순간, 직진하지 않고 위쪽으로 진행 방향을 바꾸고 하늘을 꿰뚫어 큐슈를 뒤덮은 짙은 안개에 파문을 일으켰다.

일시적으로 안개가 걷히는 광경을 전장에 있는 모든 이가 올려다보았다.

그것이 이 사투가 절정에 달했다는 신호임을 깨닫고는 모든 부대가 죽을힘을 쥐어짜냈다.

대상을 처치하지 못한 거대 균핵은 미쳐 날뛰며 작은 광격을 연사하기 시작했다. 그 마구잡이식 광격은 지금까지 사용했던 것과 달리 정확성이 떨어졌다.

마치 지성을 잃은 짐승 그 자체 같았다.

그런 난사(亂射)에 겁을 먹을 왕 총통이 아니었다.

왕 총통은 이제 튕겨 낼 필요도 없다는 듯 거리를 좁혀, 끝내 주먹이 닿을 거리까지 다가갔다. 그리고 그 주먹을 거대 균핵에게 박아 넣었다.

"흠!!!"

거대 균핵에 격진이 인다. 겉껍질 부분에 균열이 간다. 대륙 간 탄도공격조차도 막아 낸 철벽의 방어에 빈틈이 생겼다. 하지만 그것도 아주 잠시뿐이었다.

거대 균핵은 순식간에 균열을 수복하여 방어를 강화하기 시작했다.

"쳇, 역시 한 방으로는 깰 수 없나…!"

나무들과 덩굴에 둘러싸이기 전에 거리를 벌린다.

총통과 완전 폭주 상태가 된 거대 균핵의 전투는 갈수록 치열해졌다.

"와와…! 저, 저건 어떻게 하고 있는 거야?!"

두 손바닥 앞에 전개된 입자의 방패가 마치 빛을 반사하는 거울처럼 광격을 반사해 진행 방향을 비틀었다. 하지만 순수한 반사와는 뭔가가 다른 듯 보였다.

"그나저나 접근할 수가 없는데요! 어쩌지, 히비키?!"

"공간도약으로 단숨에 뛰어서 균핵의 옆에 숨자! 우리 둘의 입자량이라면 가능할 거야!"

왕 총통은 가느다란 광격을 계속해서 반사하고 있었지만 그 두 손은 결코 성하지 않았다. 반사할 때마다 두 손은 불에 지진 듯한 고통에 사로잡혔다.

하지만 왕 총통은 그런 고통을 내색할 인물이 아니다.

대담한 미소를 지은 채 자신을 요격하려는 모든 광격을 튕겨 내고 있다.

징위 대사는 왕 총통을 보좌하며 식은땀을 흘렸다.

'복희팔괘로는 입자의 계통이 아니라 특수한 B.D.A와 총통의 초인적인 기술이 합쳐진 기술. 타이밍이 조금이라도 틀리면 숯덩이가 될 터. 그리 많은 시간은 벌 수 없습니다, 두 분.'

왕 총통이 지닌 힘의 비밀은 입자의 계통이 아니라 초인적인 체술… 생체자기제어에 있었다. 비밀이 들통나면 저 초인적인 전투능력을 유지할 수 없게 된다.

본래 징위 대사는 극동의 그 누구에게도 총통이 싸우는 모습을 보여 주고 싶지 않았다.

하지만 정면으로 받아치지 못한다는 것이 아쉽기는 했지만 안개를 걷어내는 데 큰 도움이 되었다는 것은 사실이다. 총통은 조금이라도 칼키를 지원하기 위해 굳이 이러한 전투방식을 택한 것이다.

그렇다고는 해도 왕 총통이 거대 균핵에 달라붙으면 위험하다.

거구를 제어하는 힘이 사라졌다고는 해도 균핵의 주변은 아직 균핵의 뿌리가 지배하는 영역이다.

균핵은 총기와 수류탄에 의한 공격에도 노출되어 있었지만 왕 총통만을 적으로 인식하고 있다. 균핵을 손상시킬 수 있는 것이 그 한 사람뿐이니 당연한 판단이라 할 수 있으리라.

때문에 균핵은 작은 인간의 접근을 알아채지 못했다.

미쳐 날뛰는 거대 균핵으로부터 숨는 데 성공한 쌍둥이는 이마에서 피를 흘리면서도 목적지에 도착했다.

"아윽… 예, 예상은 했지만 입자가 바닥났어…!"

"그래도 안 늦었어! 미요치, 구하러 왔어!"

'…으….'

…구하러 왔다.

그 한마디에 또 눈물이 날 뻔했다.

이곳에 도착하기까지 온갖 고난을 다 겪었을 것이다.

바다를 건너, 산을 넘어, 사방에 널린 수많은 적들을 지나, 전차와 전함이 파괴되었음에도 자신들의 힘으로 상처투성이가 되어 가며 구하러 와 주었다.

자신을 위해 그렇게까지 해 준 이가 있다는 사실이 기뻐서 울음이 날 것 같았다.

두 사람의 목소리가 들리자 소녀의 오브제는 힘을 소진한 듯 무너지기 시작했다.

미요는 허둥지둥 그녀를 끌어안았지만 그녀의 손에 남은 것은 결정체뿐이었다. 산산이 부서진 오브제의 가루가 끝으로 빛을 발했다.

…너는 살아.

그런 말이 들려온 것 같았다.

'으윽… 고마워…!!'

그리고 미안해. 결정을 움켜쥔 채 감사 인사를 한다.

미요는 미래를 그리는 힘을 잃었지만 이 순간, 그녀는 한 가지 맹세를 했다.

반드시… 그래, 반드시. 당신의 비극의 진상을 밝혀내 보이겠다고.

"미요치, 시간이 없어! 좀 더 이쪽으로 와!"

"그 안은 입자 농도가 엄청나게 높아! 우리 둘의 힘을 합쳐도 단거리 도약밖에 못 해!"

미요는 고개를 끄덕이고서 쌍둥이의 곁으로 헤엄쳐 갔다.

차원간섭형이 발현한 것은 두 사람이 서로를 가속기로 사용했기 때문이다.

두 사람은 적합률이 둘 다 16퍼센트라 혼자서는 차원간섭형의 능력을 발현할 수 없었지만 동조형 B.D.A라는 중대련의 최신식 B.D.A를 사용한 덕분에 미약하게나마 발현하는 데 성공한 것이다.

하지만 아직 조정이 완벽하지 않은 탓에 두 사람은 거대 균핵처럼 고농도 공간에 간섭할 만큼의 힘이 없었다.

"제길, 역시 멀쩡한 상태로는 못 꺼내나…!"

"어, 어쩌려고 그래, 히비키?!"

"어쩌기는 어째! 이렇게 된 이상 두들겨 패서라도 깨야…."

…그럴 필요는 없다.

쉰 목소리가 두 사람의 등을 지나치자 거대 균핵에 균열이 갔다. 그것이 누구의 목소리였는지는 미요만 알아챘다.

거대 균핵에 균열이 가자 안에 든 액체가 혈액처럼 분출되었다.

공간도약으로 끌려나온 미요는 와락 끌어안기는 모양새로 두 사람을 향해 낙하했다.

*

미요를 데리고 나와 달리기 시작한 두 사람은 겨우겨우 부대가 있는 곳으로 돌아왔다.

쌍둥이는 거대 균핵의 측면에 위치한 큰 줄기에 몸을 숨긴 채, 대기 중이던 징위 대사에게 V자를 그려 보였다.

"가, 간신히 구해 왔다구, 짜샤~!"

"서, 설마 진짜로 둘만 보낼 줄은 몰랐다구, 짜샤~!!"

"하하하. 둘이서만 구하러 가기로 해서 허가가 떨어진 겁니다. 그나저나 설마 셋 다 무사히 돌아올 줄은 몰랐습니다만."

징위 대사는 부하가 말없이 건넨 외투를 받아 들어 옷이 거의 녹아 버린 미요에게 덮어 주었다. 고농도 공간에서 미요를 구해 내는 것은 징위 대사라 해도 무리다. 애초부터 셋이서 가 봐야 소용이 없다는 걸 알고 있었던 것이리라.

"자, 미요 공. 조금 전에 '오오야마츠미노카미'의 움직임이 정지했습니다. 그건 당신이 한 일입니까?"

"…네. 하지만 저 혼자만의 힘은 아니에요."

"그렇군. 어찌 되었든 그 정지한 시간 덕분에 대국이 기울어졌습니다. 정말 잘했습니다, 아자카미 미요 공. 그리고 두 분도요."

어쩐 일로 징위 대사가 솔직하게 칭찬했다.

하지만 태평하게 있을 때가 아니다.

"총통님! 안개의 방출이 멈췄고, 총통님의 활약으로 남은 안개도 급속도로 걷히고 있습니다!

'오오야마츠미노카미'의 움직임을 봉했으니, 이제 더 이상 싸울 필요는 없습니다! 시간을 벌 테니 먼저 내려가십시오!"

흠, 하고 왕 총통도 고개를 끄덕였다. 그는 폭주한 거대 균핵의 위화감을 금세 알아챘다.

조금 전까지는 거대한 힘의 배후로 일말의 지성이 느껴졌건만, 지금은 외적을 배제하려 하는 한낱 짐승에 불과했다. 이 정도면 왕 총통이 직접 상대하지 않아도 될 것이다.

그렇다면 문제는 또 하나의 왕관종이다.

"…징위여! 나는 얼마간 단독행동을 취하겠다! 너희는 속히 물러가라!"

뒤로 도약해 물러난 왕 총통은 바닥을 부수고 재빨리 모습을 감췄다. 부대원들은 단독행동이라는 말을 듣고 깜짝 놀랐지만 신속하게 퇴각할 필요가 있다는 건 사실이다.

징위 대사는 어이가 없다는 듯 어깨를 으쓱하고서 쌍둥이들에게로 몸을 돌렸다.

"…자아, 모든 조건이 갖춰졌습니다. 이제 칼키 예하의 일격을 박아 넣는 일만 남았군요."

징위 대사의 말에 마른침을 삼켰다. 드디어 여기까지 왔구나, 하는 생각에 모두가 흥분해 몸을 떨었다.

사쿠라지마 산기슭에서 모든 것을 지켜보고 있었던 아마노미야 치히로는 다시 카즈마의 어깨를 부축하고서 그의 이마를 손가락으로 튀겼다.

"봐, 이 이상의 시간벌이는 무의미하다고 했잖아. 상륙부대는 거대 균핵에 도달했고, 나츠키 일행은 절단에 성공했어. 카즈마는 충분한 시간을 번 거라고."

"…그런, 가. 아자카미는?"

"쌍둥이가 구했어. 이제 우리만 물러나면 끝이야."

다족형 전차로 돌아온 치히로는 B.D.A를 연결해 샴발라 본국과의 통신을 연결했다.

"여기는 극동의 아마노미야 치히로. 샴발라 본국에 전달합니다. 모든 조건을 만족시켰습니다."

[훌륭합니다. 예하께서도 여러분의 승리를 믿고 뜬눈으로 대기하고 계셨습니다.]

"…고맙습니다. 뭐라 감사의 말을 해야 할지 모르겠군요."

[뒷일은 예하께 맡겨 주십시오. 극동을 떨게 한 열두 번째 왕관 '오오야마츠미노카미'를, 우리 샴발라가 자랑하는 왕관 '트리무르티 아스트라'로 없애겠습니다.]

순간… 하늘에 걸린 구름이 환하게 물들었다.

과거에는 지진과 같은 천재지변의 전조로 하늘이 밝게 빛나는 등의 현상이 확인되었다. 하지만 멀리 떨어져 있는 극동에서도 알 수 있을 정도의 힘의 팽창, 입자의 초유동은 지각변동과 비교도 되지 않을 정도의 전조를 보였다.

인류 사상 최강의 전력… 밀리언 크라운과 초초고농도 결정체의 힘이 합쳐진 일격은 기존의 개념으로는 결코 도달할 수 없는 위력을 지녔다고 들었다.

수천 킬로미터나 떨어진 극동에서도 전조를 감지할 수 있는 병기가 있다는 이야기는 들어본 적도 없다.

"윽… 이건, 꽤 멀리 떨어지지 않으면 위험하겠어…!!"

저 거대한 '오오야마츠미노카미'를 없애 버리겠다고 장담할 정도니 심상치 않은 파괴력을 지녔을 거다. 전차의 엔진을 기동시켜 대피 준비를 한다.

동이 트려면 10분이 남았다. 앞으로 10분이면 모든 일에 결판이 난다. 상륙한 부대를 대피시키기에는 다소 불안한 시간이지만, 지하도와 이어진 입구는 그리 멀지 않은 곳에 있었다.

지금이라면 늦기 전에 충분히 대피할 수 있을 것이라고 알리려던 순간.

[전군에 전달!! 카즈마 님, 카즈마 님 계십니까?! 들리십니까?!]

어느샌가 통신기가 복구된 모양이다.

아마쿠니의 다급한 목소리에 얼굴을 마주 본 후, 두 사람은 긴장된 표정으로 통신에 응답했다.

"…카즈마다. 무슨 일이지, 아마쿠니?"

[당장 후방으로 와 주십시오! 나츠키 님으로는 오래 억제할 수 없습니다! 이, 이대로 가면… '오오야마츠미노카미'가 다시 움직이기 시작할 겁니다!]

그 보고에 통신을 듣고 있던 일동은 전율했다.

구름을 물들인 빛이 강해지는 가운데.

'오오야마츠미노카미'의 움직임을 멈추기 위해 꽂아 넣은 '아마노무라쿠모노츠루기'는 카야하라 나츠키의 손안에서 희미한 빛을 발하고 있었다.

몇 분 후면 동이 틀 것이다.

'…곧 날이 밝을 거야. 사투의 막을 내리기에는 최고의 상황인데 말이지.'

뜨거운 숨을 토해 내며 땀을 훔친다.

'아마노무라쿠모노츠루기'를 박아 넣는 것까지는 작전대로 되었지만 한 가지 오산이 있었다. 균사로 된 신경이 집속되어 있는 장소는 거대 균핵과 마찬가지로 결정화되어 있었던 것이다.

균핵은 왕 총통의 주먹으로도 겨우 균열을 낼 수 있을 정도로 단단하다.

심지어 자동수복능력까지 지녔다.

'아마노무라쿠모노츠루기'의 힘으로 칼날을 박을 수는 있지만, 수복을 막으려면 누군가가 이렇게 검에 입자를 계속 주입해야만 한다.

다시 말해서 카야하라 나츠키는 **달아날 수가 없는 것이다**.

''오오야마츠미노카미'에게 꽂혀 있던 '아마노사카호코'도 비슷한 원리였을까. 급소에 빗맞아서 결국 봉인은 풀렸지만.'

입자량이 많지 않은 나츠키가 '오오야마츠미노카미'를 계속 억제하려면 소비한 분량을 즉시 흡수해서 다시 소비하는 무모한 순환을 거듭할 필요가 있다. 몇 시간이나 이대로 계속 억제하는 건 불가능하겠지만 앞으로 몇 분 정도는 버티지 못할 것도 없다.

여명의 빛과 샴발라에서 도달한 빛을 받은 구름이 하늘을 동서 양쪽에서 물들여, 사쿠라지마를 동시에 채색하기 시작했다.

몽롱한 의식 속에서 나츠키는 과거 은사에게 들었던 말을 떠올렸다.

'일본으로 가라.

그리고 '세계의 적'을 쳐라.

그것이 너의 천명이다.'

카즈마에게는 전하지 않았던 말. 전할 수 없었던 말.

돌이켜 보니 꽤나 부조리한 유언을 남긴 것 같다는 생각에 쓴웃음이 절로 지어졌다.

인류 퇴폐의 시대라 불리는 현대에 연고를 모두 잃은 소녀 혼자 무엇을 할 수 있다는 말인가. 객사하거나 거구종의 먹이가 되거나, 운이 좋아야 인신매매를 통해 장난감으로 팔려 가는 게 고작일 거다.

하지만 나츠키는 지혜를 발휘하고, 바쁘게 돌아다녀 어찌어찌 오늘날까지 살아왔다.

겨우 '아마노무라쿠모노츠루기'를 손에 넣기는 했지만, 나츠키가 부여받은 하늘이 내린 재능은 녀석들에게 빼앗겨 잃은 상태다. 이래서는 절대로 '아마노무라쿠모노츠루기'를 최대출력으로 기동시키지 못한다.

천명이라는 것이 이 '아마노무라쿠모노츠루기'를 의미한다면, 나츠키의 운명은 여기서 끝나도 이상할 게 없을 거다.

'…아니, 그건 아닌가. 적어도 극동 사람들은 구했어. 그것만으로도 충분한 성과잖아.'

'오오야마츠미노카미'를 막은 것은 '아마노무라쿠모노츠루기'가 있었기에 가능한 일이었다.

그게 없었다면 카즈마는 쓰러지고 '오오야마츠미노카미'는 카고시마 만으로 진격했을 테고, 거대 균핵과의 격전도 계속됐을 것이다.

하지만 후회는 없다. 극동을 지키고 죽는 것이니 적복으로서는 후회가 없다.

굳이 미련이 남는 것을 꼽자면… 고향의 원수를 갚지 못한 것만은, 다소 분했다.

'드디어… 겨우 단서를 발견했는데.'

입술을 세게 깨문다. 그 의수와 의족을 장착한 남자가 원수인지, 아니면 의뢰를 받은 것뿐인 조직인지. 거기까지는 아직 알아내지 못했다.

불길에 휩싸인 고향의 기억은 이제 까마득해서 희미하게만 떠오를 따름이다.

하지만 지금도 선명하게 기억나는 것도 있다.

눈을 감으면 서로의 꼬리를 문 세 마리 뱀의 문양이 떠오른다.

고향의 동료들을 죽이고 돌아다닌 그 살인귀의 등에 그려져 있던 뱀의 문양이, 지금도 나츠키의 머릿속에 들러붙어 떨어질 줄을 몰랐다. 적복의 권한을 써서 비밀리에 조직명만은 알아냈지만 그들에게 복수할 기회는 결국 오지 않았다.

'…어쩔 수 없지. 나는 적복 일을 하느라 바빴으니까. 극동 사람들이 좋았으니까.'

매일매일, 필사적으로 살았다. 인류 퇴폐의 시대에는 유능한 인재를 가만히 내버려 둘 여유가 없다. 나날을 살아가기 위해 모두가 서로 협력해 살 수밖에 없는 것이다.

그래서 복수심 같은 부차적인 감정을 계속 떠안고 있을 여유가 없었다.

나츠키도 나름대로 사적인 감정을 버리고 전력질주를 하듯 빠듯하게 살아왔지만… 결국 원수에게 한 방 먹여 주고 싶다는 소망은 이루어지지 않았다. 죽어서 고향의 동료들과 다시 만났을 때, '너무 바빠서 복수할 시간이 없었어'라고 말하면 불성실하다고 나무랄까?

'그러지는 않을 거죠… 선생님…?'

…동쪽 끝에서, 붉은 태양이 오른다.

하지만 나츠키의 눈에 날아든 빛은 태양의 것이 아니었다.

짙은 붉은색의 옷을 나부끼며 달려온 인물… 시노노메 카즈마가 카야하라 나츠키의 어깨를 끌어안고 '아마노무라쿠모노츠루기'의 자루를 움켜쥔 것이다.

"…뭐…?!"

뭐 하러 온 거야… 라는 말조차도 나오지 않을 정도로 나츠키는 당황했다.

곧 동이 틀 거다.

성진입자체(아스트랄 나노머신)로 짙게 물든 서쪽 하늘의 구름은 당장에라도 터져 나갈 듯했다. '오오야마츠미노카미'로부터 조금이라도 멀리 떨어지거나 지하도로 달아나지 않으면 틀림없이 죽을 거다.

카즈마는 아스트랄 노바를 발하며 망설임 없이 외쳤다.

"한정해제(Override)…!! 빛나라, '아마노무라쿠모노츠루기'…!!!"

방대한 힘의 격류가 고통으로 바뀌어 카즈마를 덮쳤다.

B.D.A를 사용하듯 '아마노무라쿠모노츠루기'를 기동시킨 카즈마였지만, 아무리 커다란 힘이 있다 해도 자신의 몸에 맞게 조정되지 않은 B.D.A로 한정해제를 하는 건 무모한 짓이다.

이대로 가면 '아마노무라쿠모노츠루기'와 함께 소체융해(멜트다운)을 일으켜 대폭발…. 그야말로 사쿠라지마가 흔적도 없이 소멸할 정도로 거대한 힘의 격류가 발생할 것이다.

정신을 차린 나츠키는 화가 나서 얼굴이 새빨개져 외쳤다.

"지, 지금 당장 손을 떼!! 조정하지도 않은 B.D.A로 한정해제를 하는 게 가능할 리가 없잖아?!!"

"큭…!!"

"발을 묶는 건 나 혼자서 해도 돼! 너의 그 재능이 얼마나 희귀한 건지는 너도 알 것 아냐?! 적복이 둘이나 죽으면 극동은 어쩌라고?!"

매도를 당하면서도 카즈마는 말없이 눈부신 빛을 발하며 손을

떼지 않았다. 이미 '아마노무라쿠모노츠루기'의 기동에 관한 주도권은 카즈마에게로 옮겨 갔다.

방출된 입자는 '오오야마츠미노카미'에 둘러쳐진 균사라는 이름의 신경을 태워, 거대 균핵의 저주에서 해방시키려 하고 있었다.

이제는 시간과의 싸움이라 할 수 있었지만 그 시간이 얼마 남지 않았다.

지하도에서 상황을 확인하고 있는 치히로는 샴발라의 통신에 대고 외쳤다.

"발동은 앞으로 얼마나 지연할 수 있죠?!"

[한 번 가속을 개시한 아스트라는 본래 지연할 수 없습니다! 앞으로 1분 정도가 한계예요!]

앞으로 1분. …치히로는 등줄기가 얼어붙는 것만 같았다.

가속한 물체를 정지시키려면 그를 위한 동등한 에너지가 필요하다. 그런 짓을 하면 예하의 몸이 날아가 버릴 것이다.

두 사람이 살아남을 길은 1분 이내에 결정화한 균사 신경을 완전히 불태우고 달아나는 것밖에 남지 않았다.

"…큭…. 어째서… 카즈 군 혼자서라면, 지금 당장에라도 도망칠 수 있잖아…?!"

"…………."

나츠키는 거절하듯 그 팔을 뿌리치려 했지만 카즈마는 보다 강하게 끌어안았다.

절대로 이 손을 놓지 않겠어.

말로 하지 않았음에도 그의 단호한 각오가 전해져 와서 나츠키는 입술을 떨었다.

나츠키도 사실은 알았다. 이미 '아마노무라쿠모노츠루기'의 주도권이 나츠키에게 없다는 사실을. 지금부터 나츠키가 혼자서 '아마노무라쿠모노츠루기'를 사용해 봐야 '오오야마츠미노카미'를 억제할 수 없을 거다.

카즈마와 나츠키가 살아남으려면 이제 '오오야마츠미노카미'의 결정화한 신경을 완전히 불사르는 수밖에 없다.

"더… 더욱 강하게…!!!"

온몸의 혈관이 지져지는 듯한 고통에 이를 악물고 견디며 카즈마는 '오오야마츠미노카미'를 노려보았다. 그 열기에 거대 균핵은 견디지 못하고 '오오야마츠미노카미'를 분리시키려 했다.

하지만 접속부분에서 불을 뿜기 시작한 '오오야마츠미노카미'로부터는 달아날 수 없다.

'아마노무라쿠모노츠루기'는 조정되지 않았지만 그럼에도 초초고농도 결정체라는 점에 변함은 없다. 힘의 전달률이 낮아서 카즈마에 대한 피드백이 크기는 해도 평범한 B.D.A의 출력과는 비교도 되지 않는다.

몸 안의 이물질이 광속으로 순환하는 바람에 거대 균핵은 점차 균사가 불타 버려 움직일 수 없게 되었다.

출력에 비례하는 열기로 카즈마의 오른팔이 달아올랐고, 오른팔의 혈관은 거부반응으로 터질 듯했다. 하지만 그는 고통을 내색하지 않고 적복을 나부끼며 더욱 힘을 주었다.

모든 이가 사력을 다해 여기까지 왔다.

누구 하나라도 마음이 꺾여 걸음을 멈췄다면, 결코 이곳까지 오지 못했을 거다. 삼국공동으로 동맹을 맺어, 목숨을 걸고 아자카미 미요를 구출하고, 전군이 총출동해 '오오야마츠미노카미'를 막고, 끝내 최후의 일격을 박아 넣을 단계까지 왔다. 앞으로도 극동이라는 나라가 계속 이어진다면 이 일전은 역사의 전환기로 길이 전해질 것이다.

그렇다면 **안 된다**. 이걸로는 **안 된다**.

해 뜨는 나라의 희망이… 인류 퇴폐의 시대의 여명을 맡은 인간이, 이런 승리를 허용해서는 안 된다.

"강하게… 더욱 강하게 빛나라…!!!"

붉은 옷을 나부끼는 그 뒷모습을 모든 이가 지켜보았다. 과거 저 붉은 옷을 본 누군가가 속삭였다.

이것을 보아라. 그를 보아라.
퇴폐의 세상에 핀, 저 붉은 헛꽃을.
죽음도 두려워하지 않는 새로운 시대의 해를.

샛별이 희미해질 정도로 강하게.

별빛보다도 강하게 번뜩이는 빛이 '오오야마츠미노카미'의 군사를 모두 불사른 직후.

구름이 짙게 물든 서쪽 하늘로부터 달아나듯, 카즈마는 나츠키를 안고 뛰었다. 오른손에 쥔 '아마노무라쿠모노츠루기'가 서쪽에서 나타난 멸망에 호응해 연신 점멸했다.

까마득히 먼 바다 저편, 까마득히 먼 산들의 건너편에서 필멸의 일격이 날아든다.

거대 균핵이 겨우 분리에 성공했지만 이미 늦었다.

"온다…. 아스트라가…!!!"

제10의 왕관, 칼키 A 비슈누야사스의 적합률은 60퍼센트를 넘는다.

광속의 여섯 배 이상에 달하는 가속률을 초초고농도 결정체로 더욱 높인 이 일격은, 사출됨과 동시에 무한속(無限速)에 도달해 물질계에 존재하는 모든 장해, 개념을 소멸시킨다.

거대 균핵은 광격으로 대응하려 했지만 부질없는 짓이다.

빛으로 물든 구름 끝에서 나타난 일격… '트리무르티 아스트라'는 거대 균핵이 방출한 광격을 집어삼키고 직진해 '오오야마츠미노카미'에 직격했다.

착탄 관측을 위해 대기하고 있던 치히로는 한 줄기 빛이 '오오야마츠미노카미'의 거구에 충돌하는 순간을 보았다. 태산으로 착각할 정도로 거대한 '오오야마츠미노카미'가 일격에 흔적도 없이 소멸한 순간… 아마노미야 치히로는 눈물을 글썽이며 전군에 승리 소식을 전했다.

*

그리고, 어느 곳에서.

짝짝, 무미건조한 박수소리가 사쿠라지마의 폐허에 울렸다.

모든 싸움을 지켜본 그 괴물은 아마쿠니 박사의 육체를 조종해 마음이 전혀 담기지 않은 박수를 치고 있었다.

"아아…. 결국, 인간들의 승리로 끝났네."

실망한 듯 중얼거리면서도 박수는 그치지 않았다.

어딘가에서 누군가가 빠졌다면 저울은 흔들렸을 것이다. 모든 인간이 자신이 부여받은 사명을 완수했기에 승리를 거둘 수 있었다.

수많은 목숨이, 마치 하나의 생명처럼 협력해 거머쥔 기적의 승리다.

열둘의 왕관 중 하나를 격파한 이번 위업에 사용된 수단은, 이 괴물에게는 실현 불가능한 것이었다. 목적을 잃은 그에게 남겨진 것은 오프 스테이지에서 남몰래 박수를 보내는 정도의 단역

뿐이다.

재버워크는 힘없이 벽에 기대었다.

그는 다시 고독해지고 말았다.

함께 살아가자고 약속한 사람은 떠나고, 보수를 건넨 남자는 상처투성이가 되어 인사만 하고 냉큼 동료의 곁으로 돌아갔다.

"…………."

어째서 싸움에서 물러난 것인지, 자신도 잘 모르겠다.

'오오야마츠미노카미'에게 협력했다면 삼국동맹을 물리치는 건 일도 아니었을 거다.

아자카미 미요를 흡수한 '오오야마츠미노카미'에게 새로운 자아가 싹트게 하는 것도 재버워크라면 가능했다.

그런데 왜.

그런데 어째서.

"어떠한 이유로… 아자카미 미요를 구한 것이냐, 재버워크여."

덩치 큰 남자가 소리도 없이 나타났다.

외투를 나부끼며 폐허의 문을 연 왕 총통은 등 뒤에서 재버워크에게 물었다. 그는 거대 균핵과의 싸움을 마친 후에도 재버워크를 계속 경계하다가 이곳까지 와 있었다.

"저 자매가 쩔쩔매고 있을 때, 거대 균핵에 일격을 가한 자가 있었다. 내 주먹으로도 겨우 균열을 낼 수 있을 정도로 단단한 그것에… 균열을 낼 수 있었던 건 네놈뿐이다."

때문에 그 이유를 왕 총통은 물었다.

하지만 재버워크는 등을 돌린 채로 답하지 않았다. 양측은 조금도 전의를 품지 않은 채 말없이 폐허에 부는 탄내 섞인 바람을 맞고 있다.

왕 총통이 입은 부상도 결코 얕지는 않다. 전투가 벌어지면 불리한 건 그이리라. 하지만 그는 재버워크에게 묻지 않을 수 없었다.

악랄한 수법으로 삼국동맹을 휘저은 불사의 괴물이 어째서 아자카미 미요를 구한 것일까.

"……빛이 비치는 장소로."

"뭣이?"

"약속했거든. …'한 번이라도 좋으니, 빛이 비치는 장소로 데려가 달라'. 그게 이번 계약이었어. 구한 이유는 그것뿐이야."

멍한 투로 자아낸 고백에 왕 총통은 귀를 의심했다.

그럼 정말로 타산 같은 것과는 무관하게 아자카미 미요를 구한 것이란 말인가.

심지어 재버워크의 말에서는 거짓이 전혀 느껴지지 않았다.

"하지만 난 그게 어디인지 알 수 없었어. 그래서 나는 저 애를 죽게 하지 않기 위해서라도 가장 눈부시게 빛나는 별의 꼭대기까지 데려가려 했지. …하지만 저 애에게 빛이 비치는 장소는 따로 있었구나. 애초부터 나 같은 건 필요 없었던 거야."

휘청, 불안한 동작으로 자리에서 일어난다.

아마쿠니 박사가, 재버워크가 지금 어떤 표정을 짓고 있을지. 왕 총통은 알 수 없었다. 하지만 어떤 말을 던진다 해도 재버워크는 모욕으로 받아들였을 것이다.

"계약은 파기하는 수밖에 없겠네. 이 육체는 정보가 가득해서 마음에 들었지만, 계약을 파기했는데 보수만 받을 순 없어. 의식이 돌아올지 어떨지는 모르겠지만, 그쪽에서 좋을 대로 해."

"…………. …뭐라고?"

"다음엔 반드시 극동과 결판을 낼 거야. 중화대륙연방도, 샴발라도 그때는 물리쳐 주겠어. 그럼 잘 있어, 왕 총통."

등을 돌린 그녀의 몸에서 힘이 쭉 빠지는 것이 느껴졌다. 왕 총통은 그녀의 어깨를 받아 내고서 주변을 살폈지만 재버워크의 기척은 어디에서도 느껴지지 않았다.

불멸의 괴물은 고독한 어둠 속으로 모습을 감췄다.

품안에 쓰러진 아마쿠니 박사가 호흡하고 있다는 사실을 확인한 왕 총통은 말로 형용할 수 없는 신음소리를 흘렸다.

'살아 있다…. 설마 이것도, 재버워크의 힘이란 말인가…?!!'

열둘의 왕관종… 새로운 영장류는 인류의 지혜로는 이해할 수 없는 미지의 힘을 여럿 감추고 있다. 그가 '오오야마츠미노카미'와 힘을 합쳤다면 삼국동맹은 보다 격렬한 싸움을 벌일 수밖에 없었으리라.

아마쿠니 박사의 어깨를 안은 채 왕 총통은 주먹을 힘껏 움켜쥐었다.

'불사의 괴물이여. 신에 버금가는 힘을 가졌지만, 종으로서는 너무도 어리고, 그리고 서글플 정도로 고독한 괴물이여. 네놈은 어찌하여 태어나, 이 푸른 별에 무엇을 초래하려는 것이냐.'

푸른 별에 두 개의 영장류는 필요 없다.

언젠가는 어느 한쪽이 멸망해야 할 것이다.

하지만 그때가 온 것이라면 지켜봐야만 한다. 평생 방황할 운명을 타고 난 고독한 괴물의 최후를, 이 왕카이롱은 지켜보아야만 한다.

다섯 개의 별을 짊어진 한 사람의 위정자로서, 인간으로서, 그 최후를 지켜보고 후세에 전해야만 한다. 사투 후에 불어닥친 황폐한 바람이 외투를 흔드는 가운데, 그는 먼눈을 한 채 여명의 태양을 바라보고 있었다.

*

한편.

황량한 벌판이 된 산기슭을, 시노노메 카즈마는 굴러떨어지고 있었다.

온 힘을 다 소진한 카즈마는 관성에 몸을 맡겨 데굴데굴 굴러

떨어지다가 끝내 작은 바위에 부딪혀 멈췄다.

"크윽…!"

누군가를 감싼 채로 바위에 격돌하자 온몸의 상처가 벌어져 비명이 새어 나왔다. 하지만 팔을 풀고 피할 수도 없었다.

카즈마의 품안에는 비슷한 수준으로 상처투성이가 된 카야하라 나츠키가 있었기 때문이다.

둘 다 숨을 몰아쉬며 회복에 힘쓰고 있는 탓에 필연적으로 무언의 시간이 흘렀다.

한동안 두 사람은 그대로 드러누워 있었지만, 나츠키가 먼저 침묵을 깼다.

"…팔."

"응?"

"팔. …슬슬 풀어 줘."

토라진 듯한 목소리를 듣고 퍼뜩 정신이 들었다.

카즈마는 계속 나츠키의 가녀린 어깨를 끌어안고 있었다.

쑥스러워하고 있다는 게 들키지 않도록 천천히 팔을 치우자 나츠키는 카즈마의 위에서 상체를 일으켰다. 그리고 카즈마의 얼굴을 들여다보았다. 하체가 아직 카즈마의 몸 위에 올라타 있는 데다 얼굴이 너무 가까워서 머리가 굳어 버릴 것 같았지만, 나츠키의 표정은 지극히 진지했다.

그렇다면 이쪽도 진지하게 마주 보는 게 예의일 것이다.

"…………."

말없이 눈싸움을 벌이듯 마주 본다.

탄내 섞인 바람이 불어닥쳐도 두 사람은 말을 내뱉지 않았다.

그것이 나츠키의 항의임을 카즈마는 알아챘지만 아무 말도 하지 않은 채 바라보고 있을 수밖에 없었다. 카즈마는 자신에게 잘못이 있다고 확신했지만, 나츠키가 하고 싶은 말이 있다면 모두 들어야 한다고도 생각했다.

하지만 뜻밖에도 먼저 고집을 꺾은 쪽은 나츠키였다.

"…하아. 이럴 때 카즈 군은 움츠러들질 않는단 말야. 덕분에 무슨 소리를 해야 할지 모르겠잖아."

"그런가? 하고 싶은 말이 있다면 얼마든지 듣지."

"됐어, 이제. 카즈 군한테는 잘못이 없고, 내 분노는 일방적인 내 감정일 뿐이니까. …그보다 고맙다는 말이 늦어서 미안. 구해 줘서 고마워."

평소와 다른 수줍은 미소로 감사 인사를 하자 카즈마는 쑥스러움에 시선을 피했다. 나츠키는 카즈마의 옆에 드러누워 고양이처럼 기지개를 켜며 키득키득 웃기 시작했다.

"그나저나 둘 다 용케 살아남았네."

"상처투성이이기는 하지만. 나는 온몸이 삐걱대며 비명을 지르는군. 지금은 열 때문에 잘 느껴지지 않지만, 내일 이후에는 격통이 엄청날 것 같아."

"후후, 그러게 말야. 나도 이번에는 지쳤어. 원정이 끝나면 오가사와라 제도에 있는 해상도시로 돌아갈 예정이니, 거기서 당분간 휴가라도 보낼까."

카즈마는 놀랐다. 나츠키가 휴가에 관해 언급하는 일은 지금까지 없었기 때문이다.

나츠키는 짓궂은 미소를 지으며 상체를 일으켜 둘째손가락을 세운 채 말을 이었다.

"어라, 의외라는 얼굴이네. 나도 1년에 한 번 정도는 장기 휴가를 써. 안 그러면 피로가 쌓이니까. 카즈 군이라면 알지?"

"…피로는 적절하게 푸는 게 제일이라 생각하지만, 무슨 말인지는 알겠군. 나도 오가사와라 제도에는 관심이 있었어. 극동의 수도라 들었는데 한 번도 간 적이 없으니."

오가사와라 제도의 해상도시에는 300년 전에 만들어진 도시가 그대로 남아 있다. 휴양시설도 완비되어 있어, 개척민은 귀향할 날을 기다리며 하루하루 가혹한 업무에 매달리고 있다고 들었다.

"나츠키도 오가사와라 제도로 돌아가는 건가. 그럼 안내를 해줬으면 하는데."

"내가?"

"그래. 나츠키라면 누구보다도 믿을 수 있으니."

탄내 섞인 바람은 서서히 바닷바람으로 인해 정화되어, 이내

바다내음이 사쿠라지마에 감돌기 시작했다.

그 바람을 따라 개척부대의 동료들이 카즈마 일행을 맞으러 왔다.

승리의 환호성과 함께 다가온 그들을 보자 카즈마도 서서히 승리했다는 것이 실감되기 시작했다.

하지만 나츠키는 그들을 쳐다보지도 않고 턱에 손을 댄 채 무언가를 숙고하더니, 다시 한번 카즈마의 위로 상체만 내밀어 쳐다보았다.

"카즈 군은, 나랑 오가사와라 제도를 돌아보고 싶어?"

"……? 그, 그래. 나츠키와 함께라면 즐거울 것 같으니까."

"그렇구나…. 흐음…."

가까워지는 동료들의 기척.

자신을 위에서 내려다보는 나츠키.

말을 할지 말지 망설이듯 입을 열다가 닫기를 거듭하고 있다.

그리고 무언가를 결심한 카야하라 나츠키는 전에 없이 짓궂고도 매력적인 미소를 지은 채 말했다.

"…좋아. 그럼 돌아가면, 둘이서 데이트할까♪"

4권 끝

오래 기다리셨습니다. 『밀리언 크라운』 4권입니다.

오랫동안 쓰고 싶었던 야마토 민족 통일 편, 어떻게 보셨나요?

뚜껑을 열어 보니 민족 통일 편인지 왕관종 토벌 편인지 구분이 안 가는 모양새가 되었지만, 쓰고 싶었던 걸 모두 담았더니 이렇게 되었습니다.

이번 권이 이전 권보다 다소 두꺼운 건 분명 그 때문일 겁니다. 저는 잘못 없어요. 편집자님이 OK라고 했으니 다 편집자님 탓입니다. 아니에요. 아마, 분명, 어쩌면, 제가 나쁠지도 몰라요.

영 소질이 없는 후기를 잔뜩 적을 필요가 없는 게 유일하게 다행인 점일지도 모르겠군요.

이번에는 반년 만이지만 다음은… 어쩌면 석 달 후에는 나올지도 모릅니다.

『밀리언 크라운』이 시작된 이후 처음 등장하는 일상 편. 기대하며 기다려 주십시오.

이 한 권을 내기까지 도움을 주신 모든 분들께 감사를.

타츠노코 타로

밀리언 크라운 [4]

2021년 4월 10일 초판 발행

저자 타츠노코 타로 | 일러스트 코게차 | 옮긴이 정대식
발행인 정동훈
편집 팀장 황정아 | 편집 노혜림
발행처 (주)학산문화사 | 서울특별시 동작구 상도로 282 학산빌딩
편집부 02.828.8838(전화) 02.828.8890(팩스) | 영업부 02.828.8986(전화), 02.828.8890(팩스)
홈페이지 www.haksanpub.co.kr | 등록 1995년 7월 1일 | 등록번호 제3-632호

MILLION CROWN Vol.4
ⓒTarou Tatsunoko, Cogecha 2019
First published in Japan in 2019 by KADOKAWA CORPORATION, Tokyo.
Korean translation rights arranged with KADOKAWA CORPORATION, Tokyo.

ISBN 979-11-348-3785-3 04830
ISBN 979-11-348-1441-0 (세트)
값 7,000원